A FANTÁSTICA FARMÁCIA LITERÁRIA DE MONSIEUR PERDU

OBRAS DA AUTORA PUBLICADAS PELA EDITORA RECORD

A fantástica farmácia literária de Monsieur Perdu
A livraria mágica de Paris
O livro dos sonhos
Luzes do Sul
O maravilhoso bistrô francês

NINA GEORGE

A FANTÁSTICA FARMÁCIA LITERÁRIA DE MONSIEUR PERDU

tradução de
PETÊ RISSATTI

1ª edição

EDITORA RECORD
RIO DE JANEIRO • SÃO PAULO
2024

CIP-BRASIL. CATALOGAÇÃO NA PUBLICAÇÃO
SINDICATO NACIONAL DOS EDITORES DE LIVROS, RJ

G31f George, Nina, 1973-
A fantástica farmácia literária de Monsieur Perdu / Nina George ; tradução Petê Rissatti. - 1. ed. - Rio de Janeiro : Record, 2024.

Tradução de: Das bücherschiff des Monsieur Perdu
ISBN 978-85-01-92005-8

1. Ficção alemã. I. Rissatti, Petê. II. Título.

CDD: 833
24-88275 CDU: 82-3(430)

Meri Gleice Rodrigues de Souza - Bibliotecária - CRB-7/6439

Copyright © 2023 Nina George
Copyright © 2023 da edição alemã by Droemer Knaur Verlag

Publicado mediante acordo com Keil & Keil Literatur-Agentur e Ute Körner Literary Agent.

Texto revisado segundo o Acordo Ortográfico da Língua Portuguesa de 1990.

Todos os direitos reservados. Proibida a reprodução, no todo ou em parte, através de quaisquer meios. Os direitos morais da autora foram assegurados.

Direitos exclusivos de publicação em língua portuguesa somente para o Brasil adquiridos pela
EDITORA RECORD LTDA.
Rua Argentina, 171 – Rio de Janeiro, RJ – 20921-380 – Tel.: (21) 2585-2000,
que se reserva a propriedade literária desta tradução.

Impresso no Brasil

ISBN 978-85-01-92005-8

Seja um leitor preferencial Record.
Cadastre-se no site www.record.com.br e receba informações sobre nossos lançamentos e nossas promoções.

Atendimento e venda direta ao leitor:
sac@record.com.br

Ao meu amigo Claus Cornelius Fischer.
E você tinha razão: um dia a escrita retorna.

Para Tong.
Você era nossa luz. Nossa alegria.
Estamos cheios de amor e de pavor.
Você faz falta em todo lugar.

O que é o livro senão um labirinto onde, de forma inesperada,
encontramos a nós mesmos?

E quantas vezes não calamos algo por amor
ao invés de dizer algo por amor?

1

Muitas vezes, como naquele momento, Jean Perdu ficava sentado na cozinha de verão de sua *mas*, uma pequena propriedade rural típica da Provença, despetalando ramos de alecrim e flores de lavanda, sorvendo de olhos fechados os aromas mais íntimos da região e trabalhando na *Grande enciclopédia dos pequenos sentimentos*.

Na letra C, ele havia acabado de inserir: "Conforto de cozinha: o sentimento de que algo delicioso está borbulhando no fogão, as janelas estão embaçando e seu amor está prestes a se sentar à mesa e lhe lançar um olhar satisfeito entre uma colherada e outra (também conhecido como: vida)..." Foi quando ouviu ao longe o som característico do motor de uma scooter na primeira marcha, enfrentando com bravura e determinação a encosta íngreme. Então o telefone tocou.

Estavam ali, nas montanhas na Drôme, tão distantes da agitação do mundo que a funcionária dos Correios Francine Bonnet levava dez minutos para chegar em sua scooter amarela da La Poste. E só vinha quando precisava levar pacotes que não cabiam na caixa de correio lá embaixo, no vale.

Portanto, Perdu tinha tempo de sobra para atender o telefone e conhecia aquele número de Paris.

— Madame Gulliver — disse ao atender.

— Feliz aniversário. E o senhor vai receber uma carta de José Saramago — respondeu ela no lugar de um "bom dia".

— Meu aniversário é amanhã e ficaria surpreso se Monsieur Saramago me escrevesse. Infelizmente ele já está morto e enterrado.

— Escrevesse, não! Esse detalhe claramente não conseguiu impedi-lo de lhe escrever!

Claro, pensou Perdu, *na eternidade da morte o tempo não tem mais sentido, então os mortos não envelhecem e, obviamente, ainda conseguem escrever cartas.*

— E o que me escreve Monsieur Saramago?

— Pede que o senhor guarde segredo. Ninguém pode saber que depois de *Ensaio sobre a cegueira* e *Ensaio sobre a lucidez* existe uma sequência: o *Ensaio sobre o devaneio.*

— Ah... Esse sigilo parece estar funcionando muito bem...

— Mas como não? O senhor não me contou nada, Monsieur Perdu. Quer que eu lhe adiante o que mais está escrito na carta?

— Quer dizer na carta dirigida a mim? Claro, adoraria saber.

Claudine Gulliver era, no mínimo, tão insensível à ironia quanto à melancolia. A vizinha de Perdu em Paris amava demais a vida, passava dançando por ela com suas sandálias coloridas de salto alto que estalavam de um lado para o outro, buscando o prazer e a diversão de coração aberto, proporcionando calor e generosidade sem que fosse preciso pedir. E adorava estar bem informada, em especial quando se tratava dos vizinhos do número 27 da rue Montagnard, em Paris, e de todo o interessantíssimo resto do mundo, mas que também não era da sua conta.

Além da preferência por saltos coloridos feito periquitos e amantes galantes, Madame Gulliver tinha desenvolvido nos últimos anos o hábito de pegar a correspondência de Monsieur Perdu e, é claro, ler o que considerava não tão privado antes de enviá-la ao endereço dele na Drôme. Provavelmente seria preciso conversar com ela de novo sobre a sutil classificação de "não tão privado" na próxima vez que fosse a Paris visitar os pais, cada vez mais debilitados.

Em compensação, Claudine Gulliver era a aliada de que precisava para recuperar tesouros de tempos passados: os manuscritos. Às vezes acontecia de autores e autoras outrora famosos chegarem a um ponto da vida em que se comentava "Ela era bem boa..." ou "Ele, na juventude, era excepcional..." e, um belo dia, deixarem de ser reimpressos e desaparecerem das estantes, da memória literária coletiva, e seu trabalho se tornava invisível. No entanto, a vida ainda era longa, e o saldo bancário, curto, os filhos e os netos tinham planos, então dinheiro era necessário.

Por isso os autores lançavam mão de algo precioso: dos originais manuscritos. Os textos não editados, não corrigidos, por vezes escritos à mão, por vezes datilografados, outras vezes impressos e com anotações ilegíveis, aos poucos deixavam claro que, entre frases, e capítulos, e personagens quase desenvolvidos, entre digressões, desvios temáticos e fragmentos experimentais para despertar as ideias, escondia-se uma obra-prima do século. Nenhum livro no mundo foi publicado exatamente como foi escrito. Escrever significava modificar parágrafos, trocar palavras, apagar. E as corretoras e os corretores deste mundo foram os assistentes que possibilitaram que um bloco maciço de palavras fosse esculpido em um Davi feito de frases, e não que se tornasse apenas blocos disformes de parágrafos impressos.

Os trabalhos preliminares desconhecidos, as notas e os estudos biográficos permaneciam aos cuidados de Monsieur Perdu até que se encontrasse um aficionado disposto a jurar manter sigilo e pagar uma quantia extraordinária ao autor para que não revelasse a ninguém quem agora possuía uma obra ímpar de uma lenda da literatura. Essas eram as regras do jogo. Também havia pessoas que penduravam um quadro de Gauguin no banheiro, ou pessoas que amavam alguém de longe e em silêncio levavam esse amor para o túmulo. Ter a posse de algo único, amá-lo sem ostentá-lo — isto era algo que apenas poucas pessoas conseguiam.

E, surpreendentemente, os autores gostavam quando parte de sua alma vivia com alguém que os amava de verdade e, às vezes, os compreendia. No entanto, não havia necessidade de tirar o encanto desse relacionamento com um encontro direto, pois este era o motivo da existência de Jean Perdu e Madame Gulliver: ele havia se tornado um discreto corretor de manuscritos secretos.

As atividades de Perdu no ramo começaram com um fac-símile do manuscrito de Sanary, que chegou à sua posse por um caminho tortuoso. Com a ajuda de Claudine Gulliver, protocolista de uma casa de leilões e moradora do terceiro andar do número 27 da rue Montagnard, em pouco tempo foi encontrado um colecionador solvente para a versão preliminar de *Luzes do sul*. E, quando Perdu finalmente conseguiu vender o manuscrito, após uma inspeção do caráter do comprador — uma longa conversa sobre como organizava sua biblioteca, como costumava tratar crianças, gatos e segredos —, sua reputação de excêntrico negociante de manuscritos se consolidou. Por vezes uma dúzia de colecionadores concorria por um manuscrito original; Perdu, entretanto, escolhia aquele que lhe parecesse mais qualificado como amante, companheiro, amigo e confidente, como aprendiz ou conhecedor da obra em questão.

Madame Gulliver informou a Perdu que José Saramago, o grande utopista com aversão à pontuação convencional, havia deixado uma cápsula do tempo. Não era algo incomum. O Instituto Cervantes de Madri, instalado no edifício daquele que já havia sido o maior banco da Espanha, usava a caixa-forte e os cofres para guardar tesouros em forma de manuscritos; escritoras e escritores escolhidos a dedo depositavam ali textos inéditos e outras peças de heranças que só muitas décadas depois deveriam vislumbrar novamente a luz do sol austral. Também na Noruega, autores e autoras, como Margaret Atwood, confiavam manuscritos inéditos à “Biblioteca do Futuro”; essas obras deveriam ser publicadas pela primeira vez em 2114 — em papel produzido com árvores que cresceriam ao longo de cem anos em uma pequena reserva florestal.

A cápsula do tempo de Saramago, guardada até então dentro de um cofre à prova de fogo, tinha sido aberta no dia por ele previamente determinado e continha um pacote embrulhado em papel de embalar, firmemente amarrado, em cujo interior se podia ouvir um farfalhar. Por fora, o bilhete com a indicação de que o manuscrito ali contido fosse entregue — sem ser aberto, lido ou copiado — a *Jean Perdu, livreiro, Paris.* A Fundação Saramago, em Lisboa, o havia redirecionado ao endereço residencial de Perdu na rue Montagnard, no Marais, visto que nada mais podia ser enviado para o cais da Champs-Élysées; a Farmácia Literária, a barcaça *Lulu*, que Perdu havia transformado em livraria, não estava mais atracada lá. Alguns anos antes, os amigos de Perdu, Samy e Cuneo, tinham levado o barco-livraria para Aigues Mortes, na região de Camargue.

Jean Perdu, livreiro, Paris.

Essa tinha sido a descrição precisa de sua vida por trinta anos. Quatro palavras que cabiam em uma mão fechada. Mas ele a abriu e espalhou as palavras e, com elas, a própria vida.

— Anexaram uma foto do requerimento de Monsieur Saramago escrito à mão. Querido, a voltinha inferior da letra G e o L em formato de farol... Excepcionalmente promissores para uma mulher que soubesse o que seria possível fazer com um homem desse! Uma pena que esse Monsieur José esteja morto, eu bem que teria gostado de encontrá-lo para tomar um cálice de vinho do Porto — disse Claudine Gulliver, entre suspiros de alguém com fantasias espetaculares e, sem dúvida nenhuma, pouquíssimo tempo para vivenciá-las de maneira adequada.

— Então, provavelmente, a senhora teria deixado Monsieur Heinrich Heine esperando ao balcão do bar — observou Perdu. — A letra dele era um garrancho.

— Ai, céus — exclamou Madame Gulliver —, esses homens com garranchos! A verdade é que eles raramente sabem distinguir entre a frente e o verso de uma mulher. Já lhe contei sobre aquele professor da Sorbonne? Sabia tudo de gravitação, mas era um completo leigo em matéria de atração entre dois corpos...

— *Pardon?* A ligação está cortando. — Perdu deu batidinhas no fone, na esperança de impedir que Madame Gulliver continuasse e a conversa perdesse o rumo.

Mesmo depois de tudo que a vida tinha lhe dado ao longo dos anos — Catherine, Max, Victoria, Cuneo, Samy —, ainda coabitava nele o espírito de um recluso que vivia em um apartamento sublocado e evitava de forma meticulosa se aproximar demais das pessoas. E o espírito de alguém que tinha mania de organizar as compras na despensa em ordem alfabética, assim como, em algum cantinho escondido, o espírito de alguém que tinha cinco calças cinza, cinco camisas brancas e cinco gravatas pretas idênticas. Não faltaria muito para que se tornasse um eremita...

Em seguida, mais um suspiro diretamente de Paris.

— Ah, Monsieur Perdu... Antigamente uma mulher sabia de imediato com quem estava lidando quando recebia um bilhetinho galante. Pela caligrafia! Um homem não consegue esconder nada na caligrafia, absolutamente nada, nem a ambição, nem a horrenda e infantil ingenuidade. Mas hoje em dia, com essas maquininhas de digitar do tamanho de uma caixinha de fósforo? Quer dizer, as palavras por si só não dizem nada, só a caligrafia diz tudo. Como é que fazem as moças de hoje em dia? Será que existem outros métodos para não se perder tempo com um chato de galocha? Ou a linguagem do amor simplesmente degringolou para abreviações e essas besteirinhas de emojis? Acredite, eu pararia de buscar aventuras e começaria a acreditar no amor se encontrasse ao menos *um* cavalheiro perdido por aí.

— Infelizmente não estou atualizado em relação às estratégias das jovens para evitar decepções amorosas. — Perdu estava ainda menos atualizado em relação a como os jovens expressavam o amor. Continuava a ser complicado, fosse com uma caneta, fosse com um telefone celular. Como tinha sido difícil quando tinha 16, 17 anos, para conquistar sua primeira paixão... Tinha recorrido até a

Pablo Neruda ou Mascha Kaléko: "Como você não está aqui, escrevo minha solidão no papel..." Acabou, afinal, por não enviar nada.

Madame Gulliver riu.

— Que bom para o senhor, Monsieur Perdu. Preciso desligar agora também, um abraço para Catherine e para os outros. Aqui ninguém sente falta de vocês, canalhas egoístas aproveitando aí no sul. Ah, e a senhora sua mãe ligou de novo. Parece que ela esquece que o senhor não mora mais aqui. Seu Saramago chegará por entrega expressa. — E desligou.

Nada melhor do que um xingamento devidamente merecido logo pela manhã. Jean sorriu e colocou o telefone de lado. Mais tarde ligaria para a mãe.

Perdu tinha a impressão de que nos últimos anos seus pais haviam envelhecido mais rápido. Após o divórcio e trinta anos sem compartilharem a mesma casa, continuaram envolvidos um com o outro por conta de Jean, seu único filho, que faziam de garoto de recados todo domingo. Continuaram, assim, as discussões à mesa de jantar, que ele havia acompanhado enquanto crescia, só que com alguns quilômetros de distância e por meio de provocações não mais simultâneas e bem mais resumidas, que Perdu, no papel de mensageiro, por vezes tratava de amenizar ao comunicá-las. Como foi mesmo que a mãe dele, Lirabelle, disse quase rosnando? "Cuidado e atenção não acabam por causa de algo tão banal quanto um divórcio."

Após o casamento de Max e Victoria, a intelectual de esquerda Lirabelle, com princípios conservadores de uma professora de gramática burguesa e o espírito feminista rebelde de 1968, voltou a morar com Joaquim, o boêmio de caráter prático, proletário e torneiro mecânico de profissão. "Apartamento compartilhado. Quartos separados, orçamento doméstico separado, linha telefônica separada. Sem motivo para luz de velas", enfatizou a mãe de Jean. "Além do mais, alguém precisa cuidar do seu pai." "Para sua mãe, o romantismo nunca passou de uma escola literária", resmungava o pai. "Mas alguém tem de cuidar dela."

"De jeito nenhum, não se preocupe, finalmente você está vivendo sua vida", afirmaram os dois em uníssono quando ele se ofereceu para voltar a Paris.

Os dois já estavam se aproximando dos 80 anos e tinham se tornado incrivelmente discretos; a mãe não lhe contava como seu pai estava, nem vice-versa. Como se tivessem feito um pacto: sem detalhes, principalmente os constrangedores.

Era a cara dos pais. Não queriam dar trabalho aos filhos. E, às vezes, era simplesmente assustador para eles ficarem realmente idosos. Com todos aqueles sonhos noturnos, muitos deles vindos do passado, de um passado longínquo, ficava cada vez mais comum para eles sonhar com o que já havia acontecido, como se estivessem refazendo, passo a passo, todo o longo caminho até chegar onde estavam. E as dores! E a rapidez com que perdiam o fôlego simplesmente ao se levantarem das cadeiras.

Perdu expirou longamente. Ouviu a scooter de Francine Bonnet já bem perto; devia estar na altura dos carvalhos-trufeiros.

Tinha, portanto, pouco tempo para divagar pelas lembranças, visitar rapidamente a infância — quando a mãe, Lirabelle, segurando com força sua mão, visitava os grupos femininos na livraria Shakespeare & Company para debater o futuro, as manifestações e as calças compridas para mulheres — e se preparar para a correspondência do homem que fez com que ele escrevesse sobre a única coisa em que era realmente bom: ler. E saciar a sede de leitura de quem não conseguia viver sem livros.

De uma forma quase mágica, a mãe de Perdu e José Saramago tinham juntos, com um intervalo de trinta e cinco anos, moldado sua conduta.

Rue de la Bûcherie, 37. Shakespeare & Company, maio de 1968. À época, ele tinha 7 anos e havia acabado de atingir a idade de ler por conta própria. A livraria, que na época estava proibida de vender livros pelo Departamento de Polícia de Paris por causa da posição antiguerra do fundador, George Whitman, parecia um País das Maravilhas para Jean. Do lado de fora ficavam os estudantes, preparando-se para partir nas marchas de protesto, enquanto do lado de dentro pairava o cheiro de chá e panquecas e de fumaça de cigarro. Um cheiro de sede de mudança. Como aquelas estantes cheias de livros mexiam com ele... As escadas que rangiam onde os criadores daqueles livros se sentavam e recitavam textos inéditos. Ali aconteciam encontros de mulheres para os quais Lirabelle o levava, reuniões do movimento Black Power, saraus de poesia. Pessoas conversavam sobre eventos em livros que revelavam o mundo a Jean como uma imensa explosão, um big-bang. Era ali que ele queria viver. Ali que queria crescer. Queria sorver dos livros tudo sobre o mundo.

SEDE DE LEITURA

É possível suportar a fome durante algumas semanas, mas a sede não saciada leva à morte após três dias; o corpo desidrata, os níveis de sal se elevam demais e ele é, por fim, destruído pelas próprias toxinas.
De forma parecida se manifestam os sintomas da sede de leitura: a pessoa que apresenta indícios, como nervosismo, estafa, distração, dificuldade de concentração, exaltação, melancolia crescente e sobretudo interrupções do sono acompanhadas de pensamentos soltos e sem rumo, sem solução, precisa de ajuda imediata e resoluta. Por meio da administração regular de literatura que liberte a pessoa sedenta de tudo o que se acumulou nela — na alma, em pensamentos, intuições, sim, até mesmo em regiões sensíveis do corpo, pescoço, estômago, costas, joelhos — e que a envenenou de forma lenta, mas infalível.
Pode parecer uma descrição exagerada de uma síndrome comum nas grandes cidades, mas na profissão de livreira ou de farmacêutico

literário se deparará frequentemente com essa doença da alma, a *sede de leitura*. Para começar o tratamento, recomendo:
Alberto Manguel: *Uma história da leitura*
Marcel Proust: *Sobre a leitura*
Paul Maar: *Vom Lesen und Schreiben* [Sobre ler e escrever]
E, caso o leitor ou leitora tenha uma inclinação para bioquímica, neurologia e outros saberes pertinentes ou para a história da coleção e propriedade de livros — Stanislas Dehaene: *Os neurônios da leitura: como a ciência explica a nossa capacidade de ler*. A pessoa sedenta por leitura só deverá receber alta da livraria a partir da escolha de ao menos cinco livros.

Fonte: *Grande enciclopédia dos pequenos sentimentos: manual para livreiras, livreiros e outros farmacêuticos literários*, letra S.

2

Francine desceu da moto, abaixou o descanso da scooter amarela, acenou para cumprimentá-lo e começou a mexer no bagageiro. Rapidamente tirou dois envelopes grandes e um cartão-postal e trocou a entrega por um copo de limonada gelada que ele lhe entregou. Então disse:

— Ufa, estou ficando velha demais para esse calorão. Seus amigos Samy e Cuneo estão vindo para o aniversário — comentou ela, agitando o cartão-postal. — Salvo escreveu que é para o senhor abrir o *pastis*. Vai bem com um *bouillabaisse*, não acha? Já sabe que vinho beber com esse prato? Meu cunhado, lá do outro lado de Ventoux, tem uma recomendação, olha só.

Ela tirou duas garrafas de vinho branco da caixa.

Com certeza Madame Gulliver e Francine Bonnet se dariam muito bem; para as duas, as palavras "carta" e "privacidade" pareciam vir de dois universos completamente irreconciliáveis.

Perdu imaginou as duas mulheres se conhecendo. Madame Gulliver, muito parisiense, Madame Bonnet, muito provençal, e o ar cintilando de tanta felicidade. Raramente amizades dependem de anos de convivência. Às vezes duas pessoas se entreolham e retomam uma conversa de centenas de anos.

Perdu discutiu com Francine os itens do cardápio para o aniversário dele, uma comemoração que contaria não apenas com a presença do chef dançarino de tango Salvatore Cuneo e de Samy, apelido de Samantha Le Trequesser, ex-presidenta da Ordem do Livro da Cuisery, mas também do escritor Max Jordan e de sua esposa, a produtora de vinhos Victoria, sobrenome de solteira Basset (ou sobrenome de solteira Perdu, mas esse era o tipo de coisa que Jean não questionava); também falaram sobre os vinhos do cunhado que morava do outro lado da montanha mais alta da Provença, bem como sobre o clima geral e específico, sobre o vilarejo e sobre a leitura mais recente de Francine, Irène Némirovsky, uma recomendação de Perdu para ela superar o complexo de inferioridade frente às famílias burguesas com muito dinheiro e pouco coração. Em seguida, Perdu voltou ao terraço com os pacotes de correspondência.

Tanto assunto em tão pouco tempo o deixou com um pouco de vertigem.

Isso o fez perceber quanto tempo Catherine e ele já haviam passado ali, em uma solidão a dois que se bastava em si. Sem relógios. Sem mais ninguém. E, muitas vezes, sem muitas palavras; se entendiam com o olhar e a proximidade.

Ele leu rapidamente a carta da Fundação Saramago. "*Ensaio sobre o devaneio* deve ser dado àquele que", formulou Saramago de maneira enigmática, como costumava fazê-lo, "for capaz de descrever um sonho em palavras sem destruí-lo".

Bem Saramago.

Em 2006, o escritor português de repente se viu a bordo da Farmácia Literária, o barco-livraria de Jean Perdu. Um homem na casa dos 80 anos, com seu caminhar pesado, sobrancelhas espessas e óculos fundo de garrafa. Lá fora fazia um dia de verão na hora do almoço. Saramago lutava para respirar.

— Isto aqui não é uma farmácia? — arfou ele, confuso. O nome *pharmacie littéraire* havia desencaminhado o escritor.

Perdu o conduziu até a poltrona à sombra fresca da grande janela redonda que dava para o Sena, trouxe uma jarra de água e um copo e lhe deu tempo para entender que tinha vindo parar em um barco-livraria.

— O senhor prefere que o resto do mundo fique lá fora por uns instantes? — perguntou Perdu.

As pálpebras piscaram devagar por trás dos óculos, concordando.

Então, Perdu puxou a corda vermelha grossa diante da antepara da entrada com a placa *fermé* — "fechado" — e continuou seu trabalho em silêncio. Rapidamente deu conta das encomendas e dos pedidos de estoque. Os clientes habituais passavam as férias na Normandia, em Cassis ou nos acampamentos naturistas de Auvergne ou entravam no programa de assinatura personalizado da livraria de Perdu, confiando que o farmacêutico literário de Paris lhes enviaria de quinze em quinze dias por correio um livro especialmente selecionado de acordo com seu estado de espírito e atualizaria suas estantes com literatura com potencial medicinal.

Por outro lado, turistas procuravam guias da cidade, cartões-postais ou leques feitos com páginas de livros que Jean Perdu encomendava de uma encadernadora aposentada — ele não suportava quando os livros eram vendidos a preço de banana. Preferia propiciar a exemplares defeituosos ou mercadorias em consignação uma reencarnação como leque.

Quando se virou para Saramago, ele estava se abanando com uma página de *La Tragédie du président*, de Franz-Olivier Giesbert, reencarnada como leque, e mantinha os olhos fechados. Perdu abriu em silêncio o catálogo que o antiquário Auguste Pennet tinha lhe enviado; Auguste vendia artigos eróticos e algumas das clientes delegavam a Perdu a escolha de leituras adequadas para elas — ou, mais precisamente, para o Clube das Viúvas da rue Montagnard. Sua vizinha e líder desse inusitado clube do livro, Madame Bomme, de 74 anos, e suas amigas com idades entre 60 e 90 anos, amantes de licores, estudavam com grande afinco a "*littérature pétillante*", como a batizaram. Uma "leitura efervescente". Perdu tinha de colocar os livros em outras capas para que os filhos não olhassem, ruborizados, quando as *grands-mères* cuidadosamente penteadas lessem, empolgadas, Catherine Robbe-Grillet ou conversassem com ares de especialistas sobre as posições que desafiavam as juntas nas obras de Henry Miller e E. L. James. O prazer pelo prazer não cessa só porque a pessoa se aposenta. Então, *Cinquenta tons de cinza* chegava com a capa de *Flora e fauna dos Alpes*, e os romances ingleses picantes recebiam sobrecapas das melhores receitas de geleia da Bretanha. E o clube do livro geriátrico — elas se autodenominavam "leitoras soberanas" — passava de uma conversa sobre as contorções kamasútricas a um papo animado sobre os mais novos endereços de quiropraxistas e fisioterapeutas.

Saramago ainda estava se abanando. Perdu suspirou: devia dar uma olhada agora nas histórias apimentadas, ou melhor, nos livros infantis mais recentes? Ainda precisava planejar as noites de pais para a volta às aulas em setembro, nas quais recomendava livros infantis e juvenis a adultos que mal tinham lido. Ele decidiu facilitar as coisas para si mesmo e fazer o pedido do livro *Da pequena toupeira que queria saber quem tinha feito cocô na cabeça dela* para o jardim de infância próximo, frequentado pelos rebentos de funcionários públicos e políticos da Assembleia Nacional que eram fortemente condicionados à obediência. Como o início de uma revolução do pensamento.

Quando levantou a cabeça de novo, a poltrona estava vazia. Saramago havia se levantado e andava com o passo incerto dos velhos pelas entranhas do barco com seus oito mil livros, a cabeça inclinada de um autor que procura as próprias obras naquelas estantes, tentando ser o mais discreto possível.

— Por que fui colocado aqui? — vozeou ele. — Por que meu *L'Aveuglement* está ao lado do *Sátántangó*, de László Kras... raios... Krasznahorkai? Aliás, como é que se pronuncia isso? O senhor não organiza os livros por sobrenome. Nem por gênero, época ou país de origem. Apenas pelo título, mas, em todas as estantes, o senhor recomeça pela letra *A*.

— *Ensaio sobre a cegueira* é um remédio contra a cegueira para a vida e a obscuridade política — respondeu Perdu. — O senhor está na seção de tratamentos para pessoas de meia-idade.

— Recordo-me vagamente — disse Saramago de um jeito seco. — Quais são mesmo as preocupações que se tem nessa fase?

— A pessoa passa a régua para fazer os cálculos da própria vida e enxerga apenas zeros com o rosto de si próprias. *Melancolia Bilanzia*.

— Ah, sim. Pois. As pessoas são muito rígidas consigo mesmas e muito melancólicas, me lembro bem. É quando o sentido da própria existência se perde. Porque as pessoas estavam ocupadas demais a olhar para a ponta dos próprios pés, que foram colocando um atrás do outro sem olhar para onde estavam a marchar de forma tão diligente e servil. E, de repente, encontram-se ali, de mãos abanando, sem um único sonho restante, com quase nenhum sonho realizado.

— Exatamente. Então, Saramago ou, em casos graves, Krasznahorkai. Ele surte efeito melhor entre o Natal e o Ano-Novo.

— Naturalmente — disse de novo um minuto depois a voz desencarnada de Saramago por detrás das estantes. — E eu?

— A pessoa deve ler o senhor à mesa da cozinha, após as dez da noite, e ouvir o senhor como se estivesse falando exatamente com quem o lê. Como se o senhor estivesse encostado na pia, com uma taça de vinho na mão, e é preciso que a pessoa lhe ceda o fluxo de pensamentos sem pontos ou vírgulas. Como um amigo contando: imagine o que seria se...?

— Exceto pelo fato de que eu pediria um tamborete para não ficar em pé, consigo imaginar... Pois o senhor está a falar sério. Não metaforicamente, quando fala de sua farmácia literária, certo? Diagnóstico, medicamento, instruções de uso, efeito.

— Não é isso que os livros fazem? Não são um remédio para o diagnóstico de se estar vivo?

— Quantos anos o senhor disse que tem?

— Estou na idade da *Melancolia Bilanzia.*

— Ah, pronto. O senhor que chegue ainda à minha liga — disse com um sorriso malicioso. — Então, imaginará cada vez mais que tudo voltará a ser como era antes. Especialmente quando uma tosse o segurar na beira da cama por uma hora cada manhã. Nesse momento, o senhor desejará que o envelhecimento seja abolido e, ao mesmo tempo, que nunca termine.

Eles ficaram sentados lado a lado por um longo tempo, conversando sobre o crescimento e a decadência. E Perdu tentou explicar ao leucêmico e arfante ganhador do Nobel como ele fazia aquilo: reunir pessoas e livros. De uma forma que a maioria dos clientes achava difícil aceitar o fato de que Perdu não lhes vendia os livros que desejavam, mas aqueles de que mais precisavam.

O que, às vezes, levava a algumas altercações.

— E quem sábio for, agarrar-se-á a esse milagre! — exclamou Saramago. — Mas como funciona exatamente seu diagnóstico?

Ele ouviu atentamente o "como"; Monsieur Perdu ficou envergonhado, profundamente envergonhado, mas, mesmo assim, tentou explicar.

— Para mim, os livros são como pessoas. Encontros que moldam a vida, que às vezes podem ser curtos, intensos. Ou como um amor longevo. Como uma irmã ou um pai que a pessoa nunca teve. E pessoas...

— ... são como livros — murmurou Saramago. — Claro. Os dois são feitos de carbono, água, poeira estelar e um sem-fim de sonhos.

— *Voilà*. Mas será que ele ou ela é a personagem principal da própria vida? Qual é a motivação, em que acredita, qual é a ferida e que milagre aguarda? Ou é uma personagem coadjuvante no próprio livro? Será que está a caminho de se censurar e se retirar da história porque um parceiro, a profissão, os filhos, o trabalho, a dor estão ocupando todo o espaço e essa pessoa não tem mais espaço para si própria, como uma convidada na própria casa?

— Está a falar de si?

— O senhor aceita mais um copo de água?

— Perdão.

Perdu continuou em silêncio e resmungou:

— Tudo bem. Talvez esteja. Sim, talvez eu esteja falando de mim mesmo.

Depois de um instante de constrangimento, Saramago perguntou:

— Mas... como o senhor descobre do que uma pessoa precisa?

— Pelas palavras que a pessoa usa. E por aquelas que não usa. Que zonas proibidas contornam ao falar...

— Não precisa continuar, Monsieur. Tem muito menos a ver com o "como" do que com o fato de ser possível... Pois não há tantas coisas que se tornam possíveis quando as botamos no papel? O senhor toma nota de como faz a intermediação entre pessoas e livros?

— Não...

— Por que não? O que o senhor teme? Crítica? Esqueça a crítica. Ela não atua em prol dos leitores, mas, sim, para ganhar relevância. Isso a torna semelhante aos escritores, porém a crítica em si não é criativa, serve-se sempre do que já existe. Tudo depende apenas do escritor e do leitor, os dois se encontram na ponte que as palavras constituem e por um instante partilham algo em comum. Cada leitor cria um livro próprio, com o qual o autor não tem mais nada a ver, e isso é tudo o que conta. Os dois jogam palavras, ideias um para o outro, brincam um com o outro, e, acredite em mim, Perdu, um dia serão os leitores, e não os críticos, que escreverão sobre livros e mudarão tudo. Suspeito que não viverei para ver isso acontecer. Pois então, o que recomendaria para mim, o moribundo que perece no momento em que o sonhador que me criou desperta?

— O senhor acredita nisso? Que somos inventados por alguém?

— Claro que sim! E aí está uma chance, não é mesmo? De tudo fazer sentido. De uma reviravolta mudar tudo nos últimos metros antes da chegada. Um bom fim. Tudo é possível... Especialmente depois de se superar a década da autoavaliação lamuriosa. Tudo o que o senhor precisa fazer é chegar à metade dos 50 e então saberá: sempre se pode recomeçar. Sempre. A vida toda é uma mudança constante. Provavelmente por isso dói tanto. E o criador: ele é a própria pessoa. Isso é tudo. Quando o senhor chegará aos 55?

— Em 2016. No início de junho.

— Pois é ainda muito jovem. Jovem e muito solitário, se me permite. Estaria pronto para receitar-me o remédio agora?

Perdu havia escolhido um livro sobre elefantes para Saramago.

— Elefantes? Eles se recolhem para morrer, não é mesmo?

— Não. Eles seguem a caminho da morte. Ao contrário de nós, eles sabem se despedir da vida de forma apropriada, partindo para empreender outra viagem.

— Morrer como uma viagem... Obrigado, Monsieur. E lembre-se: bote no papel. Escreva o que ler realmente significa. Descreva o sonho de que os livros podem nos curar, mas sem tirar o encanto desse sonho. Não se deve explicá-lo em minúcias. A cada novo livro a pessoa precisa ainda sentir como se estivesse boiando noite adentro em uma canoa silenciosa.

— Mas... para quem devo escrever isso?!

— Para quem? O senhor perguntou isso mesmo? Ora essa. Para passar a perna em sua morte, é claro! Criar algo que mudará o semblante deste mundo! — Ele riu e tossiu, e foi assim que se separaram: aos risos. Os dois homens nunca mais se encontraram. Saramago morreu quatro anos depois, em 2010, quando seu livro *A viagem do elefante* havia acabado de ser publicado na França e os críticos ficaram maravilhados com o humor que ele continha.

Por conta de José Saramago, Perdu começou a anotar em cadernos escolares as primeiras palavras-chave de sua *Grande enciclopédia dos pequenos sentimentos*. E a abandonou de novo, envergonhado de si mesmo por querer alcançar alguma importância ou até a imortalidade. Após alguns anos, recomeçava. Se ao menos não tivesse restado a questão: para quem escrevia?

A PESSOA QUE LÊ

A pessoa que lê é sempre quem mais causa preocupação aos poderosos. Para eles, ela é livre demais. Seu perigoso aliado é a literatura; afinal, perante um livro todas as pessoas são iguais.

A pessoa que lê domina um reino que pertence só a ela e cria mundos intocáveis — românticos, políticos, transgressores. Ela é uma viajante do tempo, caminha na pele de heroínas, dos indefesos, dos amantes, das abandonadas, enfrenta o medo e abraça o triunfo, vive em vilarejos, castelos, cavernas, florestas, porões, em barcos à deriva, está tão aberta aos milagres quanto à ciência.
Ela vai à guerra e aprende a odiá-la, enfrenta a dor do amor perdido e aprende a intuir seu preço. E ela confronta a si mesma — em cavernas com espelhos para a alma às quais, para se ter acesso, apenas um livro é capaz de rolar a pedra da autoalienação que bloqueia a entrada.

Depois de todos esses anos, depois de milhares de páginas de conversa consigo mesma, a pessoa que lê se conhece bem, de forma íntima e tranquila. Não precisa que ninguém lhe diga quem é e quem são os outros, pois todos os outros vivem dentro dela faz muito tempo.

Livros: eles são a humanidade, e ela se reúne dentro de quem lê.

Fonte: *Grande enciclopédia dos pequenos sentimentos: manual para livreiras, livreiros e outros farmacêuticos literários*, letra P.

3

Napoleão, o gato do queijeiro Dario, que mora no alto de uma encosta, se aproximou com uma lentidão elegante, refletiu por um momento e saltou para a mesa de pereira. Satisfeito, o siamês dourado se acomodou sobre os cadernos da enciclopédia de Jean Perdu. Então, encarou o livreiro, piscando os olhos azuis de sua carinha preta, como se perguntasse: "O que é que há?"

— Por aqui nada, *mon général* — disse Jean Perdu de um jeito polido —, você só está estirado sobre o sublime testamento de um homem que não sabe muito bem de nada, exceto como se lê. E que tem medo do que um grande homem tem a lhe dizer, o que faz com que ele pareça ainda menor.

Napoleão ronronou.

Perdu gostava de Dario, o humano do gato Napoleão, digamos. E o general felizmente também se dava bem com Rodin e Némirovsky, os dois gatos que há alguns anos haviam se mudado com Monsieur Perdu e Catherine para a *mas* ainda de pernas para o ar.

Perdu aprendeu com o queijeiro Dario a colher azeitonas, livrar-se de ninhos de vespas e localizar trufas usando um tipo específico de mosquito, em vez de um cachorro. Em troca, forneceu a Dario literatura italiana, porque Dario, apesar da conexão profunda com a isolada e montanhosa região da Drôme provençal, só conseguia retornar a uma infância por ele desconhecida na língua de sua avó de Palermo e só nessa língua queria ler.

— Meu cliente mais difícil — murmurou Perdu. Quer dizer, juntamente com Madame Gulliver, que não lia livros sem "alguma coisa de amor". Como Dario tinha se recusado a levar os livros a sério! Existiam algumas pessoas assim, que consideravam livros perda de tempo; outras que temiam encontrar algo neles que não estivesse de acordo com sua visão de mundo ou que a colocasse em xeque. E havia ainda as que desconfiavam de que os livros só levavam as pessoas a ideias estranhas ou instigavam revoluções: as mesmas pessoas que proibiam meninas e mulheres de aprender a ler e, assim, se livrar de ditaduras. Perdu abriu com cautela o envelope lacrado que acompanhava o embrulho, puxando cuidadosamente o cordão. Dentro do envelope havia um bilhete de José Saramago para ele, com sua caligrafia íngreme e deplorável, e Perdu precisou se esforçar para não o ler às pressas.

Monsieur,

Anos antes o senhor teve a fineza de oferecer-me abrigo em um dos dias mais escaldantes de Paris. O mundo está em chamas; quando perceberemos que estamos prestes a ser assados na fogueira que nós mesmos acendemos?

Bebemos água e das ideias um do outro; retornei diversas vezes a essa memória: dois homens no ventre de uma barcaça cheia de livros. Cheia de vozes de mortos, de vivos, cheia de amanhãs, de sonhos, de viagens no tempo e poderes mágicos. Os livros podem ser as duas coisas, o senhor sabe disso melhor do que eu; magia benigna ou maligna. Magia maligna é quando se descreve algo negativo que se torna real — eu mesmo em algum momento não ousei mais escrever sobre lugares, edifícios, empresas ou pessoas existentes, pois, alguns anos após o lançamento de meus livros, essas pessoas morreram, e lugares e empresas faliram, e todos os desastres que imaginei na segurança de minha cabeça se tornaram reais. Se olharmos ao redor e nos livros de minhas colegas (pense sobretudo na divina Atwood e na destemida Shelley!), nos perguntaremos se não deveríamos ter mais cautela com os apocalipses que imaginamos — é como se o universo estivesse a nos ouvir e tomasse esses apocalipses como uma missão. Os aborígenes sabem que tudo que existe só existe porque foi trazido à existência ao ser cantado ou escrito... Para mim é tarde demais, não almejo compor utopias de paz. Que outros depois de mim compreendam que podemos conjurar qualquer futuro pela escrita. Já a magia benigna é o que o senhor faz. Equiparar pessoas e livros e assim tratá-los é a coisa mais coerente que podemos fazer para dar um sentido à vida.

Ou seja, nós dois. Um, moribundo; o outro, um vivente que se escondeu um pouco demais da beleza das coisas, trancou-se um pouco demais na jaula dos próprios pensamentos e estava tão cheio de dor e solidão que me partiu o coração — perdoe-me pela honestidade e pelo sentimentalismo; no fim dos dias volta-se à alegre crueldade da criança.

Agora estou a pensar no senhor e quero lhe pregar uma peça. Uma peça amistosa.

Dato a entrega do manuscrito para uma época distante em seu futuro, quando o senhor completará 55 anos (tão jovem!) e, ainda mais distante, numa época deste milênio que permanecerá para sempre desconhecida para mim, a menos que eu chegue aos 100 — coisa de que tenho cá meus motivos para ter sérias dúvidas. Com um pouco de sorte o senhor ainda estará vivo, com um pouco de azar será uma década de distopias a se concretizarem, e, com ainda mais sorte, o senhor não se preocupará demasiado com o que não fez e com sua Melancolia Bilanzia, *mas vai cuidar para fazer sua parte em não deixar que feneça a magia benigna.*

Caso o senhor concorde com essa negligência — persistência, pois, como ouvi dizer, as pessoas assim são, os anos não as fazem mais sábias, apenas mais velhas —, então eu gostaria de lhe causar certa inquietação. Também é uma possibilidade de passar a perna na própria morte, não é mesmo? Eis aqui meu pedido, ou minha missão, obviamente vinculativa; afinal, quem poderá recusar algo aos mortos? Dê um susto no medo. Passe tempo com aqueles a quem resta pouco tempo. Compartilhe com alguém mais jovem que o senhor algo que essa pessoa leve para a vida. Escreva o que o senhor tem a dizer. E: lute por algo que seja importante para o senhor. Caso o senhor recuse essa missão, faça o favor de queimar meu manuscrito sem abri-lo, que seja tudo ou nada. Por fim, há uma última condição: somente quando tiver feito o necessário poderá ler o manuscrito de Ensaio sobre o devaneio *e de forma alguma antes disso.*

Confio em sua integridade. Tampouco me dei ao trabalho de enviar uma caixa de fósforos.

Vosso elefante,

— assinatura incrivelmente ilegível —

Perdu se voltou para Napoleão, absorto de calor, depois para o vento que batia na oliveira e fazia as sombras na terra dançarem.

Folheou os cadernos — pois é, aqueles sobre os quais o traseiro peludo de Napoleão torrava não muito confortável ao sol. E, como às vezes acontece com a alquimia dos livros que nos atraem como feiticeiros para seu encanto e com o lugar que consideramos uma terra natal do coração onde não pisamos faz muito tempo, Perdu abriu a página com uma entrada incompleta de 2012 que lhe deu uma resposta à estranha tensão que se instalou nele depois de ler a carta de Saramago.

A SOMBRA DO ANO

A vergonha perante si mesmo de não ter conseguido iniciar algo no período de 365 dias e noites. Ou terminar algo. Se o farmacêutico literário observar atentamente, perceberá o seguinte: atrás da pessoa que está permeada por esse sentimento surge uma sombra dela própria de um ano antes. E também de dez anos antes. No caso de algumas pessoas, todas as sombras de todas as vésperas do último aniversário as acompanham. E a pessoa sente vergonha, vergonha de si mesma, de não ter feito o que queria, de não ter ousado, de não ter percebido quanto era feliz (ou infeliz). E, ano após ano, ela sente que o tempo que ainda lhe resta está diminuindo e teme desperdiçá-lo também.

E no próximo ano: essa pessoa que agora está diante de você em sua livraria será um dos seus e seguirá a si mesma em silêncio — como mais uma sombra do ano.

Estamos todos dentro de nós mesmos e nos observamos à espera.

Perdu fixou o olhar no último parágrafo. Havia escrito aquilo no verão em que lera a carta de Manon — com vinte anos de atraso. Foi quando entendeu tudo, tudo; e partiu, meio em fuga, meio em busca, navegando para o sul no barco-livraria e fechando por fim aquele círculo do luto. Chegou ao fim o "intervalo", que fica entre o fim e o começo quando algo se perde e que, no caso dele, durou vinte anos. O texto não era perfeito, mas se perdoou por isso. Afinal, era livreiro, não escritor. Não precisava escrever de maneira brilhante, apenas de forma razoavelmente compreensível, e deveria deixar as bobagens de lado. Assim como Max, que havia escrito um romance infantil em que as sombras dos adultos vêm do futuro e ajudam as crianças que um dia tinham sido a consertar tudo que acabou dando errado.

No entanto, faltavam ao seu texto recomendações que ele em geral costumava escrever — não de forma prescritiva; afinal, como saber quais livros estavam sendo escritos naquele exato momento e que, em um futuro distante, viriam a ser capazes de transformar a sombra do próprio eu, inativo, em luz e coragem? Como saber quantos profissionais da escrita se curvavam sobre as palavras agora, neste exato instante? Quantos estariam escrevendo o exato parágrafo que ajudaria daqui a alguns anos uma pessoa desesperada a erguer a cabeça? A exata frase que sussurraria à pessoa que lê: eu enxergo você. Eu entendo você. Você não está sozinha.

Quantos criariam a exata personagem — como diria Krasznahorkai — "que não mais poderiam impedir de se tornar realidade ficcional" e que daqui a cem anos se tornaria uma confidente, uma primeira amiga de leitores ainda nem nascidos?

Um livro é uma estrela cuja luz por vezes só nos alcança décadas depois de ter sido escrito, pensou Perdu.

Aquela magia que Saramago havia chamado de canoa silenciosa noite adentro. O livro como uma viagem às margens desconhecidas do eu. E uma viagem às margens desconhecidas dos outros; entender que a ficção e a realidade nunca são definitivas e que cada pessoa enxerga um mundo diferente, ao mesmo tempo, e que todos negociam com o destino — "assim que eu...", "isso, então...", "aquilo...", "se tal coisa eventualmente acontecer, aí eu vou...".

Livros e pessoas.

Pessoas e livros.

E se o *Livro de referência da enciclopédia dos sentimentos* se tornasse não seu testamento, não um projeto engavetado, a procrastinação de um homem em seus melhores anos. Mas sim... um manual de instruções. Claro. Um *Manual para farmacêuticas e farmacêuticos literários*. Jean Perdu imaginou entregar o original para quem um dia quisesse abrir uma farmácia literária. Ou assumir a dele. Ou que, de outra forma, soubesse o que fazer com aquilo.

Depois dele viriam outros que acompanhariam os leitores e os ajudariam a encontrar seu próprio caminho neste mundo e dentro de si mesmos. E a conhecer outras pessoas de um jeito mais humano.

Com gentileza, com empatia.

Com amor.

A ideia era tão intensa e dolorosamente bela, um sonho que não poderia ser expresso sem ser arruinado. Tão bela que ele mesmo por um instante quase acreditou que havia alguém lá fora que ainda não sabia como ele — ou ela — podia fazer diferença com um livro específico no momento certo para alguém que os encontrasse.

Como Saramago julgaria isso? Esse sonho ingênuo de que seriam os leitores que impediriam as guerras de acontecer, conciliariam a paz, cuidariam do sofrimento e da fragilidade para curar a dor infinita — ingênuo, patético de tão ingênuo e espalhafatoso, grandioso demais, louco demais. O ser humano não era assim. Será que Monsieur Perdu não havia aprendido nada com os livros e o noticiário noturno?

Catherine saiu descalça da cozinha para o terraço sombreado. Trajava seu uniforme de escultora: uma bata indiana que chegava até as coxas, por baixo uma calça que não tinha problema sujar de pó de pedra. Carregava uma expressão autocentrada nos olhos cinzentos que dizia a Jean que não deveria tentar falar com ela naquele momento e esperar que ela respondesse com frases completas. Ultimamente estava trabalhando com moldes de argila e gesso para criar uma estátua de bronze não muito grande.

Ela estava apenas de passagem por ali, na bolha mais externa e delicada de seu íntimo, uma estrutura frágil no centro da qual acontecia algo que Perdu sentia da mesma forma quando estava sozinho consigo mesmo e com seus cadernos: uma dissociação do presente. Minha Penseira, assim chamou uma escritora, e outro autor disse: estou na minha pedreira, minha mina secreta. Para Jean era: a encosta tranquila.

Nada do exterior era mais perceptível: nem vento, nem fome, nem tempo, nem manchetes de jornal. Tampouco medo. Ele perdia até mesmo a capacidade de falar.

O olhar de Catherine agora também dizia claramente para ele: "Amo você, mas não me perturbe agora que estou criando."

Ela se aproximou, acariciou a face de Jean. Ele cerrou os olhos, encaixou-se na concavidade quente, sentiu o cheiro do pó de gesso e de perfume Chanel, se refugiou na mão dela.

Jean sabia que não devia solapá-la agora com suas coisas, com a avalanche do que acontecia dentro dele. Essa sensação de não fazer diferença na própria vida.

Deixar a outra pessoa em paz: isto é amor.

Ele sabia disso pelos livros, nunca havia praticado o amor de verdade e: como viver junto de tal forma que permitisse às pessoas mudarem e, ainda assim, continuarem as mesmas umas para as outras? A mão dela já havia se afastado e, pouco depois, ela também se foi, segurando um copo de limonada.

Foram os livros que uniram Perdu e Catherine. Quatro anos antes, em Paris, quando Monsieur Perdu ouviu seu choro atrás de uma porta verde fechada sem que se conhecessem. Quando ele levou livros para ela, para que pudesse chorar ainda mais, e quando depois levou a Catherine sua única mesa, aquela com gaveta, com a carta fechada de Manon, até que sua vida de repente desmoronou e, em meio aos escombros, ele encontrou alguma coisa, algo que ainda respirava.

Desde então, quanto Jean passou a conhecer bem Catherine. E ela a ele.

Quanto se abriram profundamente um para o outro. Havia algo sobre o qual não tinham conversado nesses três anos em que moravam juntos?

E ele tinha certeza de que ainda conheceria inúmeras outras Catherines. Ela mudaria. Cresceria. Se transformaria. Reencontraria algo esquecido e, um dia, o surpreenderia com uma saudade da infância. Ela era assim, mais rápida que ele, agia com ligeireza, não se deixava enredar pela hesitação.

Não como eu.

O vento brincava com as folhas dos cadernos. Papel farfalhando.

Quando o senhor completará 55 anos? Em junho de 2016.

Era véspera do aniversário dele. Saramago tinha guardado a data e, por algum motivo, pensado nele, o comerciante de papel.

Quando começo a viagem final do elefante?

Fechou o caderno. Passou a mão sobre ele. Se acontecesse alguma coisa às três dúzias de cadernos — serem descartados como papel velho, danificados pela água, esquecidos em uma sacola dentro do trem, carregados pelo vento mistral até a *garrigue* —, ele não teria uma única cópia de segurança.

Napoleão, o gato vizinho, se espreguiçou e rolou, expondo a barriga enorme, branca e dourada ao sol.

— Você tem razão, *mon général* — comentou Perdu, divertido. — As pessoas deveriam bronzear a barriga com muito mais frequência.

Acariciou suavemente com dois dedos a testa do siamês, que fechou os olhos e ofereceu o queixo, o corpo e seu prazer a Perdu.

Gatos são especialistas em aproveitar a vida, pensou Perdu.

O sol estendia seu calor pelos ombros, pelos braços dele. Penetrava sua pele e transmitia a seu sangue o ardor dourado. Nas árvores densas, as cigarras entoavam seu canto de anseio por companhia. O tomilho-limão exalava seu aroma delicado. O embrulho de Saramago estava no meio da beleza frágil daquele momento.

Proibir justamente Jean Perdu de ler um livro — Saramago tinha mesmo um senso de humor refinado.

4

O motor de um Peugeot vermelho roncava alegremente encosta acima, buzinando, e pouco depois um homem não muito alto, com um espetacular bigode guidão, olhos castanhos brilhantes e uma barriga protuberante desembarcou dele. Apressou-se em contornar o carro, abriu a porta do carona com uma reverência para a mulher sorridente, com um buquê gigantesco de girassóis balançando alegremente nos braços.

Ah, aquela risada de cegonha trombeteando de Samy Le Trequesser!

— Por favor — gritou Cuneo —, afastem-se, Mesdames e Messieurs! — Salvo Cuneo tirou com destreza uma caixa de isopor do porta-malas do carro e, com um "Olá" alto, levou-a na direção da cozinha externa, passando por debaixo das exuberantes buganvílias que cresciam sobre o portão que dava para o jardim. Era possível ouvir o gelo moído chacoalhando dentro dela. Quando Cuneo a abriu, revelaram-se as regalias: tamboril, dourada, salmonete, camarões, mexilhões e lulas apertados na camada de gelo que havia conservado aqueles tesouros durante o transporte do mar Mediterrâneo em Marselha para o acalorado interior da Drôme. O gelo fumegava, e rapidamente Cuneo voltou a fechar a tampa.

— Está bem, vocês já viram, vai ter *bouillabaisse*.

— *Voilà* — disse Perdu, apontando para o jardim. Seu amigo italiano Salvo Cuneo, que praticava a arte de cozinhar amorosamente como nenhum outro, como se estivesse fazendo uma oração, ficaria feliz em encontrar ali erva-doce fresca, tomate, laranja e cebola. Além disso, havia também as ervas da horta que Perdu havia plantado de acordo com as instruções de Cuneo: alecrim, tomilho, orégano, louro.

— Opa — exclamou Cuneo —, o que será que temos aqui? — E catou um envelope no bolso da camisa. Ao abri-lo, fios vermelhos despontaram.

— Não! — exclamou Perdu.

— Sim! — respondeu Samy.

— Uaaaau! — disse Perdu, espantado.

— Estão achando que estou de brincadeira — disse Cuneo. — Isso aqui é açafrão. De Quercy.

— É um povo simpático — comentou Samy, um pouco alto demais, como sempre. — Lá não tem nada além de tabaco, vinho e açafrão, o povo de lá é teimoso, não fala com qualquer um e bebe feito um gambá. Região estupenda.

Perdu, Cuneo e Samy se entreolharam, começaram a rir e, por fim, se abraçaram e se cumprimentaram, mas, como sempre, as coisas ficaram confusas, Perdu deu beijos à moda parisiense (quatro beijinhos), Cuneo distribuiu beijos estalados, Samy seguiu o estilo da Drôme provençal (três beijinhos), e, quando Catherine saiu de casa e gritou "Já é hora de champanhe?", todos concordaram que sempre era hora de champanhe.

Seguiram Cuneo até a cozinha da velha casa de pedra, onde ele colocou rapidamente um enorme avental listrado azul e branco enquanto Perdu abria a garrafa de Laurent-Perrier com um forte estampido.

Catherine trouxe as taças tilintando, e Samy acariciou os cabelos dela.

— Linda! Está na cara que você é amada, e ainda bem, senão eu falaria umas verdades para o seu namorado das quais ele não se recuperaria tão cedo.

Cuneo gritou:

— Gente, que facas são essas? Mais cegas que uma toupeira. Cadê o amolador? Façam-me o favor, todo ano a mesma coisa? Ainda bem que eu trouxe as minhas, olhe aqui, essa é de Thiers e essa é de Laguiole.

E Catherine gritou:

— Podemos brindar agora?

Brindaram e disseram:

— A você, Jeanno!

— A todos nós — respondeu Jean. E beberam.

Peço a você, Destino, do fundo do coração, não me leve a mal por eu desejar isso tanto, tanto.

Foram com as taças para o terraço onde Napoleão descansava, e Salvo Cuneo se debruçou na janela da cozinha.

— *Ecco* — gritou ele. — Cadê o *cannelloni* e sua adorável esposa?

— Max e Victoria chegam mais à noite — respondeu Perdu, juntando seus cadernos. Teve de tirá-los de baixo do traseiro peludo de Napoleão, que, chateado, se mexeu um pouquinho para o lado, mas só um pouquinho.

Quando Max disse a Perdu ao telefone na noite anterior que ele e Victoria só sairiam de Bonnieux logo mais, dava para perceber que estava deprimido. Perdu fingiu não notar e disse ao jovem escritor, para confortá-lo, que deixariam um pouco de comida para quando chegassem. Talvez.

— *Allora!* — exclamou Salvo. — Sugiro que o meu querido Perdito me dê assistência. Enquanto isso, as deusas podem ir se divertir com... Sei lá, com o que quer que deusas costumem fazer.

— Como, por exemplo, conversar sobre os seres humanos do sexo masculino e decorar o inferno.

— Isso toma a noite inteira?

— Óbvio que não.

De novo, uma explosão de risadas.

Por nada. Por tudo, pela felicidade de terem se encontrado e, de repente, poderem respirar melhor.

Pela amizade.

AMIZADES LITERÁRIAS

Os livros mais preciosos raramente são os mais caros ou aqueles que são encadernados em couro e ficam atrás de uma caixa de vidro, esperando que um ser senciente os tome de novo nas mãos com ternura e os abra com o coração palpitando, fazendo os olhos pulsarem (o que nunca acontecerá; algumas capas de livros são organizadas puramente pela estética, um capricho vergonhoso e insultante ao livro).

Os livros mais preciosos são aqueles que são nossos amigos. Amizades com livros duram a vida toda, e as palavras, as personagens, a voz de um autor, o que se vivenciou juntos estão intimamente entrelaçados como se tivéssemos vivido com uma pessoa por anos. É raro ser possível dizer à primeira vista se esses amigos livros se encaixam no sinuoso sistema de nosso íntimo e se vão adquirir importância em nossa biografia.

Embora até exista amor à primeira frase — conceito que acabou chegando aos ouvidos dos autores, que ora se esforçam para lapidá-lo com o devido esmero... —, é um pouco como se borrifar com feromônios. Uma sedução artificial para agradar a você e, se possível, a meio milhão de outras pessoas. Portanto, não deixe de ler o primeiro parágrafo do terceiro capítulo; é ele quem mostrará mais nitidamente se você e o livro se dão bem.

Meu primeiro relacionamento literário fixo se chamava Júlio Verne. Um exemplar de *Viagem ao centro da Terra* deixado num banco de parque no Jardim de Luxemburgo. Li quando menino e ele proveu pela primeira vez as imagens e elaborou uma linguagem para meu desejo de desvendar os mistérios do mundo. Ele me levou a sério e me fez acreditar que é claro que o impossível é possível! Com isso Verne me revelou um segredo que os adultos maldosamente escondiam de mim... um verdadeiro ato de amizade! Durante muito tempo, imaginei que esse livro tivesse sido deixado no banco do parque apenas para mim e era como se apenas eu entendesse quanto ele era importante.

Infelizmente, em algum momento, as pessoas crescem e perdem a capacidade de reconhecer livremente personagens fictícios como amigos de verdade (embora Atreiú, de Michael Ende, vá continuar sendo meu amigo de infância para sempre). Depois foram os livros e seus criadores que passaram a me acompanhar através das décadas — Rilke, Helprin, Ernaux, Sagan, Némirovsky, Arendt. Foi a maneira deles de pensar e perceber o mundo que me ensinou a olhar, sentir e ouvir.
Ou, como Charles Dantzig, revisor da editora Grasset, formulou em outras palavras: ler é experienciar a melodia do pensamento. Embora os primeiros a dizer algo parecido tenham sido Platão e outros filósofos; Dantzig nunca se deu muito bem com Júlio Verne, e isso é normal nas amizades literárias: elas não precisam ser compartilhadas...

Meus amigos literários revelam tudo de mim, me definem em profundidade, contêm partes ocultas de mim e, ao mesmo tempo, me lembro mais dos livros do que de mim mesmo. E estou abrindo uma exceção e escrevendo esta entrada como o próprio autor porque, afinal, de que outra forma eu poderia falar daqueles que deram apoio, compreensão e segurança à minha vida?

E como sempre foi importante para mim que eles fossem meus — seres vivos feitos de carne, sangue, sentimento e encadernação de papel. Nunca fui um bom usuário de bibliotecas, queria ter e possuir, meus amigos literários precisavam morar e ficar comigo; mesmo quando jovem adulto, eu acreditava que, se doasse meus livros, minha personalidade se desfaria. Com as anotações, com os bilhetinhos, com as orelhas nos cantos da página, com o cheiro dos cômodos, o aroma das viagens.

Ainda hoje não sou um bom leitor digital porque não dá para encaixar nada entre as páginas, um bilhete de viagem, um recibo, uma folha prensada de uma oliveira em cuja sombra me vieram tantos pensamentos e planos necessários. Livros digitais não têm lombada, não têm idade, o tempo lido neles simplesmente se perde. *Eu mesmo* me perco.

A tarefa do farmacêutico literário de tornar possíveis amizades com livros é uma arte altamente refinada. E uma das mais desafiadoras. Às vezes, basta uma cena, uma frase, até mesmo uma única palavra, para que uma amizade literária *não* vingue.

Felizmente, quem lê muito passa a ser menos severo com os livros e passa também — e esta é uma boa notícia — a ser menos severo com os outros e consigo mesmo. Quem consegue perdoar a imperfeição já está bem perto da felicidade.

Fonte: *Grande enciclopédia dos pequenos sentimentos: manual para livreiras, livreiros e outros farmacêuticos literários*, letra A.

5

Nesse meio-tempo, já estavam em sete. Max e Victoria haviam chegado, enquanto Samy e Catherine arrumavam a mesa sob o telhado de bambu. E com suas sandálias de fazendeiro, mas com uma camisa limpa, Dario tinha descido a colina com uma deliciosa garrafa de Amarone e um de seus melhores queijos de cabra como presente de aniversário; cumpriu com muita satisfação as instruções de arrumação da mesa dadas pelas mulheres, vigiado de perto pelos gatos Rodin e Némirovsky.

— O *bouillabaisse*, meus valorosos e humildes servos e minhas deusas magníficas, é a união da filosofia com a arte sublime e o proletariado — anunciou Cuneo com seriedade enquanto servia os pedaços de peixe escaldados e cortados nos pratos profundos e aquecidos para, em seguida, cuidadosamente cobri-los com conchas do caldo condimentado. O caldo cheirava a *pastis*, açafrão, alho e à doçura do verão do sul da França. Todos podiam se servir de batatas, erva-doce, tomates e das cebolas cozidas no vapor desse azeite suave e ensolarado de Nyon, bem como do molho *rouille* picante com pimenta-caiena. Tudo isso acompanhado por pão fresco, um pouco de maionese de alho e limão, e todos aqueles aromas inconfundíveis de deliciosos mexilhões, camarões e peixes subiam aos céus.

— Ah — disse Catarina. — Por que arte?

— "Eu pinto grandes girassóis com o entusiasmo de um marselhês que come um *bouillabaisse*", teria dito Monsieur van Gogh — interveio Samy, prestativa.

— Isso, inclusive, me lembra uma música... Como é mesmo?

Pour faire une bonne bouillabaisse

Il faut se lever de bon matin

Préparer le pastis et sans cesse
Raconter des blagues avec les mains...

— Acordar cedo, abrir um *pastis* e contar piadas com gestos largos, acho que essa é a parte filosófica, certo? — Victoria se serviu de bastante caldo.

Em seguida, todos mergulharam a colher em silêncio e provaram. Ahs, ohs e humms puderam ser ouvidos, acompanhados do vinho branco intenso e encorpado do cunhado da funcionária dos correios — às vezes a vida facilitava muito um sentimento de gratidão! Estava tudo ali: amizade, aroma, um céu tranquilo.

Sobre a mesa, em vidros altos e coloridos, a chama de velas bailava; acima deles, luzes coloridas pendiam embaixo do telhado de fibra, e até os mosquitos haviam decidido dar uma trégua. Provavelmente estavam ansiosos pelo banquete que estaria à sua disposição nos quartos naquela noite.

Nesse momento, o livreiro percebeu o olhar de Catherine.

— Jean, *mon cœur*, pode me ajudar um momentinho? Precisamos ainda de uma coisa — pediu ela, o que queria dizer algo como "Conversa em particular na cozinha, agora", porque claramente havia comida suficiente na mesa.

Para ao menos ter alguma coisa nas mãos, Jean tirou outra garrafa da geladeira. Então, os dois se inclinaram para perto um do outro, ao lado da tábua de pão da cozinha.

— Você também reparou? — perguntou Catherine baixinho.

— Que Max e Victoria estão brigados? Claro que sim.

— Que besteira. Não tem briga nenhuma — retrucou Catherine.

— Ah, não?

— Não. Estou falando de outra coisa. Você não reparou nada em Victoria? — Seus olhos cintilavam ao fazer essa pergunta.

— ...

Catherine teve de rir da perplexidade dele.

— Jean, Victoria não está bebendo nada.

— Ela não está bebendo nada — repetiu Perdu.

— Minha nossa, você vai continuar me olhando com cara de boi sonso?

— Como é uma cara de boi sonso?

— Igual à sua agora. Olhando com cara de quem está completamente por fora.

— Está bem, o que aconteceu, então?

— Eles vão ter um bebê.

Jean Perdu se encostou na geladeira.

— Minha nossa, que maravilha — sussurrou ele. — Que lindo. Que... lindo. Tem certeza?

Ela revirou os olhos.

— Tenho. Mas você já viu como está o pai?

— Max?

— Está brincando! Muuuu! Mas é claro que é Max. — Ela segurou uma risada.

— O que tem ele?

— Ele está se borrando de medo. Vocês deveriam ter uma daquelas famosas conversas monossilábicas de homem para homem amanhã. Você e Salvo, a quem ele dá ouvidos.

— Como se nós dois fôssemos indicados para isso! Nem temos filhos, ou pelo menos não que a gente saiba, e...

— E daí? Pense em alguma coisa. Diga a ele como é bonito ser pai. Que é o maior milagre da vida. A maior aventura. A coisa da qual ele mais vai se orgulhar. Você sabe que eu queria ter tido filhos. Com você, pelo menos. Mas agora estamos os dois velhos e, na melhor das hipóteses, conseguiríamos bancar os avós babões.

Dito isso, ela tirou a garrafa de champanhe da mão de Perdu e o deixou na cozinha, atravessado pela luz e pela preocupação, por ternura e por muitos, muitos pontos de interrogação.

Ao voltar para o terraço, ele olhou para o queijeiro siciliano Dario ao lado de Max e para Victoria, que estava longe do marido e perto de Samy e Catherine, preferindo ficar conversando de forma mais íntima com as duas. Max estava inclinado entre Dario e Salvo, ensimesmado como um saco de batatas meio vazio.

Salvo e Perdu trocaram olhares como se dissessem: "Oh... Oh", "Você fala", "Não vamos falar nada por enquanto", "Não, não temos nenhuma noção disso, tampouco somos daqueles tiozões chatos bem-intencionados".

O que estava óbvio para todos era que o casal estava insatisfeito um com o outro. E, como às vezes fazem jovens amantes, não ousavam mais nem olhar um para o outro, não dispunham de palavras, a cama ficava fria e a vida ficava terrível.

Ou seja: o melhor era esperar.

Dario e Cuneo conversavam alto em italiano, rindo, e ninguém sabia do que falavam. Surpreendente: um de Nápoles, o outro de Palermo, as duas cidades já tinham tido disputas acirradas, mas isso não contava, não ali, não naquele dia.

Dario, como muitos na Sicília, tinha deixado a escola após a sexta série para aprender a trabalhar na fazenda do pai e foi levado pela família para o interior da Drôme numa idade em que outros meninos formavam amizades para a vida toda. Suficientemente distante de complicações políticas e outros imbróglios. Para alguém que tinha sido criado numa ilha, esse lugar definitivamente ficava longe demais do mar. E não era perto o suficiente dos Alpes para se ter a sensação de outro elemento eterno ao redor. Uma região intermediária, escaldante no verão e gelada no inverno. E, assim, Dario não chegou nem à dispersa comunidade siciliana da região nem se integrou aos franceses — gostavam dele pelo seu queijo, o mais delicado, o mais cremoso —, mas um amor, uma esposa, filhos, uma família, tudo isso tinha ficado fora do alcance de Dario. Ele vivia em uma relação consensual estável com a encosta de seu pasto, suas cabras, seu gato Napoleão, seus entalhes na dura madeira da oliveira e com seu silêncio até então introvertido. Até que... bem...

— Até essa traça humana vir de Paris!

Perdu precisou de um ano até que Dario decidisse, a contragosto — e provavelmente para que aquele *parigot* maluco finalmente ficasse satisfeito e o deixasse em paz —, empreender a aventura sem precedentes conhecida como "ler livros". Ler era para pessoas com tempo para ter um hobby! Um homem como ele não tinha hobbies, tinha mais o que fazer. E o que é que haveria demais dentro desses negócios, desses livros?

Dario contou como — de seu ponto de vista — resolveu dar uma chance àquele *parigot*:

— Eu desci, e lá estava ele, sentado de novo, escrevendo nos seus cadernos escolares sobre remédio de leitura e essas coisas. Tudo bem, ele está no seu direito. Aí eu pergunto para ele: "Ei, esses livros aí... Eles cheiram a mar? Eles farfalham como a floresta? Eles caçam ratos no estábulo? Então, Gianni, o que um livro pode me dar que eu não tenho?" E vocês sabem o que ele me disse?

— Que você pode fazer o livro de calço se sua mesa balançar?

— Ou que livros são ótimos para matar os mosquitos daqui?

— Que servem de decoração, você nem precisa lê-los? — Risos, Victoria falando um pouco alto demais; Max, sem falar palavra.

— Imaginem que ele me veio com: é uma terra natal.

Risadas, aplausos.

— Espera aí, eu gostaria de contar a história como ela realmente aconteceu — contestou Perdu. — Depois disso, Dario subiu a encosta com raiva, virou-se e gritou: "Esta aqui é a minha terra natal, *cretino stupido*!"; em combinação com outros palavrões criativos... e uma taça de vinho depois ele voltou para concordar.

Dario e Perdu se recostaram na cadeira e ergueram suas taças, brindando um ao outro. Nesse meio-tempo, Dario achou extremamente agradável viajar nas histórias "e descer da minha montanha", especialmente quando as histórias se passavam na Sicília; nelas ele encontrava a terra natal que tinha sido deixada para trás e uma infância que nunca havia tido. E, quando não concordava com alguma coisa, sabia que encontraria em Perdu uma pessoa sensata com quem conversar, com quem não apenas podia compartilhar seus *pastis* feitos por ele mesmo com diversas ervas selvagens mas também seus pensamentos sobre esse tal de Andrea Camilleri, este, como ele chamou, "pilantra brilhante", ou Elena Ferrante, esta por ele denominada "mãe de todas as mulheres maníacas". Era surpreendente como Dario tinha continuado a avançar nas leituras, chegando até mesmo a Hannah Arendt, uma escalada mental tão árdua que até mesmo leitores experientes precisavam de uma máscara de oxigênio. Certa vez tinha ficado conversando uma noite inteira sobre trabalhar, produzir, criar e agir. As diferenças entre onde Dario se via — "eu trabalho, produzo queijo, mas isso não é algo que dura" — e aquilo de que ele sentia falta: de poder agir, decidir. A capacidade de intervir, de transformar as coisas. Ele estava tão ocupado trabalhando que nunca teve tempo de fazer nada além disso. Ele apontou para os cadernos escolares de Perdu.

— Você está criando alguma coisa. Não é como queijo. Seus pensamentos podem mudar pessoas, lugares e atitudes. Mas você age, Gianni? Intervém? É a sua vida que te impulsiona ou é você que está impulsionando sua vida?

— Terra natal... — Cuneo suspirou nesse momento. — Já nem sei onde nasci, e todo lugar tem potencial de se tornar um lar ou apenas um castelo de areia com vista para o mar.

E começaram a divagar sobre o tema...

— Se eu pudesse escolher, minha terra natal não seria um país, mas um tempo.

— Quando penso em lar, logo vem a imagem de minha mãe e as músicas que ela cantava enquanto cozinhava.

— É possível ter várias terras natais?

— Ei, Max, diga alguma coisa!

Jean Perdu olhou para Victoria. Em alguns momentos, ela se parecia com a mãe, Manon; em outros, não tinha nada a ver. Manon era uma mulher que tinha como lar o marido, Luc, e os vinhedos de Luberon. Será que a filha dela, Victoria, era parecida com ele,

Perdu? Manon tinha dormido com Perdu um quarto de século atrás, mas ele nunca perguntou tampouco descobriu de quem Victoria era filha. De Luc — ou dele.

Estava claro que Victoria tinha uma ligação íntima com a terra, enraizada tão profundamente quanto uma videira viçosa. Como a mãe tinha sido. Aqui ela iria trabalhar, criar e agir. Havia pessoas assim, que levavam uma vida sem concessões; era mais comum encontrá-las no campo, e não nas cidades.

Jean Perdu esperava que ninguém olhasse para ele quando pensasse em Manon; acontecia com cada vez menos frequência. Ainda assim, era como uma cólica, bem no fundo da terra. Como era estranho: poder-se interromper o luto para continuar a viver; o temor de que, quanto menos se guardasse o luto, mais se trairia aqueles que se foram. Que se tivesse amado e, um dia, se voltasse a amar. E, ainda assim: aqueles que amamos nunca morrem. Estão dentro de nós. E nós, dentro deles.

Quais livros, sem serem cafonas nem irônicos, seriam apropriados para tal dilema? Como ele deveria chamar esse sentimento entre a vergonha e a ventura? A vergonha da perda de quem se foi e da perda do luto. A ventura de se demonstrar respeito pela vida. *Vergonha da perda do luto...* Não, ninguém ia entender. Vergonha-ventura, sim, talvez, envergonhar-se por se estar feliz depois de anos de luto...

Ah, ele ainda carregava tantos sofrimentos emocionais, hesitações, finitude, *tsundoku*, saudade do impossível também, e como montar uma biblioteca da própria vida e...

— E onde é a sua terra natal, Gianni? Você vive dentro dos seus livros ou da sua vida? — perguntou Dario em meio aos pensamentos complicados de Perdu.

A pergunta de Dario deixou Perdu ressentido. Irritado. Como se fosse proibido fazer uma pergunta assim no meio daquela paisagem preciosa e maravilhosa, naquela velha casa de pedra, no dia que separava um ano de vida do outro.

Catherine serviu outra bebida para Dario e disse:

— Alguns dizem: minha terra natal são meus sapatos. Outros dizem: onde amo e sou amado, lá me sinto em casa. Outros pensam na infância e em como não sabiam nada do mundo e não tinham preocupações, que esse sentimento de não saber nada é como uma terra natal perdida. Mas talvez a terra natal não seja um lugar, tampouco um sentimento, mas algo que se faz? Algo indivisível, singular, algo que preenche tanto você que faz com que a vida fique perfeita?

— Significa que você está em casa na sua arte, na transformação da pedra em expressão? Não importa onde ou... com quem? Você está em casa onde há martelos e cinzéis?

— Isso — disse Catherine simplesmente. — E você, Max?

— Não sei — murmurou ele.

— Victoria sabe bem, não é?

Piscadela. O gato ronrona.

Dois palestrantes natos, sem dúvida.

— Então, para mim, é cozinhar! — gritou Salvo com os olhos brilhando. — E nem Nápoles, nem Roma, nem Rio. Vocês sabem em que prato *splendido* construí meu castelo, meu reino? Não? Bom...

Perdu estava grato a Catherine por ela ter desviado dele as atenções e não insistir.

— E você, coração? Qual ação é sua terra natal?

Pois essa resposta ele sabia.

Era o ato de dar aos livros um lar; estar com aquelas pessoas para quem eles também se tornassem um lar.

Jean Perdu sentia falta de ser o farmacêutico literário de Paris.

BUSCAR UMA TERRA NATAL

As pessoas se perdem. Deixam partes de si mesmas pelo caminho, um pedacinho do coração amoroso e confiante, um caco de idealismo, cascas de esperança e força que se soltam constantemente de seu eu, e nesse meio-tempo elas correm, como o proverbial coelho, atrás de cenouras duvidosas — promessas ressequidas de desejo, de sucesso, de pertencimento —, e seguem, de forma insistente, na direção errada e por muito tempo. Até que, um belo dia, elas chegam esfarrapadas à porta da livraria. Muitas escolhem o manto da arrogância para camuflar a autoalienação.

Provavelmente, uma em cada duas pessoas que passam pela porta de sua livraria ou de outras farmácias literárias está até certo ponto perdida (seja um pouco, bastante, muito, completamente) e à procura do eu perdido e de sua terra natal — e faz todo sentido começar a busca em uma livraria. Para ser mais preciso, é o lugar mais provável para essa busca ter sucesso, embora incursões ao bar também surtam efeito. Há uma série de problemas que o álcool não soluciona e, quando consumido em excesso, a coisa pode ficar séria, mas o que ele pode, sim, fazer é trazer todos os desejos submersos à tona e permitir à pessoa durante esse processo respirar mais livremente. Isso é, sem dúvida, um ponto a favor das noites de livros e vinho em sua casa, diga-se de passagem.

A pessoa à procura de um lar faz buscas literárias erráticas, vagueia entre as prateleiras com crescente impaciência, não encontra nada realmente bom e se aproximará com desconfiança dos títulos que ficam no caixa ou perto da saída (porque ele — e, sobretudo, *ela* — desconfia que as editoras pagam por aquela localização que se aproveita do impulso de compra emocional — e ela não quer isso. Ela quer o presságio, a revelação, o achado casual, o livro esquecido apenas para ela num cantinho e que encerra a busca e finalmente lhe diz o que ela deseja ouvir, isto é: encontrar o que se precisa buscar).

É melhor se aproximar da pessoa em busca de um lar pelas laterais, nunca de frente. Não pergunte "Posso ajudar?", porque a resposta desesperada será, obviamente: "Não!"

Em vez disso, pergunte: "Você poderia me dar uma ajudinha rápida?"; e entregue à pessoa uma pilha de livros para carregar do ponto A ao ponto B.

Guie a pessoa perdida até sua seção de livros raros, cuidadosamente mantida para guardar uma seleção de obras de três a seis décadas atrás. Organize-as por ano de publicação, pois isso ajudará a pessoa perdida, isto é, a pessoa que está à procura, a explorar imediatamente os anos em que ela — ou ele — era jovem. Jovem o bastante para ainda acreditar em milagres, com idade suficiente para sentir a grande raiva dos jovens pela vida enganosa dos adultos e orgulhoso o bastante para prometer a si que nunca abaixaria a cabeça, nem mesmo por um pedaço de pão.

Acompanhe a pessoa que busca esse lugar único onde ela com certeza vai se reencontrar: o lugar chamado "antigamente".

Os livros desses anos preservam o eu perdido.

E não fique envergonhado se Jackie Collins, Heinrich Böll, Daphne du Maurier, Hedwig Courths-Mahler, Angelique, Stephen King ou Eric van Lustbader também estiverem presentes lá. Trata-se sempre — sempre — sempre, de verdade — apenas da pessoa que naquele momento precisa de sua assistência farmacêutica literária. E nem todos conseguem na juventude — com toda aquela raiva orgulhosa e a tendência a querer fazer tudo completamente diferente dos outros — ler apenas Kurt Tucholsky, Jonathan Franzen, Anna Seghers ou Jane Austen.

Os livros devem agradar quem os lê. E não impressionar uma entidade superior.

Fonte: *Grande enciclopédia dos pequenos sentimentos: manual para livreiras, livreiros e outros farmacêuticos literários*, letra B.

6

Quando Catherine se deitou na cama, ao lado dele, ela disse sem rodeios:

— Você está preocupado com alguma coisa. Desde que Francine trouxe a correspondência.

— Se eu disser "Que nada!" da forma mais convincente possível, vou poder evitar falar disso?

— Vai — respondeu Catherine. — Mas vai ter de ser totalmente convincente; caso contrário não vou parar de te encarar na esperança de te fazer falar.

— Que nada! Com N maiúsculo!

Ela abraçou Perdu, e ele fechou os olhos, apertando-a com muita força.

— É por causa de Victoria e Max. Você não sabe como abordar o assunto?

— De jeito nenhum. E Max... Max é Max. Ele é...

Como se fosse meu filho, quis dizer, mas é claro que não era verdade. Max era um confidente. Amigo. Camarada.

Perdu acariciou os cabelos de Catherine. O formato da cabeça dela, tão familiar para ele. Concentrou-se inteiramente nisso e no perfume dela.

Perdu conhecia Catherine por completo, fosse dia, fosse noite, em todas as estações do ano. Jean viu Catherine se curar, a viu se desenvolver. Passaram tempo juntos. O tempo de sua vida.

E o tempo o levou de volta a Manon.

Jean Perdu não vestia o manto da lembrança com frequência. E, quando o tocava cuidadosamente, permitindo que seus pensamentos retrocedessem alguns passos, era sempre com uma promessa a si mesmo de não trair Catherine e o que tinham se tornado um para o outro.

Manon conheceu Perdu em apenas alguns períodos do dia e nunca em todas as épocas do ano. A soma de suas horas juntos abarcava apenas uma parte, Jean provavelmente não conheceu o primeiro grande amor de sua vida bem o suficiente para saber quem foi Manon. Do que ela precisava. Como devia ter lidado com ela para que pudesse se tornar completamente ela mesma. Todas as Manons que ela poderia ter sido.

— Às vezes — começou a falar Catherine baixinho, aninhada no pescoço dele — eu te amo tanto, Jean, fico tão grata por você ter me encontrado atrás da minha porta verde que tenho um medo infinito, terrível e bobo de te perder. De entrar no seu escritório e a cadeira estar vazia. A casa inteira estar vazia. Como se só pudesse haver um fim hediondo como resposta para toda a beleza.

Perdu a abraçou com mais força.

Ela cheirava a sabonete de oliva, verbena e mulher.

Não era Max. Ou Victoria e a perspectiva de que em breve haveria uma vida nova e mais delicada. Não era Manon.

Eram as perguntas disparadas diretamente da emboscada da naturalidade; a questão do "lar", por exemplo; e "passar dos 55", depois a carta de Saramago. Lutar por algo que é importante para mim? No fim das contas, havia este sentimento urgente: ainda não estou pronto. Ainda não cheguei lá. Não sou eu que impulsiono minha vida. Como é possível dizer uma coisa dessas em voz alta sem se sentir um canalha?

Ao mesmo tempo, Catherine era justamente a pessoa que saberia o que ele queria dizer com isso. Ele não conhecia ninguém mais que fosse tão capaz quanto ela de ter empatia com o ponto de vista, os sentimentos e o modo de pensar de outra pessoa.

Será que ele estava confiando demais nisso? Quantas vezes esteve na pele dela?

Perdu estava lendo Rilke, *Cartas a um jovem poeta* estava em sua mesa de cabeceira. Fazia pouco tempo que Catherine precisava de óculos de leitura, um assunto sobre o qual não queria falar — e se recusava a comprar óculos de leitura próprios. Por isso ela se inclinou sobre Perdu na cama do casal e pegou o dele na mesinha de cabeceira de madeira provençal, juntamente com o livro.

Depois, Catherine se sentou um pouco mais erguida para ler.

Perdu olhou para ela. Catherine tinha o céu estrelado sobre a pele. Sardas, manchinhas. A Ursa Maior em volta do seio esquerdo, tão lindo, o Cinturão de Órion na altura do umbigo. E uma única estrela particularmente brilhante surgiu no peito direito e sua luz se destacava quando Catherine usava vestido com decote ou uma camisa com um ou dois botões ou... desabotoada, como agora.

Ela é meu céu, pensou Perdu.

Ela é meu céu, minha terra. O único porto dos mares. Meu cometa. Esta mulher é o amor da minha vida.

Automaticamente, o polegar dele se comportou como um astronauta cósmico e iniciou um voo suave entre as estrelas da pele da mulher.

— Você sabe que desse jeito eu não consigo pensar — comentou Catherine. Os músculos ao redor de sua boca ficaram tensos, e ela olhou com seriedade por cima dos óculos de leitura... Os óculos de leitura dele, diga-se de passagem.

— Não quero te incomodar — sussurrou Perdu.

— Como Monsieur Rilke era inteligente — disse Catherine. — Estou provavelmente vinte anos à frente dele em termos de estupidez.

— Eu também! Isso dá quarenta anos.

Ela olhou para Perdu.

— Você se pergunta se já viveu o suficiente.

— Sim. Ou melhor: da forma certa. Se vivi o suficiente e da forma certa. Quanta coisa não deixei de fazer? O que mais eu gostaria de tentar? E como você sabe que isso me preocupa?

Ela se levantou com um impulso, se ajoelhou sobre ele e segurou o rosto dele com as duas mãos.

— Em primeiro lugar, porque pelo menos metade da humanidade se faz essa pergunta. E, em segundo lugar, Jean Perdu, porque eu te amo — sussurrou ela.

— Ah, é? Achei que era porque eu era um bobão sentimental.

Ao dizer isso, ele tirou cuidadosamente os óculos de leitura dos cabelos de Catherine e os deixou em algum lugar no mundo, mundo este que sempre desaparecia de forma tão completa quando aquela mulher estava tão perto dele como naquele momento.

— Por isso também — retrucou Catherine.

Ela tirou a camisa passando-a pela cabeça.

O céu estrelado agora tinha ficado bem próximo.

Foram silenciosos, quase não fizeram barulho, a casa estava cheia de gente dormindo. E mantiveram olhos nos olhos até que Catherine fechou os dela, tomou a mão dele e a apertou contra a própria boca.

Naquela noite, ele sonhou com o ventre do barco-livraria. Mais uma vez. Com o período em que, aos 21 anos, depois de concluir a formação de livreiro e obter a licença profissional, passou mais de um semestre, à noite e aos fins de semana, desmontando e remodelando o interior da barcaça *Lulu*, montando prateleiras e enchendo-as bastante com mais de oito mil livros cuidadosamente selecionados, que deviam funcionar como remédio para doenças indeterminadas da alma. Como havia revirado os mercados de itens usados nos arredores de Paris, até encontrar sofás, poltronas e o piano Petrof. Como no início havia decidido morar no barco e economizar para dar entrada no apartamento da rue Montagnard, 27; sonhou com tudo isso.

Sacudindo e boiando, como se o rio Sena estivesse batendo na superfície externa do barco-livraria bem perto de sua orelha, enquanto ele repassava suas anotações em sua cabine e fazia planos de reunir livros e pessoas. Tinha começado a praticar essa técnica com sua mestra, Madame Isabelle Herrou, na Librairie Vagabonde, até que ela encorajou Jean Perdu a pular de cabeça: "E lembre-se: livros são convites para a liberdade, mas nem todo mundo se sente confortável vivendo sem restrições; a maioria das pessoas fica aterrorizada e não percebe que esta é apenas a vertigem causada pela liberdade. Não se decepcione com o que é demasiado humano. E nunca se esqueça: você também sempre terá um negócio para cuidar, não tem outro jeito."

Seu barco-livraria: em outros tempos ele deveria se tornar sua eterna ilha encantada.

Em vez disso, ele acabou dando o barco aos melhores amigos, Cuneo e Samy, "para sempre", e agora descobriu que, no fim das contas, "para sempre" podia ser um tempo extremamente longo.

Enquanto se levantava silenciosamente, tentando não fazer barulhinhos esquisitos no chão de ladrilhos com as solas nuas dos pés, Catherine sussurrou:

— O que foi?

Perdu respondeu com a mesma calma:

— Uma melancolia de calendário. Vou ler alguma coisa sobre queijos. E escrever.

— Está bem — comentou Catherine, como se houvesse entendido. E provavelmente entendeu mesmo.

MELANCOLIA DE CALENDÁRIO

A melancolia de calendário gosta de atacar por volta da virada do ano ou nos primeiros dias de ano-novo, assim como muitas vezes na véspera de um aniversário ou de outras celebrações. Os sintomas são irritabilidade, tristeza, sonhos estranhos e recorrentes em que se volta a ser uma criança em idade escolar, em que se é reprovado em provas, em que se fica nu em público — ou em que se continua a remoer conflitos internos antiquíssimos. O corpo está menos ideal do que nunca, os próprios erros têm um peso enorme e insuportável, e as resoluções positivas são trituradas num cínico moedor de si mesmo. Sente-se vergonha de tudo: de querer pouco demais, de querer em demasia, de estar incomodando os outros por ser quem é; e não há um balcão de reclamações oficial onde é possível se devolver a si mesmo em caso de defeito.

A melancolia de calendário é a prestação de contas do nosso contador interno. Ela acusa a pessoa de tudo que ela não fez, não quer fazer ou não pode mais fazer, porque passou da idade ou tem obrigações. Ela gosta de incluir no balanço geral retrospectivo tudo que deu errado, que não deu inteiramente certo ou que não foi alcançado. Mágoas passadas, exceções feitas, tudo de que se abriu mão, e a conta não fecha: investir tanto, não receber nada em retorno, isso é amadorismo, e todos os custos ficam por sua conta, a serem pagos até ontem.
E num instante a vida já passou, ora essa, que azar.

Como socorrista literário, você deve evitar o erro de tentar chamar a atenção da outra pessoa para tudo que é belo, brilhante e bem-sucedido; seria como um band-aid com estampa de ursinhos para aplacar a dor vital da falibilidade humana. A dor de sermos falíveis, preguiçosos e gananciosos.

Essa seria a hora certa para a oferta de manuais de como tornar o mundo um lugar melhor e de todo tipo de guia de sucesso — *Como se tornar milionário em cinco anos*, *Livre de varizes em três semanas*, *O sucesso não é relativo: a nova fórmula da felicidade!*
Entretanto, não se trata de otimização; o primeiro passo é evitar que a amargura escravize o cérebro. As sinapses em que os pensamentos sombrios se impregnaram devem ser neutralizadas, bombardea-

das. O humor é uma das melhores armas contra a autocomiseração e o cinismo; e não apenas por causa da dopamina, mas também por conta dela.

Em casos de melancolia de calendário, devem ser evitados thrillers sobre mudanças climáticas ou distopias atwoodianas (guarde-os para dias de dor de cotovelo ou viagens de trem com destino a um casamento ao qual a pessoa na verdade nem quer ir). Para a melancolia de calendário existem os livros absurdos e engraçados, como *O diário de Bridget Jones*, as obras de David Safier, os romances policiais com gatos ou ovelhas como protagonistas e, sim, também as obras de Jane Austen, cujos diálogos espirituosos como que acendem velinhas faiscantes no cérebro de quem as lê.

Mas apenas obras de referência têm eficácia garantida e, dentre elas, sobretudo: livros sobre queijo. Isso mesmo: livros sobre queijo, quais são seus nomes, por que e o que se pode fazer com eles.

O pré-planejamento culinário e teórico tem um efeito interessante no cérebro; ativam áreas responsáveis pela antecipação positiva, áreas erógenas, da capacidade de visão, de emoção; qualquer pessoa que leia sobre comida não conseguirá manter a melancolia de calendário.

Você vai usar uma camada de livros sobre queijo para cobrir os esgotos que a lida com preocupações deixa no cérebro e nos quais é possível se continuar insistindo amarguradamente em chafurdar.

Ou seja: tenha sempre um punhado de Jane Austen em estoque, e que nenhuma seção de livros de receitas fique sem manuais de preparo de queijos.

Fonte: *Grande enciclopédia dos pequenos sentimentos: manual para livreiras, livreiros e outros farmacêuticos literários*, letra M.

7

Em princípio, deve-se evitar dormir até tarde na manhã do seu aniversário. Durante o momento em que se desfruta da rara paz na cama (Por que tudo está tão quieto? Ah, é, estou sozinho, estranho... *roooonc*), a pessoa amada se levanta, bola um plano, possivelmente assa um bolo ou tira de um esconderijo secreto um bolo gigantesco montado com a mais fina arte de confeitaria e verifica de novo os armamentos verbais.

Pelo menos foi assim que Perdu se sentiu quando pisou no terraço ensolarado depois de tomar uma ducha.

As três, Catherine, Victoria e Samy, agarraram-no, a namorada à esquerda da mesa, a suposta filha à direita, sua amiga à sua frente. E Jean Perdu apenas com Napoleão, o gato siamês gordinho, como aliado.

Salvo e Max tinham desaparecido na *mas* com uma pressa suspeita para acender as cinquenta e cinco velas do bolo de aniversário. Algo assim obviamente leva tempo. Ou talvez os dois amigos fossem dois bananas covardes que não queriam de jeito nenhum atrapalhar os planos das mulheres, pelo menos não voluntariamente.

Samy apresentou a Jean Perdu uma sugestão detalhada de que ele retomasse a Farmácia Literária para reabri-la. Afinal, ela só tinha sido emprestada, *ne c'est pas*?

— Sim, mas eu tinha dito que era para sempre...

— Para sempre? Onde existe esse negócio de "para sempre"? Só com o papa ou na garantia das canetas-tinteiro Montblanc. Faça-me o favor... Sério, Jeanno, seria uma vergonha se a Farmácia Literária e seu farmacêutico deixassem de existir. É negligência na prestação de assistência, hein, isso dá processo...

— Mas...

— Samy está absolutamente certa. Imaginem todas as pobres almas que não sabem mais o que devem ler!

— Ouvi dizer que ainda existe uma ou outra livraria na França que pode ajudar...

— *Bah, non!* — interrompeu-o Samy. — Livraria, livraria, tudo que ouço é livraria! Não é disso que se trata!

— Não é disso que se trata? — contestou ele.

— Não! — entoaram as três mulheres em uníssono. Essas mulheres maravilhosas e incríveis.

— Trata-se de você, seu tonto. Porque você sente falta da sua pomposidade com livros para pessoas que, de outra forma, veriam o mundo explodir na cara delas — comentou Samantha. Quanto mais ela gostava de alguém, mais o insultava; "tonto" era um sinal de grande afeto.

Victoria pousou a mão sobre a dele. Era uma sensação agradável. Mesmo que Jean Perdu soubesse muito bem que estava sendo manipulado.

— Talvez você não tenha notado — disse ela com suavidade. — Mas você não está completo sem fazer o que ama e o que amou fazer durante toda a vida.

— E já sabemos disso faz um tempinho — revelou Catherine. — E ontem, quando falamos sobre lar, bem, ficou claro onde ficava o seu. E aqui é que não é... E, quando você e eu conversamos ontem à noite, sabe, antes de nós... Bem, ali ficou absolutamente claro para mim. Além disso, vai ser ótimo, porque Samy e Cuneo querem mudar mesmo de vida. E você também, mas, como sempre, você leva um pouco mais de tempo para perceber.

As três mulheres trocaram olhares confirmadores. Catherine nunca titubeava, ele já deveria saber disso.

— Mas que maravilha... Vocês estão fazendo reuniões secretas regulares?

— Temos um grupo de WhatsApp, seu dinossauro — disse Victoria.

Justamente naquele momento delicado, Salvatore Cuneo e Max Jordan saíram da cozinha da fazenda provençal carregando uma travessa entre eles, e lá estava, o maldito bolo de aniversário com cinquenta e cinco pequeninas chamas inquietas, e no rosto dos dois homens, o jovem e o já não muito jovem, a pergunta: "E aí, ele disse sim, o cabeça de papel teimoso?"

O cabeça de papel teimoso se irritou porque eles simplesmente haviam tirado de suas mãos a luta, o questionamento, o pedido, a explicação — embora seu coração estivesse palpitando em um ritmo leve e brilhante.

— Olha, posso ser sincera? — perguntou Samy. — Não tínhamos presente mesmo. Eu queria te dar um secador de cabelo, e Salvo, um descascador de ervilha. Então, imagine que estamos lhe devolvendo seu barco como um presente. Com um lacinho. Você aceita?

— Primeiro quero apagar as velas. Vocês me ajudam?

Todas juntas, suas pessoas favoritas, o ajudaram. Contudo, apenas depois de vários parabéns terem sido cantados sem qualquer ritmo que se curvaram sobre o bolo maravilhoso, e deram risadas, e passaram creme no rosto um do outro.

— *Você aceita?*

Sim!

O barco e seus livros estavam no porto de Aigues-Mortes, onde Samy e Cuneo o administravam como bistrô. Os dois gatos de rua parisienses, Kafka e Lindgren, também moravam lá e mantinham o hábito de pular das prateleiras superiores das estantes na cabeça dos clientes que não se comportavam bem. Porém, bem devagarzinho, de maneira adequada à idade deles. Além disso, tinham ficado redondinhos.

— Mas por que justamente agora?

— Antes não era possível, primeiro tínhamos de pensar no que queríamos da vida — disse Samy com tranquilidade.

— Também queríamos te dar uma chance, Perdito — observou Cuneo. — Talvez você mesmo chegasse à conclusão de que é livreiro e de que já não terá nenhuma outra profissão. Mas um livreiro como você precisa de uma loja. E de clientes. Mas claro que pode ser que você queira abrir uma aqui no meio do nada, então, pois não, ancoramos sua arca de livros aqui mesmo no jardim.

Victoria solta uma risadinha e assopra para tirar os cabelos do rosto; Max pesca migalhas invisíveis da mesa com a ponta dos dedos.

Catherine pousou a mão no rosto de Perdu.

— Se não for agora, quando?

— Então vai ser agora — disse ele e a abraçou, beijando-a em seguida. Será que era tão fácil tornar o impossível possível e todo o medo tinha sido à toa?

NOSTALGIA DO (IM)POSSÍVEL

La Nostalgie du possible — a nostalgia do possível foi o título da edição francesa de um livro sobre Fernando Pessoa do escritor italiano Antonio Tabucchi. A sensação elegíaca de se lembrar de uma vida que a pessoa *quase* teve. Quase.

Se a pessoa ao menos tivesse ousado pedir o número do telefone daquela outra pessoa. Se a pessoa tivesse ficado sentada no metrô, depois da troca de olhares com um estranho, cujo eco ainda paira em sua mente junto a tudo o que seria possível depois. Voltar para casa, o filho imaginário do casal, as risadas, o cheiro bom na cozinha, a felicidade do preguiçoso sol do sul.

Todas essas possibilidades que se tornaram impossíveis por conta de um "sim" não dado ou de um "não sei" murmurado.

A sensação da falta de uma possibilidade, verdadeira ou, talvez, pelo menos mínima; a compreensão de que a própria vida ofereceu milhares de desvios, e um deles teria sido esse. E ele estava muito perto. À distância de um olhar, uma palavra, um beijo, um "sim", um e-mail.

Então, é com essa nostalgia e com a sensação de falta de possibilidades que uma pessoa visita sua livraria, em busca de algo que, na melhor das hipóteses, é difícil, e, na pior, impossível de encontrar. E assim aquela pessoa busca coragem (para mudar alguma coisa) ou consolo (de que as coisas estão boas do jeito que estão). Você pode reconhecer isso no olhar de paisagem que encara além do presente um outro presente que passou.

Seria ele melhor? Talvez não. Seria ele "mais correto"? De algum jeito, sim. E o que fazer com a dor? Todos nós a conhecemos, ela aparece depois dos 40. Quando se avança lentamente, passando por tantas possibilidades, presumindo que elas voltariam.

Elas nunca voltam.

É um desafio porque a coragem quer um conselho, o consolo quer a ajuda do olhar alheio e uma maneira de se perdoar.

Você vai me perdoar por eu lançar mão em primeiro lugar de Anna Gavalda: *La Vie en mieux* e *Uma bela escapada* tratam com maestria dos dois: coragem e consolo. Antoine Laurain também domina a coragem do consolo; tanto *Le Chapeau de Mitterrand* quanto *A caderneta vermelha* giram da maneira mais gentil, mais sutil e mais verdadeira em torno desse anseio de poder mudar para uma vida mais adequada — aquela que foi possível tempos atrás.

Fonte: *Grande enciclopédia dos pequenos sentimentos: manual para livreiras, livreiros e outros farmacêuticos literários*, letra N.

8

Depois do café da manhã, Cuneo e Perdu foram enviados com Max ao supermercado em Nyons para fazer compras — com a tarefa de tirar Max daquela paralisia de "socorro, vou ser pai". Ou, como Victoria disse de forma bastante clara: "Eu imploro, tire-o da minha frente, ou vou sacudi-lo até aquela cabeça desprender do corpo."

Algo deve ter dado errado entre a concepção e a conversa sobre o teste de gravidez.

Cuneo, como sempre muito sensível, começou assim que o barulhento Peugeot vermelho iniciou a descida da encosta.

— Então, Massimo, qual é o problema?

— ...?

— O que Salvo quer perguntar é se podemos ajudá-lo com suas preocupações sobre a paternidade iminente — ouviu-se dizer Perdu, meio sem jeito.

Em vez de responder, Max optou por olhar pela janela por um longo tempo, agarrado na alça de segurança enquanto faziam o percurso acidentado pela estrada sinuosa que descia a colina.

Ao entrarem na estrada principal em direção a Nyons, ele disse:

— Não sei como isso pode ter acontecido.

— Ai, *Dio mio*! Como pode acontecer? Por favor! Ninguém falou com você a tempo daquele negócio de flores e abelhas? Perdito, por favor, diga para ele como isso pode acontecer, sou tímido demais para entrar em detalhes.

— Minha nossa, por favor, me poupe desses esclarecimentos! Eu já sei como acontece! Meu Deus, tenho 25 anos, não 5. Só pensei que... Não foi planejado nem nada, não estávamos planejando... Então... Na verdade, não... Acho que nem conversamos sobre isso de forma mais concreta.

— E daí? — perguntou Perdu.

— E daí? Como assim "e daí"?

— O problema é que você acredita que Victoria teria pensado nisso sozinha e...

— Não, ela não faz essas coisas, é a pessoa mais honesta e direta que conheço, não esconde nada do que está acontecendo dentro dela. O que nem sempre é bom...

Salvo e Perdu sorriram de forma sorrateira um para o outro.

— E como ela te contou?

— Bem, foi anteontem quando ela voltou da cidade vizinha, Apt, onde fica o médico dela. Pensei que ela tivesse ido fazer compras. E tinha ido mesmo, mas depois trouxe aqueles sapatinhos pequenininhos e fofinhos e disse: "Precisamos de outro carro, logo o de dois lugares não vai ser suficiente."

— *Oooun*... — disse Salvo, emocionado.

— E você...?

— Bem, pensei que ela estava falando de comprar um monte de sapato novo, daí falei: "Um engate de reboque não resolve?"

Salvo pisou com tudo no freio e cortou para o lado direito da estrada. Então, ele se virou e rosnou:

— O QUE FOI QUE VOCÊ DISSE?

— Bem, é que eu não tinha entendido na primeira vez...

— ENGATE DE REBOQUE?

— Aí ela disse que íamos ter um bebê, e eu falei: "Putz, que merda..." E aí ela não fala comigo desde então.

Silêncio no carro. O velho Peugeot sacolejou quando um caminhão passou por eles, buzinando.

— Eu estraguei tudo?

— Não é para tanto — respondeu Perdu. — Em uma escala de um a dez, no máximo doze, talvez treze.

— Ela vai me abandonar?

— Só se você continuar sendo um *stupidino*. — Resmungando, Salvo voltou para a estrada.

Ao passarem pela ponte medieval sobre o rio Eygues até o moinho de azeite Dozol Autrand, Max disse com muita calma e muita vergonha:

— Eu ainda queria fazer tanta coisa. Escrever livros, viajar, ir à ópera, aprender a mergulhar, dançar muito, dormir até o corpo doer, ficar com Victoria, e não sei... Todas as aventuras que se espera ter quando se é criança... e agora... está tudo acabado.

Salvo e Perdu ficaram em silêncio enquanto serpenteavam pelas ruas de Nyons. Era uma arte que os dois dominavam: deixar espaço para o que precisava ser dito. Mas apenas o que quer vir à tona, e nunca o que precisa ser arrancado e provocado. Ou seja: manter o bico fechado, mesmo que se tenha vontade de dar um belo tapa no rapaz, bem à moda antiga.

Ficaram em silêncio por cinco minutos, dez, Salvo dirigindo cada vez mais devagar e fazendo alguns desvios.

Depois de circundar pela terceira vez o mercado diante da antiga muralha da cidade, finalmente foi a vez de Max quebrar o silêncio.

— É, eu sei — disse Max —, parece tão estúpido. Mas... eu não tenho a menor ideia de como fazer isso! E se eu for como o meu pai?

Bingo! Lá estava ele, o cerne escuro e denso do medo. Recoberto por inabilidade e medos da vida — que Max, assim Perdu supunha, controlaria —, mas aquele cerne endurecido? De ter medo muito menos de se ter filhos em si e mais do fato de se tornar pai?

Perdu sabia que o pai de Max era um homem que havia criado o filho sensível e talentoso com surras e desprezo. E isso foi encoberto por muito tempo pela mãe de Max, que tentava reinterpretar as maldades do pai dele como expressão de amor. Então, Max aprendeu que o amor precisava doer. E fugiu dele.

Max vinha buscando a aprovação paterna havia anos. Somente aos poucos, durante a jornada conjunta de Perdu, Salvo e ele, e desde que havia encontrado o lar de seu coração em Victoria, foi capaz de deixar para trás a dor profunda da infância. Mas, pelo visto, ela não tinha ficado para trás o suficiente, pois Max ainda temia que houvesse um tirano dominador e desamoroso escondido dentro dele, que o impossibilitaria de tratar bem o próprio filho.

— Massimo, você pensa demais — concluiu Salvo.

— Mas...

— Não, não, não, eu ouvi bem. É sempre a mesma coisa: "Eu pensei que... pensei que ela queria..." Então, se tem uma coisa que aprendi, é que você precisa perguntar, ouvir e fazer. Pensar menos, fazer mais, sim, *capisci*?

— Então, dar flores, fazer massagem nos ombros e ouvir os batimentos cardíacos com o rolinho de papelão do papel higiênico?

— Por que um rolo de papel higiênico?

— Li isso em um fórum de ajuda sobre como ser pai. Você encosta na barriga e põe o ouvido contra ele para poder ouvir os batimentos cardíacos do bebê.

— Talvez a gente possa começar pelas flores. E com uma joia. E um pedido de perdão sincero e muito amoroso. O resto também vamos resolver e descobrir como se tornar e como ser pai, tá bom?

Os três homens começaram pelo primeiro passo depois de fazerem as compras mais necessárias no departamento de produtos domésticos.

Perplexo, Max ergueu um dos incontáveis pacotes de fraldas.

— Dois a três quilos, quatro a seis, oito a doze... Minha nossa! Os bebês fazem mesmo, hum, tanta...?

Cuneo puxou o pacote de fraldas, olhou-o de todos os lados e o jogou em Perdu — que estava se escangalhando de rir.

— Seu cabeça de *cannelloni*, você acha mesmo que os bebês cagam três quilos? Três quilos de quê? Esse não é o peso da caca, mas da criança, *stupido*!

Quando notou que Perdu ria, Max se virou, ofendido.

— Como alguém pode saber isso... — murmurou ele.

— *Ecco*, como? Onde você esteve nos últimos séculos, foi congelado e descongelado? Nunca trocou a fralda de um bebê? Primos pequenos, filhos de amigos, não? Achei que você escrevesse livros infantis!

— Sim, mas crianças de 8 a 12 anos vão ao banheiro sozinhas, *não é*?!

— Aqui — disse Salvo, jogando para Max um pacote de papel higiênico. — Então, você vai escrever para ela a carta de amor mais longa de todas, e escreva no papel higiênico. Com um pouco de sorte ela vai rir de você, e rir é o primeiro passo para se voltar a amar.

AMAR E REAPRENDER A AMAR

Ser capaz de amar significa acolher a outra pessoa em seus erros. Ser capaz de seguir a outra pessoa nos complexos emaranhados de pensamentos em que ela se enrosca. Admitir que a outra pessoa possa ver exatamente o mesmo mundo de uma maneira completamente diferente.

Amor significa mudar de lado, ser capaz de fazê-lo constantemente, olhar com o coração do outro para a dor e para a esperança, é calar o próprio ego para ouvir o outro e percebê-lo como menos "diferente". Menos medo, menos mal-entendidos, menos julgamentos de outros, da "alteridade".

Mas esta capacidade de amar: ela não acontece sozinha!

Aprender a ler é aprender a amar. Libertar-se de si mesmo e vagar pelos labirintos emocionais das personagens, ouvir, às vezes, um eco de si mesmo e, ao mesmo tempo, viver no corpo, com o pulso, com a pele, com a força, com a fraqueza, com as idiossincrasias idiotas de outra pessoa, estar no outro, ler, entender de forma sensível: ser escravo, ou bobo da corte, ou a filha mais nova de uma família vitoriana, uma criança judia de 11 anos perseguida, um dependente químico, uma pessoa com certa cor de pele, um sotaque ou um cheiro que certas pessoas consideram ameaçador.
Somente aqueles que conseguem ver a humanidade em cada pessoa fora do próprio horizonte de experiências e sentimentos e não mais descrevem o "outro" como diferente, mas como outra parte de um "nós", serão capazes de (voltar a) amar.

Como um farmacêutico literário pode ajudar nisso? Tendo disponível uma série de livros do tipo "Ah, então é assim?". Sim, estes são títulos que não saem tanto quanto os livros "É exatamente assim!".

Estes últimos se movem no porto seguro de clichês cativantes e estereótipos sólidos — você os conhece: mulheres que se acham gordas demais conhecem o cara dos sonhos, com dificuldades de relacionamento, e recebem ligações com muita frequência da mãe preocupada e moram em um vilarejo com os típicos e recorrentes segredos pessoais e de família. Esses livros também têm valor medicinal, mas não para aqueles que estão reaprendendo a amar; esses precisam do incomum, dos livros do tipo "Ah, então é isso?", que contam algo que você nunca vivenciou antes. Comece com suavidade, com vozes de uma cultura diferente, de uma socialização diferente, de Israel, da Índia, do Japão, do Brasil, do Senegal, e ensine aos clientes do sexo masculino que os livros escritos por mulheres não são livros de mulher ou sempre alguma besteira sobre lua e menstruação (embora esses temas possam ajudar imensamente uma pessoa ou outra). Expanda para romances narrados em primeira pessoa, de preferência com o gênero contrário àquele com o qual a pessoa se identificar. Se você não tem certeza se a pessoa com quem você conversa rejeita fundamentalmente as atribuições de gênero, Ursula K. Le Guin é sempre uma boa pedida, especialmente com *A mão esquerda da escuridão*, ou a releitura dos mitos gregos por Madeline Miller. E finalize com alguma poesia, do tipo que deixa espaço para reverberação e eco, no máximo uma miniatura por página, para que a pessoa que volta a amar possa se expandir nela, com muito cuidado e cautela, e ao mesmo tempo soltar novamente as mãos, que ela manteve tão coladas e apertadas no corpo. Era para que ninguém batesse nessas mãos delicadas, mas agora elas podem se abrir de novo, ousar segurar a mão de alguém completamente diferente.

Fonte: *Grande enciclopédia dos pequenos sentimentos: manual para livreiras, livreiros e outros farmacêuticos literários*, letra A.

9

Ele ficou mais velho e, ao mesmo tempo, mais jovem. Era como se alguma coisa dentro dele estivesse descongelando, e ele não sentia que havia congelado e perdido a elasticidade. Jean Perdu olhou para Victoria — *Vou ser vovô. Bem, de segunda mão, mas, por favor, senhores, talvez isso vire tendência, vovôs substitutos de segundo escalão?* —, olhou para Salvo Cuneo e Samy — *Vou voltar a ser livreiro!* — e se sentiu meio embriagado. Embora só houvesse água mineral Badoit no almoço, acompanhada de uma deliciosa salada com cubos de melancia e melão-gália, queijo de cabra condimentado, folhinhas de hortelã e rúcula da horta, ao lado de um contrafilé com um delicado molho de gorgonzola que só Salvo Cuneo sabia preparar. Perdu sentia-se... sim, como a jovem Garance em *Uma bela escapada*, de Anna Gavalda. Porque algo tinha sido reencontrado. Porque outra coisa tinha chegado ao fim. Porque, de repente, ele sentia o peso do tempo, pois quantos dias mais leves e perfumados passaria exatamente com aquelas pessoas, naquela reunião?

Tinha um pouco a ver com a idade, mas não muito. Todos eles, seus amigos e ele, se separariam, uns iriam para o sul, uns para o norte, em outros dias e noites cheios de outras preocupações e pessoas. Era bom absorver três dias de felicidade como uma esponja. Uma esponja de felicidade que seria possível torcer quando fosse preciso. E, passando um tempo, seria um recife de coral, seco e cuidadosamente colocado numa prateleira onde ficavam arquivados todos os dias bons.

No entanto, os dias em que se tirava coragem do fato de se ter uma pequena legião de amigos e *comrades*: eles também precisavam ser planejados, medidos e classificados de forma adequada, era necessário um plano para voltar ao trabalho.

No dia 2 de setembro, a *rentrée* e o fim de semana anterior à volta das crianças ao batente do cotidiano escolar, e os adultos regressam para trás dos balcões, aos escritórios abafados e aos pedais das engrenagens em que se inseriam (por causa das crianças e de tudo mais que pensam os vizinhos, e já se está economizando para as próximas férias, ah, Sanary-sur-Mer, ou pelo menos um acampamento na Bretanha?), a Farmácia Literária podia voltar a funcionar.

Mas onde? Paris. Bom, isso estava claro. E como? Não precisava ser de ônibus, o barco estava funcionando, então voltaria para o norte com o motor soprando fumaça tranquilamente.

Mas o crucial: com o quê?

Perdu quase não se inteirou de nenhum título novo nos últimos três ou quatro anos. Eram pelo menos dois mil romances perdidos que tinham chegado às livrarias em agosto, pouco antes da *rentrée* — aquelas obras em que as editoras apostavam, que venderiam loucamente ou ganhariam prêmios. Ele não sabia quais novas tendências haviam surgido, que novos espaços de significado apareceram — porque livros eram isto: ecos daquilo que mobilizava uma sociedade. Que motivava as pessoas. Que as deixava dormir. Que não as deixava dormir.

Cada programa editorial de outono era o diagnóstico de um país e da situação de seu coração, de sua espinha dorsal e de seu espírito.

Seria a França ainda um país que buscava refúgio na literatura — consolo, distração e trégua de dois presidentes que não gostavam de ler nem nunca escreveram um livro (que filisteus!)? Ou seria a França que Victoria disse estar "pronta para a nova revolução"?

Porque alguns buscavam o novo, a tecnologia, o ritmo de vida mais acelerado. E outros recusavam de forma empedernida e se apegavam mais do que nunca ao já conhecido. Às vezes desafiadores, às vezes medrosos, às vezes por não conseguirem salvar o mundo tendo de cuidar de filhos, de idosos, do trabalho, com um transporte público horrível, com aluguel no dia 5 de cada mês, aparar a grama (por causa dos vizinhos...) e limpar a casa.

E, enquanto Victoria deixava escapar tudo isso, irritada — em postura ereta, linda, tão incrivelmente madura —, ela segurava... sim, Perdu viu isso claramente, ela segurava a mão de Max com força. E ele a dela.

Max já teria escrito a poesia no rolo de papel higiênico? Ou o que aconteceu nos dez minutos que Max e Victoria ficaram sozinhos embaixo da oliveira?

— Mas há também a questão: com quem? Perdito? Você está me ouvindo?

Perdu emergiu do mar de pensamentos quando Salvo Cuneo refez a pergunta com quem ele pretendia recomeçar a Farmácia Literária.

— Perdoe-me, mas minha mulher aqui e eu, as divinas Hécate, Circe, Diana e Afrodite, passaremos o verão inteiramente por conta da impossibilidade de nos estabelecermos em um lugar fixo e inaugurarmos o restaurante que eu esperava não gerenciar sozinho. Primeiro precisei da mulher certa para encontrar meus *cojones* para ter meu próprio restaurante. E é por isso que... Você entende.

— O quê? Isso é maravilhoso! E como vai se chamar o restaurante?

Salvo enrubesceu.

Ele enrubesceu! Era inacreditável! Ele girava nervosamente com as duas mãos as pontas de seu maravilhoso... bem, do bigode guidão.

— A Farmácia Culinária... *La pharmacie culinaire*. As pessoas vão contar a Samy como estão, em seguida eu preparo alguma coisa para elas se sentirem melhor ou menos mal, e enquanto isso ela lhes servirá boas doses de álcool. O melhor vinho da vinícola de Victoria. Elaboramos um cardápio básico para os... hum... estados de espírito mais comuns. E, sim, de alguma forma a culpa é sua.

Estava claro: não era apenas a vida de Perdu que podia dar uma guinada.

— Então — trombeteou Samy. — Com quem?

— Com quem o quê?

— Bem, com quem você vai levar o barco até Paris e com quem vai reconstruir o negócio!

Perdu olhou para Catherine.

Seu olhar era um convite para que fosse com ele a Paris e observasse a velha e calma França pelo avesso. Mas Catherine, esperta, não permitiu que ele fizesse isso.

— Não se trata de uma viagem romântica, *mon cœur*. Trata-se de perguntar como *você* quer viver. E, acredite, é melhor pensar nisso sozinho para se permitir ter todos os pensamentos e não fazer essa cara indefesa o tempo todo.

— Significa que você também vai pensar sobre isso? E que não quer fazer caras indefesas quando não estiver sendo observada?

— Claro que sim! Já está decidido com quem quero morar, caso você queira saber. Com você. Com você e sempre com você. Mas o *como*: não devemos fugir dessa pergunta. Passei muito tempo com meu primeiro marido tentando conviver com o "como" *dele*. Até que... Bem. O resto é história, ele está divorciado pela segunda vez agora (*ora essa, como ela sabia disso?*). E sou grata a você porque, com você, tudo é possível, não importa o *como*. Mas, sim, eu também vou pensar no meu *como*. Quer eu queira trabalhar aqui, em Paris, quer em outro lugar. E para isso também preciso de um tempo.

De repente, houve silêncio à mesa.

— Max — disse Victoria, decidida. Ela agarrou a mão do marido com tanta força que as costas dos dedos ficaram brancas. — Leve Max com você para... navegar seu barco de volta a Paris. E, claro, também para prepará-lo para a reinauguração.

— Mas achei que ele fosse ter coisas completamente diferentes para fazer aqui agora...?

As coisas em que Perdu pensou: massagear ombros, levantar em horas inoportunas da noite e buscar comidas estranhas que a gestante desejar, pintar o quarto da criança, fazer mais, pensar menos. Estar lá. Que droga: estar lá! E não ficar gondolando por aí pelos canais.

E por que Catherine sabia que seu ex-marido estava divorciado da mulher por quem ele descaradamente trocou Catherine e, ao mesmo tempo, a fechadura do apartamento?

— Acabamos de discutir isso — comentou Victoria com resolução renovada, mas ela estava suando.

Max parecia bem menos determinado, mas, em todo caso, também suava.

Perdu fitou Catherine, depois Samy, as duas deram de ombros, mas apenas com os olhos, bem abaixo das sobrancelhas.

Ele olhou de novo para Victoria e viu em suas feições o pai dela. Luc. O Luc de Manon, o produtor de vinho que certa vez disse que sempre existe um caminho para subir a montanha. Sempre. Qualquer montanha. Que eles haviam encontrado uma maneira de aceitar o fato de que Manon, em sua grande, surpreendente e plena primavera da vida, não havia sido feita para apenas um homem, mas para dois, para Luc e Jean. E que a fome de vida de Manon queria tudo. De um lado, a vida que ela conhecia e que era a sua casa. Nas montanhas, nas vinhas, no sul, na linguagem das cigarras, no azul do céu, ah!, aquele azul único!, e nos damascos e na cor da terra. E de outro lado, a fome de Paris, de Jean e da vida com os livros, o tango, a cidade, uma *eu-xistência*, sim, ser apenas um "eu", não uma filha com tarefas, não uma mulher com um futuro definido em um vinhedo. E que essa fome por um *e* em vez de um *ou* tinha de ser saciada.

Luc sabia disso — e deixou que Manon fosse quem ela era. Sem se magoar. Sem também se desviar sequer uma vez do caminho para se fazer de vítima e acusá-la falsamente.

Há um caminho para qualquer montanha.

Victoria estava na barriga linda e macia de Manon na última vez que Perdu esteve com Manon. E o que quer que a filha de Manon tenha discutido com Max, seu marido, futuro pai, que ainda era uma criança por dentro, um menino que mantinha as mãos sobre a cabeça para se defender dos golpes do pai, um menino que ainda não estava satisfeito e queria viver aventuras, que queria ser corajoso o suficiente para arriscar pelo menos uma pontinha de aventura.

O gesto de Victoria veio da mesma fonte de amor, empatia, compreensão, desapego, teimosia, lealdade e grandeza que Luc teve para com Manon.

Não pergunte, diziam os olhos de Victoria.

Enormes.

Não pergunte o que me motiva, mas hoje é a coisa certa a fazer.

Então Jean Perdu não perguntou.

Em vez disso, disse devagar:

— Vou levar o barco para Paris com Max. E, na sequência, procuro alguém que mal possa esperar para assumir aquele que provavelmente é o trabalho mais lunático do mundo. E daí veremos o que vai acontecer. Já leu Terry Pratchett, Vic? Preciso te dar todos os romances do *Discworld*. Você vai adorar a Vovó Weatherwax.

DESAPEGO

A felicidade interior requer duas qualidades: a capacidade de correr atrás. E a de se desapegar.

Uma não funciona sem a outra. É preciso ter desapego, abrir a mão, o punho, para se poder agarrar algo novo, algo diferente, para se aproveitar da própria vida, tão curta. Entretanto, é tão difícil, e, às vezes, como farmacêutico literário, você encontrará alguém interiormente com os punhos tão cerrados que será preciso imaginar a pessoa segurando um buquê de rosas já não muito frescas. As mãos estão fechadas com tanta força em torno dos caules com espinhos, em torno das antigas belezas que outrora foram flores cheias de perfume, manhã e paixão, futuro, confiança e desejo, devoção, segurança e hábito, e agora murchas, apodrecidas, dilaceradas, apenas para não soltá-las. O sangue desliza pela pele delicada, pela alma, corre e escorre, e os dedos ainda estão apertados. Como pode alguma coisa que antes estava viva de repente estar morta?

É o que acontece na alma: é difícil abandonar o que antes era uma promessa, se desapegar do que se ama e esperar que a confiança não seja quebrada, desprezada; ou se desapegar de uma pessoa para dar espaço e ar para ela se reencontrar.

No entanto, as feridas só conseguem cicatrizar quando a mão está livre, quando os espinhos são removidos. A cicatrização leva tempo. O que fazer para superar esse momento? Como aguentar os minutos em que não se pode telefonar? Como passar as noites em claro sem esperar o "plim" de uma mensagem na caixa de entrada do e-mail? Como colocar uma distância entre você e o que antes era tão presente, vivo e verdadeiro? Como suportar o silêncio? Como algo tão silencioso como um livro pode ajudar?

Em uma palavra: séries.

Você precisa de séries em sua farmácia literária, tão emocionantes, fantásticas ou sanguinárias quanto possível. Elas ajudam com dor de amor. Nem histórias românticas, nem histórias humorísticas: deixe o sangue correr solto, essa é a válvula de escape ficcional para compensar toda a dor, toda a afronta, toda a humilhação e toda a raiva.

Mas principalmente: séries. Romances em universos paralelos, como os de Terry Pratchett. Para que os fins de semana, que são longos e amargos, sejam salvos. Para que sejam preenchidas as noites em que não se quer ver ninguém que venha com bobagens como "Levanta a cabeça, tem outras 8 bilhões de pessoas no mundo" (sim, talvez, mas não ELE!). Como viagens, fugas ou o sequestro absoluto do presente e da realidade. E isso sem ter de se abrir mão das personagens que se passou a amar.

Fonte: *Grande enciclopédia dos pequenos sentimentos: manual para livreiras, livreiros e outros farmacêuticos literários*, letra D.

10

Rever a brancura cintilante da areia, do mar e do céu, trinta anos depois de sua primeira — e única — visita à Camarga, fez com que os anos que se seguiram se fundissem numa única noite.

Jean Perdu desembalou cuidadosamente essa lembrança, que estava embrulhada em veludo preto na caixa de fotos.

Seria possível que não tivesse sido ontem, mas, sim, nos coloridos e distantes anos oitenta do século passado? Quando Jean Perdu e Manon passaram aquelas semanas de verão nas salinas rosadas de cavalos selvagens brancos, flamingos, manouches, céus noturnos de cinco cores e solidão lasciva. E não é que ele ainda tinha areia nos sapatos, a mesma areia que havia sentido embaixo dos pés descalços quando saiu do mar, nu, e foi até a amante, igualmente nua, e fizeram amor. Manon se abriu por inteiro, sussurrou o nome dele tantas vezes que Jean Perdu virou realidade, seus contornos se definiram. Ele gostou do homem que esteve ao lado dela, ali, no delta fluido de água doce e salgada, pântanos, lagos e a sempre presente ameaça de morte. A morte na areia movediça, no pântano ou porque o pedacinho de terra, o último caminho possível, se alaga como se nunca tivesse existido. Perdu raramente havia compreendido tanto o poder e a finitude da vida. A possibilidade de tudo.

Em Aigues-Mortes, a cidade das águas mortas, estava ancorada *Lulu*, sua Farmácia Literária, não muito longe das praias, das dunas e das salinas onde Perdu provou a essência da vida aos vinte e poucos anos. As noites estreladas. Os cavalos dóceis que tinham montado, descendentes daquela égua mística que Netuno, o rei do mar, dera a um caçador de touros. Nascidos das espumas das ondas e tão fortes, tão infinitos quanto as ondas deste antigo elemento.

Selvagens, bronzeados, dedicados um ao outro como a primeira e a última pessoa: esses eram Manon e Jean. Peixes grelhados na fogueira. Cabana de troncos trazidos pelas águas. Conversas infinitamente longas. Baseadinhos compartilhados.

Jean se lembrou de como naquela época, naquelas praias, ele tinha, por sua vez, se lembrado de quando era menino na Bretanha, em outro mar eterno, e vira pela primeira vez a Via Láctea, aquela tímida maravilha da noite — e soube o que era a vida. E sabia que não havia nada que se pudesse fazer de errado — enquanto a pessoa viver, enquanto a pessoa perceber que está viva.

Com que frequência percebemos nossa existência? E por que sempre nos esquecemos dessas coisas?

Perdu embalou com cuidado os dois diamantes de lembrança; seu eu menino. Seu eu jovem. Depois olhou ao redor para registrar aquela imagem: Max ao lado, uma mochila para ele, outra para Perdu. Era mais do que haviam carregado naquela primeira viagem. Tiveram de sobreviver sem dinheiro, sem cartões de crédito, sem telefone e convertendo livros em moeda para croissants, vagas de ancoragem, acesso à rede elétrica de duzentos e vinte volts e autorizações para navegar nos canais.

Eles conheceram Cuneo e Samy, dançaram tango, Max amou a bela Elaia pela hora emprestada do horário de verão, e Jean acabou reencontrando de forma suave, bem suave, sem exagerar, uma pontinha de música e vida.

E agora estavam ali, depois de todas as vidas já vividas: os dois começavam uma nova temporada.

— Que tipo de acordo é esse entre você e sua esposa? — perguntou Perdu enquanto estavam sob o sol alto de junho e o céu brilhante do sul. Ele não olhou para Max, o grande Max, alto e magrelo, que tendia a curvar os ombros para a frente a fim de parecer menor.

— Dois meses — respondeu ele. — Ou três. Quanto tempo precisarmos. Ela disse: "Não quero um homem que abra mão de alguma coisa por mim. Não quero um homem que mais tarde se pergunte: 'E se eu tivesse...?'" Ela disse: "Faça o que quiser, com quem quiser, guarde para você, volte quando realmente quiser e, depois, aprenda a construir castelos de Lego, a trocar fraldas, e aguente todas aquelas fitas cassete com canções infantis. Mas, antes disso: mate todas as suas vontades. Se não fizer isso por mim, pode ir para o quinto dos infernos."

— Ela te ama.

— O difícil é entender por quê — disse Max baixinho.

Ele se virou de repente para Perdu.

— Uma mulher deveria fazer isso? Precisar dizer isso? Uma grávida, a melhor, a mulher mais maravilhosa do mundo? É demais. E comigo. Logo comigo! Eu sou... isso aqui... — Ele não soube como continuar. — Ela disse isso de um jeito que eu não consegui dizer não. Entende? Se eu tivesse dito não, ela nunca mais ia confiar em mim. Teria prestado atenção em como eu estava todo dia, à espreita, aguardando que eu fizesse uma careta e sonhasse com orgias em um harém marroquino ou algo assim. Eu sabia que não podia dizer: mas que besteira. Sinceramente... mulheres... Ou melhor: essa mulher.

Fez uma pausa.

— Essa mulher grandiosa. Não conheço ninguém que seja tão prática quanto ela. Quando ela se mata de trabalhar. Quando ela ama. Mesmo quando dorme, ela abraça o sono com toda a força... E não quero que ela me largue nunca. — Um suspiro infinito, no mínimo com a profundidade da fossa das Marianas. — Maldito "engate de reboque".

— Sim — disse Perdu ao jovem príncipe infeliz. O que mais se podia dizer nesse caso?

"Viver na direção das respostas", como aconselhou Rilke, era algo que ele, o homem mais velho e um pouco mais sábio, poderia ensinar agora, claro. Contudo, uma das vantagens de envelhecer era poder abreviar as coisas simplesmente mantendo a boca fechada.

— Vamos lá encontrar *Lulu* — sugeriu Perdu.

. . .

A Farmácia Literária estava ancorada além das muralhas góticas e desafiadoras da cidade de Aigues-Mortes. A enorme fortaleza se estendia por mil e seiscentos metros ao longo do porto e dos pântanos, a Torre Constance vigiava a lagoa.

— Durante setenta e um anos — disse Perdu enquanto olhavam para a torre — Anne Salièges ficou presa nessa torre, desde quando era um bebê de 6 meses.

Max se virou para ele com um olhar horrorizado.

— O quê?!

— Marie Durand, por trinta e oito anos, logo depois do casamento, ela estava com 18 anos. Era uma huguenote. Altamente alérgica a intolerância religiosa. Tudo o que ela precisava fazer era renunciar à sua fé protestante. O que ela não fez. *Résister* era seu lema. Resistir.

Max semicerrou os olhos para se proteger do sol.

— Mulheres — murmurou ele. — São mais fortes que os homens.

— Sem dúvida — concordou Perdu —, é por isso que os homens dificultam tanto as coisas para elas. Às vezes, intencionalmente; às vezes, involuntariamente...

— Vai continuar assim o tempo todo?

— Como assim?

— Você vai continuar me dizendo o tempo todo como eu sou um péssimo exemplo de nosso gênero?

— A única pessoa que diz isso o tempo todo é você, Max.

Eles se entreolharam, cada um com seu lado da verdade.

O que Victoria tinha dito a Maximilian? "Volte quando tiver saciado todas as suas vontades."

Quando é que alguém matava todas as vontades? Alguém já tinha conseguido esse feito?

E Catherine deu a ele, Perdu, uma missão: "Acompanhe-o em sua transição. Ele ainda não teve muitas, ainda não sabe que o melhor da vida é a mudança, que é ela quem cria a vida em primeiro lugar."

As palavras de Perdu chegaram devagar.

— Eu era desajeitado — começou ele. — Para mim não era fácil fazer amigos. Faltava-me o brilho nos olhos e a ferocidade casual que fascinava as garotas. Eu tinha um amigo, Vijaya, de pais indianos, e é inacreditável o que esperam de um menino, principalmente se for um menino estrangeiro. É preciso fazer três vezes melhor que os outros, ser três vezes mais arrumado, três vezes mais modesto. Mas ele era uma negação tanto quanto eu. Negação se partirmos do clássico modelo masculino. Eu morava nos livros e com os livros. Eram meus confidentes. Eu não os decepcionava e eles não me decepcionavam. Em algum momento, conheci Manon. Ela decidiu que iríamos em frente, eu não sabia se ousaria. Mas encontrei uma versão real de mim mesmo, não uma versão selecionada. Uma versão verdadeira. Quando ela foi embora, eu não consegui mais me encontrar. Ela primeiro me agarrou de jeito e depois me soltou. E eu caí. Caí por mais de vinte anos. Não sou mais velho que você, dentro de mim, no que diz respeito ao amor profundo e brilhante, à familiaridade e à intimidade, ao que acontece com um homem quando ele se torna um "nós", uma parte permanente da vida de outra pessoa. E o que acontece quando a pessoa, além de um "nós", também é um "eu". Quando se tem a seguinte sensação: "Estou apenas vivendo a vida deles ou tenho a minha própria? E vale a pena desistir desse 'nós' por uma vida própria?" Não posso criticar você em nada, Max. Pois eu não sei fazer melhor que você. Se soubesse, não estaria lá no alto da montanha em vez de voltar correndo para os meus livros para fazer as minhas coisas sozinho?

Silêncio. Vento que cheirava a sal e alga marinha. Garças brancas voando acima; como será que o comportamento esquisito das pessoas, correndo de um lado para outro, afetava os pássaros?

— Que ótimo — disse Max em seguida com um sorrisinho. — Achei que a gente ficasse automaticamente mais inteligente à medida que envelhecia.

— Quem dera. Na maioria das vezes você apenas envelhece.

— Então, na estrada com dois *stupidinos*, hein?

— O plural é *stupidini*. Você poderia escrever um livro sobre isso — respondeu Jean.

— Tragédias não vendem muito bem em livros infantis.

— Talvez fosse bom se as crianças aprendessem com o tempo que os adultos não sabem de nada, apenas fingem saber de tudo.

— As crianças percebem tudo. Ainda não sei muito sobre elas, embora eu também tenha sido uma. Sempre quis me livrar dos meus pais. Simplesmente ficar sozinho.

— Existe um cavalo mágico aqui em Aigues-Mortes. Lou Drapé. Branco, grande, veloz. Ele sabe falar. Recolhe as crianças que vagam pelas ruas à noite e galopa com elas no dorso de um lado para outro. Elas praticamente se livram dos pais e experimentam as coisas por conta própria.

— E quando começa a parte divertida dessa história?

Perdu dá de ombros.

— Não se sabe para onde as crianças vão quando desaparecem. Talvez para dentro do mar. Talvez para o pântano.

— Agora sei o que vou fazer com você um dia.

— Hein?

— Uma pulga de livro. Ela se senta na orelha das crianças e conta histórias para elas, uma diferente para cada criança. E exatamente as de que elas precisam no momento.

Eles continuaram andando, deixando a si mesmos um pouquinho para trás — e lá estava ela, de repente, bem diante deles: a Farmácia Literária!

Sua *Lulu*. Com seu lindo ventre verde e preto cheia de livros, decorada com um cinturão vermelho. Dois beliches, uma cozinha de bordo com banco e mesa de canto, um banheiro minúsculo. Uma *péniche Freycinet* modelo antigo em um vestidinho recém-engomado:

Salvo e Samy haviam repintado o barco, estenderam uma corrente colorida de lanternas da popa à proa e transformaram o convés em um terraço de bistrô com flores e ervas. Ali, embaixo de um toldo vermelho, Kafka e Lindgren estavam deitados em almofadas orientais — e, quando Jean Perdu sussurrou baixinho "*Salut* para vocês dois", os gatos de rua parisienses que haviam sido sequestrados e levados para o sul se levantaram em um pulo e vieram na direção dele! Suas caudas se ergueram como dois espanadores. Suas feições pareciam dizer "Suba logo a bordo". E foi isso que o farmacêutico literário fez, muitos anos depois de ter deixado seu barco, seu reino, seu castelo flutuante de livros, sua ilha milagrosa.

Os gatos vieram, com suas garras minúsculas fazendo um clique-claque nos degraus de madeira, e rodearam suas panturrilhas, passando as carinhas nos tornozelos dele.

E estava quase tudo como antes; seu balcão, as estantes, o piano, as duas poltronas fundas diante da enorme escotilha estavam lá.

Lá estavam todos os companheiros, suas amigas: seus livros!

Eram lágrimas? Se tivessem sido enxugadas rapidamente, ninguém teria visto.

Foi como se ele reencontrasse a si mesmo.

Enfim estava em casa de novo.

Com seus livros.

NATUREZA DA BIBLIOTECA PARTICULAR

Quem observar sua biblioteca, sua expansão maravilhosamente irregular, estará lendo seu íntimo. Todos os anéis de crescimento, como nas árvores, se tornam visíveis, Tolstói, Irving, King, Rowling, Highsmith, Allende; romances policiais, biografias, poemas, tudo tem e teve seu tempo por diversos motivos.

A pessoa se lembra de si da mesma forma que leitores vorazes tendem a fazer: usando a visão de suas estantes de livros, que lhe dizem exatamente quem ela foi um dia. Alberto Manguel chamou isso de "inventário". Por que se escolheu este ou aquele livro e de onde vêm todas as nuances de opiniões, planos, sentimentos? Como foi naquela época de ouro ter lido Troller e naquela época de revolução ter lido pela primeira vez Musso ou Austen; e a dor de amor ou o luto ainda estavam pousados nas páginas de Barbery, Didion, Hustvedt ou Wolfe: a fúria por mudança, viajar pelo mundo.

Uma pessoa raramente consegue fazer outra coisa senão, ao olhar para os livros que guardam sua biografia, ajudar a memória a se reencontrar e se ver — e se comparar com o antes, o hoje, naquela época, o passado, o entrementes, o há pouco tempo.
Poder testemunhar a si mesmo. Sentir os anos que a pessoa conseguiu viver.
Então já cheguei até aqui?

Muitas vezes, as pessoas só sentem a própria existência quando são notadas pelos outros; basta um olhar para as redes sociais e a fome obsessiva por interação para saber quanto se busca de forma urgente e incurável essa necessidade de ser percebido pelos outros. Quem tem uma biblioteca própria se sente notado fundamentalmente por meio de suas leituras. Uma maneira de afastar alguém da dose diária de seis horas de internet seria recomendar exatamente aquelas histórias que, juntas, representam a lente de aumento de si e de todas as suas facetas — mas essa é uma tarefa que leva vários anos e é chamada de "clientela regular".

Fonte: *Grande enciclopédia dos pequenos sentimentos: manual para livreiras, livreiros e outros farmacêuticos literários*, letra N.

11

Claro: eles são, em conjunto, apenas dois, três, quatro corações entre bilhões de pessoas (e dois gatos). Mas aquela noite, depois de os quatro terem passado quatro horas comprando provisões, era a mais importante de todas as noites de todas as bilhões de pessoas. Pelo menos foi o que pareceu a Perdu enquanto planejavam o percurso, debruçados sobre a rede hidroviária da VNF, o transporte fluvial da França. Ao lado dele, seu laptop novinho para que pudesse começar seu retorno ao mundo dos livros. Buscar títulos, encomendá-los, se entrosar de novo com um ritmo que não se dança faz muito tempo. E reabastecer as prateleiras bem defasadas e as mesas que Samy e Cuneo transformaram em cantinhos de bistrô. Atravessariam as três áreas da VNF, Ródano-Saône, Borgonha e, por fim, a bacia do Sena. Ele precisava comprar um selo com o administrador do porto para que não parecessem tão estúpidos como da primeira vez, quando perderam tudo na partida apressada — telefones, dinheiro, cartões de crédito e...

— Hehehe. — Samy riu. — Que administrador do porto que nada, você compra o selo on-line e o imprime. — Samantha também indicou a Perdu o mapa controlado por GPS que ele podia acessar com seu computador, incluindo canteiros de obras, horários de abertura de eclusas e níveis de água, o que é particularmente essencial para túneis e pontes. Com dois cliques já tinha achado: o caminho mais rápido seria o mais longo, novecentos e sessenta e três quilômetros, mas com apenas cento e setenta e duas eclusas, "Você passaria em Montargis e Cepoy. Aliás, o que P. D. Olson está fazendo mesmo, ele já está banido dos Estados Unidos, hihihi?"; ou essa rota aqui, mil e vinte e sete quilômetros, cento e sessenta e nove eclusas, também onze dias; o mais curto, porém, tem duzentas e trinta e duas eclusas e três dias a mais.

— Tá vendo, dá uma olhada aqui, o canal de Borgonha, entupido de eclusas... E, olha só, a bicicleta dobrável, você já viu, vamos deixar aí para você, certo?

Miau, disse Kafka.

Jean Perdu estava irritado. Em algum lugar na vasta extensão da internet francesa havia um criadorzinho de destinos que fazia malabarismos com uns e zeros para lhe dizer com antecedência como e onde ele passaria os próximos dias? Bem, a primeira viagem tinha sido quase impossível de se superar em termos de problemas. Será que aqueles ingleses de roupão de seda ainda estariam navegando pelos canais em sua barcaça comprida na esperança de insultar alguns franceses ruins de navegação?

— Contanto que a gente durma apenas até as seis e meia — resmungou Perdu e apontou para os tempos de viagem calculados que também se estendiam durante a noite.

— Se você nos deixar dormir pelo menos um pouco mais, serão com certeza, no mínimo, duas semanas. Mais imprevistos.

— Sim, mas o melhor: você sempre saberá onde está!

— Olha, é tão emocionante quanto uma declaração de imposto de renda — murmurou Max.

— Como assim? Você prefere a navegação por papel de baguete? — Samy fez alusão à primeira viagem deles: para saber onde estavam, eles iam até as padarias e pegavam o papel que embrulhava as baguetes, trocando-o com as padeiras por um livro, e tiravam dali as informações essenciais, como, por exemplo, o nome da cidadezinha em que estavam.

— Você consegue até transmitir sua localização ao vivo!

— Para onde?

— Bem, para o seu site, claro.

— ...

— Não vai me dizer que a *pharmacie littéraire* ainda não tem um site. Ou uma loja on-line.

— Para quê?

— Como assim para quê? Para que as pessoas possam encomendar livros?

— Mas se dá para fazer isso diretamente comigo?

E como ele poderia realmente dar recomendações significativas sobre o estado da alma para completos estranhos que provavelmente fizeram login com nomes como "AbracadabraBordeaux63"?

— Você podia digitar sua enciclopédia, botá-la no ar e pedir que fizessem um programinha, alguém apresenta três sentimentos que está tendo no momento e o algoritmo dá uma recomendação de livro...

— O quê? De jeito nenhum.

Samy suspirou, e ela e Max reviraram os olhos de tal forma um para o outro que Perdu se sentiu obrigado a comentar:

— Se eu tivesse esse negócio de site, não precisaria de uma livraria, mas de um grande armazém e uma distribuidora. Poderia rastejar montanha acima e matar Napoleão de tanto fazer carinho. E se algum palhaço digitar "fome, xixi, frio"? Que tipo de recomendação vai virar, *Guerra e paz*?

— Está bem. Aqui, tome vinho.

E, assim, Jean Perdu conseguiu impedir Samy de partilhar com ele outras ideias, como vídeo-consultas on-line, um blog e uma seleção de livros para as situações da alma mais comuns, como um kit digital de primeiros-socorros literários. E a geolocalização ajudaria leitoras e leitores a se deslocarem pela *péniche Lulu* nos intervalos e os caminhões de entrega a abastecer a Farmácia Literária um pouco mais todo dia. Mas... enfim, tudo bem, como o cabeça de papel enrugado era teimoso com sua aversão ao excesso de tecnologia e, credo!, à vida moderna, tudo bem, melhor deixar para lá. Ainda soltando um pouquinho de fogo pelas ventas, pediu-se mais um vinho Bandol rosé para todo mundo. Uma troca de olhar conspiratória com Max e:

— Controlem-se — resmungou Perdu.

• • •

A *péniche Lulu* tinha sido deixada para inspeção por Samy e Cuneo no inverno — e, na doca seca, retiraram do casco uma tonelada de mexilhões-de-rio, o motor DAF de seis cilindros foi revisado, o aquecedor de óleo verificado, três mil e quinhentos litros de diesel foram colocados no tanque e *Lulu* e a Farmácia Literária receberam permissão oficial para se lançar na água pelos próximos dez anos — até a próxima inspeção técnica.

Ficaram muito tempo ali esperando, Salvo havia preparado um banquete de mexilhões — não dos que pegavam carona no casco de *Lulu*, Deus me livre! —, mas, como entrada, mexilhões e sushi com atum vermelho mediterrâneo sobre arroz da Camarga, e, como prato principal, mexilhões *bouchot* e deliciosas batatas-doces fritas com maionese de alecrim. De sobremesa, queijo de cabra com mel e nozes torradas. A Farmácia Culinária planejada de Salvo tinha de ser um sucesso!

Cada batida do coração soava como um grito de felicidade antecipado.

Tum-tum.

A saudade, porém, já havia começado — que estranho não ter Catherine ao lado, olhar para ela enquanto uma sensação de felicidade tão agradável e calorosa se espalhava dentro do peito de Perdu. Como ele se sentia livre, e, mesmo assim, pela metade; como se sentia completo e, ainda assim, ela fazia falta.

Fazia falta.

Mais tarde, Perdu perambulou sozinho no escuro de seu barco-livraria. E seus dedos encontraram com facilidade as estantes de poesia; era o coração do navio, dali se espalhava a magia benigna, da farmácia lírica do coração.

OTIMISMO POÉTICO OU COMO PARAR O TEMPO

Existem duas maneiras de parar o tempo: beijando ou lendo poesia. A segunda é a mais prática, porque também é possível fazê-la a sós, mas a seleção da contraparte exige os mesmos cuidados nos dois métodos.

A poesia é a menor e mais antiga forma literária do mundo; ainda mais antigos são apenas os encantamentos mágicos, as bênçãos, as orações, as canções e os versos de feitiço transmitidos oralmente. E a lírica, a escrita poética, a poesia não podem esconder sua relação com a magia verbal de exorcização de demônios e com os mantras; ao contrário da prosa do romance, alcançam efeitos que se aproximam muito do semimágico. Principalmente quando lemos poemas a meia-voz, quando não os analisamos nem os interpretamos, não os examinamos de imediato com o intelecto e com a formação acadêmica, mas os sorvemos com os olhos, lemos com o corpo os próprios sussurros na boca e nos lábios...

Existe uma tristeza no mundo
Como se o amoroso Deus morto estivesse
E aquela que despenca, a sombra de chumbo
Como uma lápide pesasse.

Vem, mais perto vamos achar guarida...
No coração de todos jaz vida
Como em caixões.

Vê, um beijo profundo vamos querer —
Pulsa uma saudade no mundo,
Do qual todos devemos morrer.[1]

---

1 LASKER-SCHÜLER, Else. "Weltende" [Fim do mundo] (1903). *Werke und Briefe* [*Obras e cartas*], vol. 1, 1: 1 Gedichte [Poemas]. Frankfurt a. M.: Jüdischer Verlag, 1996.

E esta leitura a meia-voz tem o mesmo efeito no cérebro, para ser mais preciso, em um centro raramente ativado no lobo parietal: você se reconhece. Você reconhece o significado do mundo. Sem que ele seja descrito.

Meu poema mais belo? Eu não o escrevi. Da profundeza
mais profunda ele emergiu. Eu o calei.[2]

E, ao mesmo tempo, sente-se a expectativa das recompensas, tão terna e ávida quanto o desembalar de seu bombom favorito ou o sibilar do isqueiro quando se acende um cigarro. Otimismo poético. Felicidade. Tempo, o que quer de mim? Estou num momento de felicidade...

E, quanto mais lemos poesia, mais profunda se torna nossa capacidade de reagir às reviravoltas, às surpresas e às tensões da vida — e não sou eu que estou dizendo, mas a Universidade de Bangor, na Inglaterra, que estudou o efeito da lírica — da poesia — no corpo, na mente e na emoção. No entanto, como a ciência é incapaz de desencantar a natureza semimágica das palavras, tivemos de nos limitar às ressonâncias magnéticas e às medições da tensão da pele, conhecidas como *scan* dos arrepios.

Para parar o tempo, deixe a poesia beijar sua alma. Alguns nomes, para começar:

Anna Akhmátova, Elizabeth Bishop (comece com "Uma arte"), Dorothy Parker, Seamus Heaney, Maya Angelou, Annette von Droste-Hülshoff, Else Lasker-Schüler, Mascha Kaléko, Louis Aragon ou Đura Jakšić, Pam Ayres, Jacques Prévert e Jean Krier.

Leia em voz alta para si, para que a boca e o corpo sintam o sussurro, talvez em pé, talvez naquele melhor lugar para uma conexão telepática entre você e o Criador; você já sabe, lá onde mais gosta

2 KALÉKO, Mascha. *In meinen Träumen läutet es Sturm*. Munique: Deutscher Taschenbuch Verlag, 1977.

de ler, onde você passa completamente despercebido pelo mundo todo.

Não será talvez aquela poltrona discreta ali atrás, recostada à parede?

Fonte: *Grande enciclopédia dos pequenos sentimentos: manual para livreiras, livreiros e outros farmacêuticos literários*, letra O.

12

Desembarcaram no crepúsculo da manhã, na linha tênue entre a noite e o raiar do sol. Samy e Salvo Cuneo carregavam as roupas em malas e, bem lá no fundo, um coração dolorido. O cheiro de café forte permanecia na cozinha. Compartilharam baguetes, manteiga com sal e geleia de damasco enquanto estavam no castelo de proa. E se encaravam em silêncio, fitando um os olhos do outro, até que tiveram a sensação de que se reconheciam por completo e nunca se perderiam.

Tenho 11, 55 e 26 anos ao mesmo tempo, pensou Perdu enquanto encarava os olhos de Samy.

Eu sei, respondeu o olhar dela, *e carregaremos uns aos outros para sempre em nós. Eu, sua dor, seu ser e seu jeito de olhar para os livros,*

e eu, respondeu Perdu, *seu riso, sua coragem e o jeito como você age primeiro e pensa depois, sem nunca se ressentir de si mesma.*

Samy pegou Kafka no colo e abraçou o gato cinza com coleirinha branca de padre (como estava bem alimentado o outrora vira-latinha parisiense); depois repetiu a despedida com Lindgren, a gatinha laranja e branca, que esfregou o queixo na bochecha de Samy.

Agora, avançariam em direções cardeais diferentes. Salvo e Samy iriam para San Sebastián, no País Basco, que se estendia pela fronteira da Espanha e da França, no golfo da Biscaia. Com um povo sem Estado, pronto para um mundo sem fronteiras, com uma língua própria radicalmente única e uma cultura mítica em que permaneciam vivos dragões, elfos, deusas da terra, demônios que viviam em almofadas de costura e flores protetoras como o cardo prateado. E San Sebastián, que era o segundo lugar no mundo — ao lado de Tóquio — com o maior número de restaurantes com estrelas Michelin em uma área mínima. Obviamente precisavam estar ali naquele alto clero culinário e, claro, Salvo já era membro de algumas das cento e vinte sociedades culinárias de lá.

Jean tinha aprendido a gostar muito desses dois...

Muito mesmo...

Eles se abraçaram.

— Sem sentimentalismos agora, Massimo — murmurou Salvo.

— Nem pensar — fungou Max.

Max e Perdu recolheram a prancha e ficaram na antepara aberta. Salvo se inclinou para a frente e acariciou o costado do barco, sussurrando algo na mão em concha. Um diálogo íntimo com a *péniche*, terminado com um aceno de cabeça e uma batidinha.

Grazie.

Então, virou-se, deixando três anos para trás.

— Então é isso — disse ele, jogando a ponta da corda para eles, e tomou o braço de Samy, que estava ao lado dele. Com firmeza.

— Sumam daqui. E não olhem para trás, dá azar e torcicolo, o que vale especialmente para você, *cannelloni.*

Para não ver o rosto de Samy, que chorava em total descontrole (e, chorando, também os xingava; Perdu pensou ter ouvido coisas como "taquaras de bambu", "filhos de uma ponta", "urros desgarrados"), correu para chegar ao passadiço, ligar o motor e recuar com *Lulu* suavemente para levá-la até a bacia de evolução. Sua visão estava totalmente embaçada, e ele passou a mão no interior do vidro da janela, mas não adiantou.

Ele manobrou para o leste, em direção ao sol nascente. E não olhou para trás, como prometido, apenas para a frente.

E, enquanto avançavam em direção ao sol nascente e deixavam Aigues-Mortes, a cidade das águas mortas, dos cavalos brancos mágicos e das mulheres indomáveis, para trás e entravam no canal du Rhône à Sète em direção a Saint Gilles, o Pequeno Ródano e Arles, de repente começaram a ouvir suaves violinos. Um coro de violinos nos quais se misturavam cordas escuras. Um murmúrio, um suspiro que aumentava o murmúrio, transformando-o numa onda que se aproximava cada vez mais, rodeando o barco, elevando-o — e, no ponto mais alto, a voz da soprano israelense Chen Reiss. Uma voz lírica tão clara quanto a manhã. Ela se elevava cada vez mais, juntamente com o sol que raiava, de uma beleza cristalina.

All'anima
si intonerà
più armonica
la musica
sola carezza
su un bruto corpo,
così respire
la lauta nota,
così che sia
l'immagine
di un angelo
che liberi

Foi assim que Jean Perdu e Max Jordan começaram a viagem, com uma ária italiana que cantava sobre a libertação de um anjo de um corpo grosseiro e animalesco, a carícia da música, o carinho da alma — essa ária que Max deixou ressoar de todos os alto-falantes integrados. *Encontrando Laura*; uma peça musical de filme incorporada à cena principal do filme *Perfume: a história de um assassino.*

A voz de Chen Reiss estendeu as asas e voou em direção ao dia, a esse dia e a todos os outros que se seguiriam, até o último; voou sobre touros pretos e cavalos brancos, ao céu rosado e à vastidão do delta.

De partir o coração.

Perdu chorava lá em cima, no passadiço. E era um choro caloroso e profundo de criança.

Porque havia entrado de novo nele: no entretempo. Entre um fim e um começo que ainda era desconhecido, difuso, se iluminava lá detrás, ao fim dessa viagem.

Desprender-se da própria pele.

Foi um salto, uma queda, ainda não era um voo, embora a música o elevasse como uma rajada de vento.

— Mais alto! Afaste-se de si mesmo... e veja!

Perdu e Max se revezavam no timão; era cedo, e as barcaças raramente vinham de encontro a eles. Pequenas casas flutuantes jaziam sonolentas e silenciosas às margens, protegidas pela grama alta e pelos diques dos pastos; Perdu diminuía a velocidade para não acordar os sonhadores profundos com as ondas da proa da *péniche*.

À direita, o Mediterrâneo, alto e brilhante; à esquerda, as Cévennes, montanhas cinzentas e eternas. Tudo isso era uma pintura em tons de azul, roxo e verde.

Max sentia necessidade de ouvir música; muitas vezes se escondia dentro da *pharmacie littéraire* por horas a fio. Assim, abriram caminho com *O Moldávia*, de Smetana, com *A tempestade*, de Vivaldi — uma versão com dois *bandoneóns* — e, em seguida, com os revolteares grandiosos e tranquilos de Erik Satie e suas composições para o piano que falavam do mar.

Melancolia: são passeios por um país outonal em sua floresta profunda de lembranças e sentimentos.

Perdu entendia: Max passeava com música, batia em rochedos internos e localizava turbilhões.

E, ainda assim, Jean Perdu o invejava: Max Jordan tinha vinte e poucos anos. Tudo ainda era possível, mesmo decisões que mais tarde não seriam as melhores podiam ser corrigidas. Max tinha uma corrente imensa de vida diante de si e podia conduzir seu barco em dezenas de direções. Alguns acidentes com a realidade eram administráveis.

Pela primeira vez Perdu sentia o peso da idade. A passagem. O fato de que as portas não iriam mais se abrir. E ele não seria mais capaz de avançar em todas as direções, aquela sensação maravilhosa dos vinte e poucos anos de poder fazer qualquer coisa — será que ele aproveitou o suficiente?

Estou no fim do verão do meu tempo, pensou ele.

Em seguida: em direção à velhice.

Outono. Ainda alguns dias quentes. Depois o crepúsculo, o frio. Até a luz desaparecer em um pontinho preto. E eu a segui-la.

Veio um aperto no peito — medo de que um dia a vida inevitavelmente acabasse, e ele a acompanhasse. Sua respiração, seus olhos, ele se extinguiria. Não veria mais aquele céu, as nuvens, a grama, as colinas, não descobriria mais outro livro, não voltaria a abraçar Catherine. Um dia, ele começaria seu último dia.

Perdu sabia: era um luxo se desesperar ao timão da Farmácia Literária sob o sol do sul. Lamentar a própria morte como uma confusão injusta, senti-la como um crepitar distante. Sem dúvida, era impossível morrer enquanto o mundo continuasse tão belo, não era?

Apesar disso, o mundo, que era tão lindo, também estava em guerra. Ele estava colérico: o mínimo incidente bastava para que ficasse indignado e atacasse a si próprio; tudo buscava um sentido próprio, um lugar próprio, a resposta para a pergunta *Por que estou vivo?* — e ele pensou em si mesmo e em...

Max.

Uma sensação quente e ofuscante. Inveja. Uma inveja voraz do jovem que ponderava sobre a transição de adolescente para adulto e lamentava a despedida da infância e o narcisismo mimado, pois ele tinha virado pai. Que não sabia como ele ainda estava bem e que ainda tinha tantos anos para absorver a vida, para se embrenhar por completo nela em inúmeros momentos. Mas ele não conseguia ver por medo de perder alguma coisa — sem saber exatamente o quê! E, ao fazê-lo, ele perdia a aventura que se desenrolava bem à sua frente. Torne-se pai! Era fabuloso.

Que pena, pensou Perdu, *que nunca poderemos virar pelo menos algumas páginas adiante para ver o que acontecerá conosco.*

O que Catherine diria agora se estivesse com ele?

"Você quer continuar se sentindo mal mais um pouquinho até que as coisas fiquem melhores ou prefere tomar um atalho?"

Tomar um atalho. Endireitar a postura. Respirar fundo.

Quando chegaram à eclusa de Saint-Gilles algumas horas depois, no calor do finalzinho da manhã, e viraram para pegar o Petit-Rhône, a pintura daquela paisagem mudou: ficou completamente verde. Frondosa e selvagem, uma Amazônia em miniatura. Nas ondas de bronze, sem vento e sedosas, a barcaça dos livros avançava no meio do nada. A estibordo e a bombordo a paisagem havia desaparecido, camuflada por um matagal verde.

A expansão do horizonte ficava ainda mais espetacular à medida que ele se abria para o Ródano e Arles, com seu anfiteatro romano, surgia no campo de visão. E logo alcançariam a grande correnteza e lutariam contra a montante, contra a montante em meio ao verão.

— Vamos conseguir chegar a Roquemaure essa noite? — perguntou Max.

Recostou-se ao lado de Perdu, que estava ao timão, e lhe entregou uma tigela de sopa de tomates frutados que tinha um delicado aroma de anis. Salvo havia preparado para eles alguns Tupperwares com refeições prontas; não que esses dois marmanjos tivessem esquecido onde ficavam o fogão e a despensa.

Roquemaure era o porto localizado ao norte de Avignon, numa curva do rio; uma cidade que se dedicava aos vinhos Côté-du-Rhône e às antiguidades, aninhada com todo seu perfume nos vinhedos.

— Se o Ródano estiver calmo, o mistral não bater na nossa cara e pudermos aumentar a velocidade para vinte e cinco, trinta quilômetros por hora sem que o motor se ressinta... então, sim. Por quê?

— Ora — respondeu Max. — Por nada.

E voltou a mexer a sopa com a colher.

— Ninguém ensinou você a mentir de forma convincente? Toma, segura aqui um pouco. Os bichanos estão com fome — afirmou Perdu.

Max agarrou o leme de madeira com as bochechas vermelhas feito o tomate da sopa.

Mas, na verdade, Perdu queria entrar no ventre de *Lulu* e descobrir exatamente o que era esse ora-por-nada; e assim o fez. No antigo "departamento de conexão sensual" agora saqueado, ou, em outras palavras, as prateleiras com literatura erótica e para jovens adultos que não queriam dividir seus desejos nem com os pais, credo, nem com o YouPorn: ali Max havia instalado sua discreta estação de trabalho.

E tinha criado uma página da *pharmacie littéraire* no Facebook.

Com transmissão ao vivo da rota. E dezenas de comentários, um dos quais dizia: "FINALMENTE! Vou reservar aquele maldito cais todo. Façam o favor de se apressarem, é urgente."

— MAAAAX!

VERTIGEM DA TRANSIÇÃO

Queremos envelhecer com alguém, mas sem envelhecer.

Este é o dilema que se repete: nada deve mudar, nem mesmo o que vai mudar naturalmente. E, assim, sentimos a vertigem, cambaleando ao longo de nossa vida de transição e entretempos, de criança para adolescente, de jovem para adulto e daí para idoso; da paz da infância para a guerra de se apaixonar, até o massacre de ser abandonado; de um *eu* para *nós* e depois outra vez *eu*, da vontade de envelhecer com alguém sem de fato envelhecer.

E nessas pontes frágeis entre o conhecido e o novo — é aí que se instala a vertigem da transição.

A pessoa sente uma tontura, quer voltar atrás, mas o que se deixa para trás se torna inalcançável. E o novo ainda não tem forma nem cheiro — quem se lembra da quinta estação de Kurt Tucholsky? Aqueles quatro, talvez oito dias entre o fim do verão e o início do outono, quando as coisas se acalmam, uma estação já terminou e a outra ainda não começou.

Nesta quinta estação da própria vida, o desapego é a coisa mais difícil.

Por quê?

Vamos colocar as coisas desta forma: o ser humano é uma criatura que prefere permanecer no conforto daquilo que já conhece. Fazendo coisas que sempre fez. Dizendo coisas que sempre disse. Acreditando em coisas em que sempre acreditou. Comendo e bebendo o mesmo. Frequentando os mesmos lugares. Ficando com pessoas com quem está acostumado. Ouvindo sempre a mesma música. Por quê? Porque é viciado em si mesmo.

Eu poderia lhe contar agora em minúcia e com detalhes chocantes sobre a droga hábito e como essa substância viciante produzida pelo próprio corpo, muito semelhante a um opioide, molda nosso cérebro: na verdade, eles adoram não pensar. Pensar consome energia demais; energia, por sua vez, necessária para a sobrevivência. Tudo o que pode ser feito sem muita reflexão, verificação ou treino é recompensado por nosso cérebro com uma colherzinha de felicidade interior, despejando, assim, uma dose generosa do opioide produzido pelo próprio corpo na corrente sanguínea. Sempre pegar aquela mesma xícara de café vermelha. Sempre tomar uma taça de espumante Crémant às sete da noite. Ir pela vigésima sexta vez consecutiva àquela mesma *cabane* à beira-mar, e Deus nos livre de encontrar azulejos novos no banheiro! Ficar com esse mesmo homem. Ou essa mesma mulher. Não ser abandonado ou abandonada em hipótese alguma, por mais que doa, mesmo a dor é um hábito que vicia. Para que o mundo ao redor do *eu* não se perca, porque é disso que se trata: ancorar-se com firmeza em um presente caótico e sinuoso. Criar algo sólido em algum lugar, uma âncora enorme e pesada, e grudar nele — como os mexilhões no casco de um barco. Essa é a função de todos os hábitos. Eles nos fixam.

Quando fazemos uma coisa pela primeira vez, a ordem para essa coisa ser feita é dada pelo nosso córtex cerebral; após várias repetições, esse comportamento vira rotina, ficando, assim, armazenado nos gânglios basais, no porão localizado entre as orelhas. E um detalhe: para sempre.
Para o cérebro, quando algo familiar é substituído por algo desconhecido, é a iminência de uma colisão frontal de carro a duzentos e vinte quilômetros por hora — ele fará de tudo para desviar e evitar a colisão fatal.

Às vezes, porém, não é possível desviar, e a pessoa envolvida no acidente de uma mudança aparece bem na sua frente na livraria, gravemente em choque.
Você perceberá a vertigem de transição e o desespero de que velhos hábitos tenham de ser substituídos a contragosto? Alguém acabou de se mudar para uma cidade ou, de repente, vira pai — ou fica sem emprego, sem amor e não mais ancorado no contexto de seu mundo anterior; foi abandonado, partiu, está de luto ou percebe o seguinte: "Ontem eu tinha 16 anos, e hoje estou com 60, como pôde acontecer, envelhecer por fora, mas não por dentro?"
Então, a pessoa precisa de novos hábitos — e livros antigos.

Mas por que livros antigos?

Você notará que a escrita de autoras e autores mudou; é completamente irrelevante se isso é culpa das editoras ou da mudança dos hábitos de leitura — mais rápido!, mais sexy!, mais emocionante!, tudo para acompanhar a cultura também alterada da música, do cinema e dos meios digitais. Cada década reflete o ritmo do mundo em que um livro foi criado. Não podemos culpar escritoras e escritores por nada disso: eles são assim porque nós somos assim.

Böll. Seghers. Du Maurier. Proust. Sagan. Baum. Montaigne. Cervantes. Simmel. Eco. Saramago. Dürrenmatt. De Pisano. Verne. Homero. Némirovsky. Austen. Brontë. Wells. Shelley. Woolf. Butler. Heaney. Sim, até mesmo Stephen King ou os primeiros de Grisham: há mais espaço nos livros antigos. Lentidão. Uma exposição prolixa antes mesmo de o primeiro choque ou conflito acontecer. E: o próprio contexto, o mundo descrito, também é mais lento. Maior. E, ainda assim, de uma fortaleza universal.

Quando há mundo demais, as pessoas na vertigem da transição precisam de uma máquina do tempo de papel para ajudá-las a flutuar. Para ter uma visão geral deste entremundo, para sentir uma âncora dentro de si, neste despencar e saltar entre o que foi e o que será.

Fonte: *Grande enciclopédia dos pequenos sentimentos: manual para livreiras, livreiros e outros farmacêuticos literários*, letra V.

13

Vento a favor vindo do sul, quase nenhuma ondulação, apenas vagas ocasionais, repentinas e íngremes. Um bom dia para enfrentar o Ródano a montante e passar pela cidade papal de Avignon.

Reencontrar-se com a estranha maravilha de conduzir um veleiro mercante holandês de vinte e sete metros de comprimento despertava nele músculos que estavam bem tranquilos e ociosos havia três anos. E, após a eclusa de Bollène, que elevou *Lulu* a vinte e três metros de altura: foi aí que o Ródano começou a se transformar de uma corrente constante e graciosamente envelhecida em um rio em seu período de Tempestade e Ímpeto.

Se o vento oriundo dos Alpes batesse e a quantidade de água e com ela a velocidade do rio aumentassem, os seis cilindros do motor DAF de quarenta anos teriam de enfrentar uma contrapressão destrutiva. Tudo teria de ser feito com mais cuidado do que antes, em aclive, teriam de tomar cuidado com os eixos propulsores, com os barcos-hotel que cruzavam entre Lyon e Arles e tinham prioridade no tráfego, mesmo que viessem por trás, com cisnes desafiadores, corvos-marinhos arrogantes, patos apressados, gaivotas famintas, garças tímidas — e redemoinhos. No entanto, Perdu conseguiu aumentar para quase vinte e cinco quilômetros por hora a velocidade sem nenhum obstáculo, abriu a janela lateral basculante e a fixou no lugar. Sua nuca doía um pouco.

— Está ruim? — perguntou Max.

— Quase tão bom quanto a edição de *Esperando Godot* em klingon. Com certeza impressionante, mas não é um prazer para qualquer um.

— Existe Beckett em klingon? Fabuloso.

— Max. Você poderia pelo menos ter me perguntado antes.

— Você teria dito não. É tão alérgico a qualquer coisa digital, como se fosse um insulto pessoal. E foi isso mesmo que eu quis evitar.

Perdu teve de reprimir um sorriso diante dessa lógica desarmante.

— Minha alergia, como você a chama, pode à primeira vista parecer apenas uma mania chata de uma pessoa turrona. Para mim é uma... alienação. De mim mesmo, antes de mais nada, e depois da presença alheia. As pessoas falam umas das outras, mas não umas com as outras. Julgam mais, ouvem menos, compram ou resenham livros para impressionar os outros em vez de impressionarem a si mesmas e...

— Tolstói — disse Max.

— ...?

— Murakami. Hustvedt. Allende. Rushdie.

— O que é isso, o Quinteto Literário?

— Todos os cenários da vida humana já descritos em oitocentas páginas de um livro você encontra às vezes em uma única *thread*. *Thread* são as sequências de conversa que se desenvolvem em uma postagem, tá bom?

— Não comece a exagerar e me tratar como se eu estivesse completamente desatualizado, *tá bom*?

— Só por via das dúvidas. Aqui, veja. — Max passou para Perdu seu smartphone e assumiu o timão. — Um escritor faz um comentário no Twitter ou no Facebook. Político ou social, observacional ou lírico, não importa. Isso resulta em conversas entre pessoas que de outra forma nunca teriam contato umas com as outras. O que dizem é como... como a luz da frente de um café iluminando a calçada de uma rua escura à noite. De repente, você consegue espiar dentro da cabeça das pessoas e enxergar romances, poemas, toda a vida estendida à sua frente. Você está lendo um livro que a vida escreve bem diante de seus olhos. As pessoas se *des*alienam, entende, elas passam de estranhas a conhecidas, a amigas. As personagens se escrevem por si mesmas, e, de repente, você vê o movimento do mundo em tempo real, é uma poética do real, como a língua se altera, não apenas quando alguém tempos depois escreve sobre el...

— Não consigo ler isso sem óculos.

— E a coincidência. — Max continuou a palestra. — A coincidência, que é a maestra da vida, fica visível de imediato: você nunca sabe o que vai ler, o que vai inspirar você, o que vai ser um acaso para você. Você não escolhe o que quer saber, o destino apresenta o que você deve saber. Isso — ele apontou para seu smartphone —, isso é a vida. Essa forma de escrever e ler nos mudará mais do que qualquer literatura que veio antes.

Perdu sentiu uma necessidade urgente de lançar Max para dentro do rio. Em vez disso, devolveu o dispositivo com toda a cautela.

— Você tem dezessete curtidas para uma foto da sopa de tomate. O Prix du roman populiste não pode estar muito longe.

O comentário causou irritação, silêncio, sobrancelhas erguidas.

Mudará mais do que qualquer literatura que veio antes, pensou Perdu, *minha nossa...*

Bem, de certa forma, a leitura on-line era semelhante à leitura de livros; lia-se com fervor e por horas todo dia, era como se perder cada vez mais dentro de uma floresta. As pessoas viviam na cabeça umas das outras e, quanto mais se lia, mais se encontravam pessoas, pontos de vista, princípios e modos de vida novos e diferentes e se reconhecia com um pouco mais de clareza em milhares de estilhaços de um espelho.

Apenas com uma diferença: os livros não julgavam. Não faziam sinal de curtir ou descurtir para aquilo que a pessoa pensava enquanto os lia. E o único interlocutor era a própria pessoa, numa profunda intimidade e sinceridade. Tanta coisa que foi escrita e depois apagada. Perdu tinha visto isso em manuscritos não editados: às vezes havia um grito no meio da história. Uma dor, uma saudade, um ódio. Que o autor realmente queria ver diante de si próprio. Botá-lo para fora ao menos uma vez. Chamar a própria mãe de sádica mentirosa. Suicidar-se e ouvir os outros chorarem. Dar tapas nele mesmo para continuar acordado.

E depois apagar tudo, pois não se tratava de ser "eu", mas da história, de um tema no qual pessoas tinham se aprofundado ao longo de décadas, vivendo, odiando, amando e silenciando. Nunca se tratou de uma opinião à qual uma sequência de outras opiniões devia se agarrar para dar peso à própria sensibilidade.

E a maioria das escritoras e dos autores não tinha em mente um público digital dos "likes" quando escrevia (*Será? Será que tinham?* Ao menos Perdu esperava que eles próprios escrevessem a história. Que a escrevessem para ninguém mais a não ser para o livro), quando contava uma coisa que não queria compartilhar dessa forma com a mãe ou com a companheira nem com o mundo no Twitter, justamente porque havia coisas que apenas os livros podem relatar com veracidade. Então, pronto, caso encerrado, ponto-final!

— As histórias não deviam ser para ninguém! Histórias que ninguém conta na internet porque são dolorosas demais, pessoais demais, despretensiosas demais. Assim são os livros! A internet não consegue ser nem remotamente parecida com eles! — gritou ele.

— Ah, é? E Sartre? Imagine Sartre se ele tivesse uma conta no Twitter — começou Max.

— Não, prefiro não, seria um inferno.

— Ou Gertrude Stein, não seria fantástico? Ela inundaria a *timeline* com "Ela fazia o que fazia quando trabalhava e fazia o que fazia". Anaïs Nin! Ela manteria um diário público sobre seus desejos, suas necessidades e sua compaixão, se dilaceraria e com ela o mundo, e o movimento das mulheres teria surgido muito antes.

— Ah, pronto. E será que Foster Wallace algum dia teria conseguido escrever a frase: "Você vai ficar bem menos preocupado com o que as outras pessoas pensam de você quando perceber que elas raramente o fazem"... porque nem todo mundo diz a todo mundo o que pensa ou se pensa em alguém? Nem tudo é curtir ou descurtir, todo mundo na internet é César, tão louco por polegares para cima ou para baixo, pelo que vale e não vale a pena?

— Não dá para ignorar sua descurtida agora. Por falar nisso: Saramago escreveu um blog. No começo dos seus 80 anos.

De repente, Jean Perdu se sentiu extremamente inseguro. Talvez sua data de validade realmente tivesse expirado, como alguma coisa de cheiro muito forte esquecida na geladeira, no fundo, bem no fundo.

Max e ele permaneceram em um silêncio impotente, disfarçando--o com feições inexpressivas e algumas atividades, e algumas horas depois atracaram no porto de Roquemaure, aguardados por um punhado de pessoas que os encaravam como se estivessem voltando para casa depois de uma longa viagem pelo mar, trazendo notícias do mundo.

Como a maioria das pessoas no cais brigava por Max — algo que visivelmente agradava o jovem escritor de livros infantis, que desde seu primeiro e único romance adulto, *A noite*, ainda desfrutava de certa reputação entre as pessoas de natureza feminina —, Jean Perdu ficou sozinho com a única cliente que não estava interessada em Max.

Uma mulher reta feito uma vela, de cabelos brancos como sal, terno cinza pimenta-do-reino, olhos tão brilhantes e escuros como os de uma moreia. Ela falava com as sobrancelhas e os dedos indicadores. Levantando os três sempre com o típico "tsc-tsc-tsc" dos franceses.

— Então o senhor administra esta farmácia de livros. O senhor tem uma... bem, seleção *interessante*. Não é preciso ter pelo menos um treinamento médico básico para isso?

Foi impossível ignorar a desconfiança na palavrinha "interessante". Foi como se soasse um gongo na cabeça de Monsieur Perdu.

Rapidamente ele devolveu a pergunta:

— E por quanto tempo a senhora lecionou na universidade?

Ela estacou.

— Quarenta e quatro anos, fui uma das professoras de germanística mais jovens de todos os tempos... Como o senhor sabia...?

— Sempre gostei de aprender com pessoas que estivessem dispostas a tornar o mundo maior para mim. Essas pessoas, expansoras do mundo, são fáceis de reconhecer, principalmente pela aparência. A senhora tem esse olhar, Madame. E é assim que se aprende o que eu faço. Tirando isso, eu nem saberia como segurar um estetoscópio.

Não era mentira, e o rosto dela, sob os cabelos prateados, ficou enrubescido, e um leve brilho passou pelos seus olhos.

— Também fui extraordinariamente apaixonada pelo conhecimento — comentou ela. — Na minha época, isso era pelo menos tão pouco convencional para uma mulher quanto não querer se casar ou se casar com um berbere. E trazia igualmente muitos problemas. O que apenas tornou o conhecimento ainda mais atraente para mim e me tornou uma amante obsessiva da intelectualidade, entende?

Quantos anos ela poderia ter? Talvez pouco mais de 70.

Perdu a diagnosticou com sintomas de perda de sentido — não ter mais ninguém para corrigir, ensinar e dar nota — e os consequentes problemas de sono e falta de um "lar", pois os dias não eram mais preenchidos com satisfação, mas, sim, com o esvair-se de todos os seus antigos conhecimentos e talentos. Sua nascente brotava, ela era um rio, mas não desaguava em lugar nenhum. Sua erudição já não era reconhecida. Ela havia sido enviada para aquele exílio chamado "aposentadoria", uma pessoa deslocada da terra longeva e familiar da sua profissão, que talvez tenha sido também sua vida.

— E a senhora sempre soube *por que* queria saber?

Ela olhou para ele, fingindo estar chocada.

— Ora, o senhor é um homem perigoso. Faz perguntas tão íntimas a todas as clientes?

— Sim, eu tento. Íntimo demais? Estou bastante enferrujado.

Ela refletiu.

— No passado eu queria saber para descobrir meu significado no mundo. Então, para me sentir segura. Para saber o que é certo. Uma tarefa inútil, eu sei, porque o certo ou o errado são muitas vezes apenas perspectivas ou fenômenos sociais. Então eu quis, com um prazer incrível, tomar a palavra de homens que me explicavam o mundo de forma errônea e verborrágica. E em algum momento... em algum momento eu gostei disso. Tinha perambulado pelo mundo, mesmo que muitas vezes apenas lendo e escutando e não viajando de verdade.

Ela sorriu pela primeira vez.

— Bem, senhor farmacêutico? O que o senhor vai me prescrever?

Perdu procurou a edição alemã de um livro de Terézia Mora, *Nicht sterben* [Não morrer].

Ela folheou.

— Fala sobre escrita? — perguntou ela. — Estou procurando um livro que já esteja prontinho, não um que eu mesma terei de montar como um quebra-cabeça, Monsieur.

— Imagino que houvesse muito mais a dizer... Às vezes é preciso esvaziar a cabeça durante o dia, do contrário ela não para de falar quando vamos para a cama — comentou Perdu.

— Imagine só — disse ela em um tom agudo. Mas o agudo vibrou um pouco.

Ele deu tempo para ela se esquivar e observar outros livros. Por fim, ela comprou o livro de Mora.

— Eu não sabia que a ideia de eu mesma escrever poderia me empolgar tanto. Como o senhor fez isso?

— Usei meu estetoscópio. Mas ele é invisível. E fico bem feliz que ainda funcione.

Ela soltou uma risada clara e fez apenas mais uma pergunta a Perdu enquanto pagava:

— Por que o senhor não tem um site? Gostaria de comprar do senhor com mais frequência, mesmo quando o senhor não estiver atracado aqui.

Seria tentadoramente fácil contar uma mentirinha nesse momento. Ah, ainda não deu, logo estará no ar, uma lorota qualquer e assim por diante.

Entretanto, como a mulher de cabelos prateados aceitou a recomendação do livro com tanta graça e conversou com ele com tanta naturalidade e sinceridade, Perdu só conseguiu admitir:

— Tenho medo de me tornar supérfluo. Quem precisa de um livreiro quando se tem uma tela? Quem imaginaria livreiros que não recomendam o que se quer, mas, sim, o que se precisa... e que nem se sabe o que é. Sou responsável pelos pontos cegos.

— Ah — disse ela. — E o senhor também se preocupa em cair no ponto cego e ser ignorado em sua existência. Como as pessoas agora têm de fato um bioadaptador chamado celular, uma máquina que realiza todos os seus desejos, ninguém precisa mais sair de casa e, principalmente, não precisa procurar um livreiro muito especial que opera de forma muito mais íntima do que um portal de encomendas domesticado.

Eles aproveitaram esse tempo para olhar um nos olhos do outro. Duas pessoas que já tinham vivido mais que as outras, uma que logo estaria pronta para construir um novo lar para si mesma em seu exílio, o outro cujo coração batia mais forte ao imaginar que talvez já estivesse atrasado demais para tanto. Porque havia um tempo que o mundo se tornara mais móvel, mais digital, novos temas, outras doenças da alma das quais nunca tinha ouvido falar — a síndrome da espera pelos tiques azuis do WhatsApp, a ressaca do Twitter ou a *like*-mania — e não precisava mais dele, ora, não o queria! Os algoritmos recomendavam livros com muito mais precisão, mas ele ainda não sabia disso.

— A senhora leu Oswald Wiener. E suas notas sobre o bioadaptador que satisfaz todas as necessidades individuais voluntariamente.

— Ah — repetiu ela. — Claro. Para variar, é extremamente agradável quando alguém sabe de onde vem seus pensamentos.

Kafka, o antigo gato de rua agora bem alimentado, esfregou o corpinho escuro nela. A mulher se ajoelhou com cuidado e o acariciou entre as orelhas.

Com toda a discrição, Perdu a ajudou a se sentar de novo; o pequeno gesto tinha exigido um esforço considerável de seus ossos vividos. Seguraram as mãos um do outro por um instante, o livreiro e a professora aposentada, enquanto ela dizia:

— Cada nova ciência traz consigo uma nova ignorância. E essa é a beleza das coisas. Cada nova descoberta começa com um "Sei lá". Mas, se lembrarmos que já fomos felizes em lugares sem saber de antemão que seríamos, então também podemos confiar que tais lugares também esperam na ignorância. Só é preciso ir. Então, a pessoa vai se deparar com ele, com esse lugar, onde há mais felicidade que preocupação.

Ela partiu, e Jean continuou a ouvir as palavras daquela senhora se desdobrarem dentro dele.

Ele cerrou os olhos, não se mexeu, ficou apenas ouvindo.

Era melhor se habituar ao fato de que se depararia com muitas coisas desconhecidas.

— Você está fora de forma — disse Catherine mais tarde ao telefone —, totalmente destreinado com a vida.

— É, obrigado. E você? E a sua vida?

— Estou me alongando. Já nem sabia que também pode ser bom estar sozinha e ocupar todos os cantos sem esbarrar em você e nos seus humores. Acordo com o nascer do sol e fico exausta quando o sol se põe. Fico pensando nisso. Estudo as técnicas de Rodin. Me pergunto se algum dia vou conseguir ter paciência para passar vários anos trabalhando em uma única escultura. Durmo do seu lado da cama e, às vezes, não sei onde me deitar, onde quero viver, e encontrei outra camisa que está com seu cheiro. Seu cheiro é tão bom, e, às vezes, eu choro porque você não está aqui e fico feliz por chorar de amor, não de tristeza. E Dario não está satisfeito comigo, está sentindo falta de suas leituras, sempre dou as coisas erradas para ele. Esculpimos alguma coisa juntos de vez em quando. Ele está com saudade de você.

— E eu de você.

— Você tem saudade de mim às vezes, eu de você às vezes, mas você sabe que estou aqui e eu sei disso também. Por isso podemos ficar bem sozinhos.

— Você está mesmo tão tranquila assim ou só está fingindo?

— Só fingindo — respondeu Catherine.

Ele sorriu e sabia que ela também. Sorrindo, em silêncio, ao celular.

ESCRITA

Muito raramente, e não se deve confundir esse momento com outro, menor e mais temperamental, o farmacêutico literário encontra alguém que já leu de tudo. Aqui e ali, quase com relutância, um livro é apanhado, talvez até folheado de um jeito febril e, em seguida, deixado de lado com desapontamento.

Nada agrada, a maioria das coisas repele, há uma grande impaciência no interlocutor.

Do que se trata?

Esse é o momento em que algumas pessoas começam a se tornar escritoras e escritores. Quando não conseguem encontrar em lugar nenhum o livro que desejam ler, cuja história não esteja escrita da maneira que contariam, sem levar em conta o peso do que é importante para elas. Sem contar o que elas mesmas querem contar. Os livros mais belos, mais importantes, mais surpreendentes são rejeitados quase que com raiva; quanta inquietação!

Para essas ocasiões, nem é preciso dizer que devemos ter uma seleção de cadernos, cadernetas e blocos de anotações, pois você tem diante de si não um leitor nem um comprador de livros. À sua frente está um autor, uma autora que só precisa de um ínfimo motivo para escrever o livro que você não encontrará em nenhum outro lugar. Dê a ela ou a ele Terézia Mora ou Stephen King, A. L. Kennedy ou Dorothea Brande.

E talvez o conselho de que a pessoa precisará, acima de tudo, de uma boa cadeira e do canto certo da casa; em especial porque alguns escrevem com mais facilidade no porão; outros, à mesa da cozinha. Há um lugar mais propício à magia que outros, e isso ajuda quando ninguém está olhando para o rosto da pessoa enquanto ela mergulha e extrai toda a verdade, o segredo, o estranhamento de dentro de si.

Fonte: *Grande enciclopédia dos pequenos sentimentos: manual para livreiras, livreiros e outros farmacêuticos literários*, letra E.

14

A normalidade é a mestra do medo e do devaneio. A sensação de finitude de Perdu evaporou nos gestos que não realizava havia bastante tempo. Prender a prancha, abrir as janelas, deixando entrar o ar e a luz do verão que eram mais quentes que no sul à beira-mar. Organizar livros, contabilizar livros, encomendar livros. Remover pelos de gato das prateleiras com uma escova de mão extramacia. Colocar as anotações da enciclopédia no compartimento embaixo da caixa registradora, pois ali ele poderia escrever um pouco sobre a mesa a qualquer momento.

O motor também precisava de atenção total toda manhã; se descarregassem demais a bateria do navio à noite, o motor tinha de ser ligado manualmente depois de bastante insistência. Enquanto Perdu subia até a sala de máquinas, Max seguia na bicicleta dobrável para buscar baguetes, leite e jornais. Tomavam café da manhã com os cotovelos apoiados na amurada, olhando para a água amarronzada, para as vinhas verdes; era para ser um verão seco, com ondas de calor demais, bonito demais também — será que algo assim poderia existir: bonito demais?

— Adoraria nadar agora — disse Max.

— O rio engoliria você.

— Não sou uma boa presa.

Estava claro que o rapaz nutria certa aversão a si mesmo.

— Vamos partir.

Eles zarparam, enviaram mensagens às eclusas via rádio VHF e ao Pointe Contrôle Desert para receber permissão de partir. Zarpar, navegar, passar por eclusas a cada vinte minutos, enviar mensagens de rádio, evitar os capitães das embarcações comerciais que navegavam montante acima em comboios. Enfrentar a atracação e, toda vez, sentir a adrenalina. Passar embaixo das pontes e rezar para que a parte alta de *Lulu* não fosse arrancada. Imaginar todos os clientes e entregadores que xingavam ao precisar dar ré até a beira do cais, quase sempre no fim do mundo.

Cozinhar, comer. Ligar para a mãe. Começar a contar os pequenos lapsos, quando ela não conseguia se lembrar de uma palavra ou simplesmente usava outra, gamela em vez de panela, Monsieur Allan em vez de presidente Hollande.

Fazer anotações para a enciclopédia.

Olhar de forma suspeita para o pacote de Saramago.

Deixar que ele devolvesse o olhar.

Falar com Catherine ao telefone.

Dormir. Ter novos sonhos. Acordar, servir-se de uma baguete, de geleia de damasco. Enviar um aviso ao PC Desert.

Repetir tudo isso e, assim, percorrer os canais da França em direção a Paris.

Seu estoque havia sido reduzido pela metade. Samy e Salvo ainda haviam enchido o barco com o que lhes parecia adequado, e Perdu encontrou livros desconhecidos para ele, Leïla Slimani, Laetitia Colombani, Louise Erdrich, além de nomes senegaleses, chilenos, alemães. Ele os cumprimentou com um murmúrio, "*Bonjour*, Madame Slimani, o que a senhora vai me ensinar?", "*Salut*, Monsieur Zhadan", e sentiu um frisson ao encontrar essas personalidades que ainda lhe eram desconhecidas. Desenvolver um sentimento para saber contra quais doenças da alma eles ajudavam. Apenas para um leitor. Para poucos. Para muitos. Essas pessoas de papel. Esse grande remédio tão precioso.

Ele ainda tinha trinta mil histórias na cabeça? Essas oito mil obras ainda eram a melhor seleção? Ou será que havia perdido alguma tendência, aquela que surge numa sociedade a cada poucas décadas: quando novos traumas, novas feridas e novos medos surgem como resultado de uma nova experiência coletiva? Imaginou Greta Thunberg parada à sua frente, ou Malala Yousafzai, ou mesmo Simone Weil se estivesse encarnada: Ele ainda conseguiria ler dentro delas?

Acontecia a mesma coisa toda noite dos seis dias seguintes depois de subirem o Ródano, virarem para o Saône e, em seguida, para o canal que dava acesso à Champagne e à Borgonha com suas eclusas ridiculamente numerosas: assim que atracavam, Max desaparecia e retornava apenas bem depois da meia-noite. Em Macon — cidade do poeta Lamartine e das compotas de frutas silvestres —, em Condes e, naquela noite, em Chaumont, na região do Grand Est, perto da Alsácia-Lorena. O cais, num porto tranquilo no Saône, com bétulas aveludadas farfalhando ao vento da noite, estava deserto. Max se preparou para montar na bicicleta dobrável com uma bolsa-carteiro pendurada na transversal.

Perdu até tentou não perguntar. Tentou não ceder às imagens alarmantes que dançavam em sua mente — Max em abraços selvagens com professoras de geografia sedentas por aventuras, em abraços chorosos com companheiros de bebida, com comprimidos na língua com um *smiley* estampado, chapado em um albergue suburbano com outras coisas que parecem tão emocionantes quando se é jovem e a noite é tão longa.

Tentou não dar bronca, isso de jeito nenhum! E não reclamar e revelar que sentia falta de Max.

Sim, sentia falta dele! Como parceiro de conversas. Podiam ter conversado sobre as mulheres, os livros e a vida. Ou mesmo ficado em silêncio, com algumas frases incompletas nesse meio-tempo que os aproximariam.

O que Max fazia durante as noites em terra firme?

Durante o dia, se revezavam na condução do barco e no preparo da comida, nas eclusas e na classificação dos livros, e Perdu havia aceitado que Max criasse um site. Então, à noite, ele ficaria no barco? Se estivessem sentados um ao lado do outro, os dois olhando para uma tela que mostrava sites de outras livrarias — Shakespeare & Company (a mais *beatnik*), Delamain (a mais antiga), Gilda (o melhor sebo), Galignani (a primeira livraria com livros anglófonos em todo o continente) —, que estavam todos muito longe do que Perdu queria comunicar, Max e ele conversariam sobre como o cheiro, a aparência e a intimidade de um encontro não podiam ser traduzidos em símbolos e estrutura em uma tela.

Era possível, mas não digitalmente, contestaria Perdu; tal como antes do advento da impressão, a arquitetura dos edifícios assumiu a narração de mitos, princípios e lendas — basta olhar para Notre-Dame, para as pirâmides ou para prédios públicos —, e o barco-livraria também tinha a estrutura de uma arca, quase religioso, apenas sem a obsessão por controle e as quinquilharias que remetem ao sofrimento. *Ah, então você quer um visual de cripta?*, diria Max, e assim por diante, de um jeito provocador. Eles provocariam um ao outro, Max sugeriria que Perdu percorresse o barco e as prateleiras no site como um pequeno avatar e seguisse o cliente, que também poderia escolher um avatar.

Contudo, eles não se sentaram juntos. Max dizia: "Eu falei que vou cuidar disso e é isso que vou fazer"; e seguia seu caminho toda noite. Seu semblante se fechava.

— Uma excelente noite para você — disse Perdu quando Max tirava a bicicleta dobrável do anteparo em Charenton.

— Do jeito que você diz fica difícil acreditar — retrucou Max.

— O que está acontecendo?

— Nada, senhor diretor. Posso ir agora?

— Por que está me perguntando isso? Você pode fazer o que quiser.

— Ótimo! Obrigado por essa permissão!

O visitante noturno já havia se afastado quando Max desembarcou, irritado.

Então Perdu quase não percebeu e estava prestes a colocar a placa de "Fechado" para que pudesse finalmente — finalmente! — comer alguma coisa e consultar Catherine sobre como ele, já burro velho, devia lidar com o fato de ter um burro jovem pelo qual se sentia responsável, constrangido ou fosse lá como estivesse se sentindo.

E então a figura que esperava ao lado da boia falou com o livreiro.

— O senhor ainda está aberto?

— Estava prestes a fechar. É urgente?

— Eu sou... sim... amigo de um amigo. E há certa urgência no assunto.

— Entendo...

— Claro, estou pedindo leituras especificamente para esse amigo.

— Claro.

Uau.

O amigo de um amigo seguiu Perdu e não tirou os óculos escuros nem dentro de *Lulu*. Apesar da alta temperatura, manteve o cachecol de tricô colorido meio enrolado sobre o rosto e murmurou a pergunta entre as fibras do tecido.

Ou ao menos algo que parecia uma pergunta.

— Então, tem essa mulher que significa muito para o meu *amigo*.

— Tosse. — Mas isso realmente fica só aqui entre nós?

— Mas é claro. Livreiros devem manter sigilo.

— É mesmo? Desde quando?

— Desde 1895 — foi o que Perdu inventou, mas servia como uma forma de o "amigo do amigo" se animar.

— Ah, sim. Muito bem. Como eu disse. Essa mulher. Meu... amigo estava se perguntando se... se haveria um livro que... — Balbucios ininteligíveis.

— Desculpe, que o quê?

— Hum-mm-umpf.

— Ah — retruca Perdu. — Entendo. Então o senhor quer adquirir uma obra literária para o seu amigo como uma espécie de... presente para cortejar uma pessoa que ele admira para que ela fique um pouco mais inclinada a ser... mais aberta ao seu amigo.

Um novo aceno de concordância com a cabeça.

Minha nossa, já fazia muito tempo que os clientes — exclusivamente homens, aliás — não batiam à sua porta tão envergonhados quanto jovens de 14 anos, na louca esperança de que existissem coisas como livros para encantar mulheres. Literatura de sedução que lhes permitisse tomar um atalho para a *chambre* ou para o coração da Madame, ou, na melhor das hipóteses, para os dois, após ter lido um punhado de páginas de uma seletíssima literatura escolhida a dedo.

O amor era mesmo um sentimento desordenado. Deixava-se impressionar apenas por palavras bem ordenadas.

No início, quando o próprio Perdu ainda era jovem, um pouquinho estúpido e tinha esperança de que esses livros de amor realmente existissem, embora Madame Herrou, da livraria Vagabonde, os tivesse escondido de forma maliciosa até aquele momento, o livreiro procedia com delicadeza para tirar a ilusão de um atalho daqueles homens tímidos e indefesos que estavam inflamados pela paixão ou pelo desejo. Os livros podiam fazer praticamente qualquer coisa, mas raramente abasteciam a paixão quando ela já não provocava sozinha nem ínfimas faíscas.

A única maneira de criar algo parecido com proximidade dos corações era se duas pessoas adorassem os mesmos livros. Quando jovem livreiro, ele fantasiava poder organizar um Rendez-vous Littéraire. Combinando clientes do sexo masculino e feminino que gostavam do mesmo livro... até descobrir ao longo dos anos que duas pessoas nunca liam o mesmo livro, mesmo que esse livro fosse o mesmo.

Livros de amor: este era um mistério, mesmo para ele.

Justamente para ele.

Mas, ora, ele sentia pena daquele coitado, talvez pudesse indiretamente dissuadi-lo de colocar a si mesmo e a sua amada em uma situação delicada. Se Perdu não contava com a confiança de Max naquele momento, então talvez contasse com a de um estranho.

— E seu amigo planeja oferecer ele mesmo uma leitura do exemplar?

Bochechas vermelhas brilharam acima do lenço e embaixo dos óculos escuros.

— O senhor recomendaria?

— Não sem uma prática prévia. Algumas palavras podem ser lidas de maneira completamente fantástica e fácil se apenas passar os olhos por elas, passando-as pelos pensamentos. Outras evitam a luz e, acima de tudo, a respiração e a melodia.

O homem tirou os óculos escuros.

— Acredito que podemos parar com essa farsa — disse ele. — Eu sou o amigo e não sei mais o que fazer.

— Então me faça um favor — retrucou Perdu. Ele entregou ao visitante a placa de "Fechado". — Ponha isso lá fora e vamos nos sentar lá atrás por um momento.

Ele apontou para a seção de poesia da farmácia dos sentimentos.

Pouco tempo depois, quando Perdu pousou as duas taças e a garrafa de espumante Crémant da Alsácia na mesinha de canto — outrora doada pela mãe, Lirabelle — ao lado das duas poltronas, o estranho tinha nas mãos um livro de poemas de Else Lasker-Schüler.

— Existe mesmo isso? — perguntou ele. — Livros que podem atrair o amor onde não há nem mesmo alguma lembrança ou expectativa de sua existência?

— Não — respondeu Perdu. Ele abriu a garrafa e serviu espumante aos dois.

— E os homens já conseguiram encontrar as palavras exatas que fariam uma mulher mudar de vida?

— Já — explicou Perdu —, infelizmente. Nas cartas, nas evocações noturnas, quando se está bem próximo, mas o problema aparece *a posteriori*.

— *A posteriori*?

— Quando a realidade precisa acompanhar as palavras. Nada é tão cruel quanto uma carta de amor não seguida por uma ação. Nada revela mais as palavras do que quando elas vêm sem consequências.

O interlocutor suspirou.

— Não sou bonito, não sou um homem de posses, não sei o que poderia haver em mim que faria essa mulher se interessar pela minha pessoa. Ela me conhece faz bastante tempo, e eu a ela. Mas acredite: não estou apaixonado nem pela conquista nem pelo pecado, tampouco pela fantasia de outra vida para a qual ela deve mudar. Quero exatamente ela. Talvez esse bonde tenha passado faz tempo. Ainda assim, se eu não tentasse pelo menos uma vez... O senhor acredita que eu me recusaria a morrer por raiva de mim mesmo?

— E... o que há com ela?

— Não me faça começar com os elogios.

— É exatamente o que pretendo.

— O senhor é um livreiro estranho.

— É o que espero. Agora, o senhor vai fechar os olhos e falar sobre ela?

O cliente noturno se recostou, fechou os olhos e começou a falar. Primeiro, hesitante. Então, com cada vez mais firmeza.

— Ela é preciosa. É uma pessoa que respeita os outros e, ao mesmo tempo, faz o que quer. Ela é calma, simplesmente faz as coisas, ela escuta e ouve a si mesma, ela cuida de si mesma, nunca fica indefesa. Ela não finge nada para ninguém, é de uma clareza imensa, mas também gosta de fazer brincadeiras. Ela fala sério quando diz como sabe observar as árvores. Não como a maioria faz: "Veja só como eu observo a natureza! Não sou mesmo sensível?" Ela observa e esquece que está sendo observada. Suas bochechas têm marcas de sorriso. Ela tem um cheiro bom, de um estranho, mas ainda assim familiar, é a vida dentro dela que perfuma. Quando penso nela, muitas vezes tenho vontade de contar tudo o que vi, penso, duvido e questiono. Gosto do jeito que ela come. Como ela caminha. Às vezes, ouço meu coração palpitar tão forte quando ela se aproxima de mim e percebo como estou presente exatamente onde estou. E ela é boa para mim, e seu rosto é a última coisa que quero ver antes de morrer. Assim, não terei medo. E, quando ela for embora, estarei ao lado dela, e ela não precisará ter medo.

Ele abriu os olhos.

Bebeu. Um leve tremor, leves suspiros, mas a tensão havia desaparecido de seu corpo. A aflição.

Perdu não disse nada, apenas concluiu o trabalho concentrado. Havia feito anotações em um de seus cadernos da marca Clairefontaine que ainda dispunha de bastante espaço. Por fim, arrancou duas páginas do caderno, eram o capítulo com a letra "M", como "Meias-palavras" ou "Melancolia de Natal".

— O senhor tem tudo de que precisa aqui. Talvez o senhor ainda queira completar. Este é o livro que está procurando. É isso que essa mulher quer ler: como o senhor pensa nela. Como o senhor a vê.

O fato de que o senhor a vê. Não existem *as* palavras da salvação ou do amor. Porque o amor que o senhor sente precisa das próprias palavras.

O homem pegou o papel, passou a mão sobre ele.

— E o senhor acha que vai ser suficiente? Se eu fizer com que ela entenda tudo isso?

— Ninguém vai fazer isso pelo senhor.

— Não sou uma pessoa corajosa.

— Não muda o fato de que o senhor vai tentar.

— Estranho como podemos ser mais sinceros com estranhos do que com aqueles que nos conhecem.

— A confiança em estranhos... Não ser questionado sobre a própria preocupação às vezes pode ser uma bênção.

— E às vezes a pessoa sufoca de tanta amargura quando cada um se preocupa apenas com seus próprios assuntos.

Perdu inspirou fundo e expirou.

— Por acaso o senhor tem filho?

— Por acaso, tenho.

— Há alguma coisa que se deveria fazer no caso?

— Bem... — respondeu o visitante. — Aquele jovem agora há pouco... Ele não parecia feliz. — Ele refletiu. Então continuou: — Deixar em paz. Deixar em paz na hora certa. E amá-lo ao máximo quando menos parecer que ele merece. E então, de novo, na hora certa, não deixar em paz. O *timing* é decisivo, e, depois de algum treino, se aprende.

O visitante se levantou e ficou de pé de uma forma... Como que mais presente do que antes.

— Boa sorte — disseram os dois homens ao mesmo tempo.

Perdu o observou no escuro, próximo à antepara, e era como se entendesse Max: como um homem que até pouco tempo tinha sido responsável apenas por si mesmo poderia saber do que uma criança precisa? Quem não gostaria de fugir dessa tarefa, que moldaria a vida inteira de uma criança?

TEMPO DE HESITAÇÃO

Quando a coragem é perdida e o tempo da hesitação começa, o farmacêutico literário precisa voltar pacientemente no tempo com seu interlocutor, voltar a um tempo esquecido em que a infância foi descartada. Porque a infância sempre preserva a coragem.

Quando a vida ainda era tão grande, tão infinita diante da pessoa, e todos, realmente todos os caminhos estavam abertos, e frente a todas essas possibilidades, a vontade e o anseio, a fantasia e a autoconfiança brilhavam mais que tudo. Tudo, tudo é possível, foi o que Alice e Ares, Matilda e Harry, Georgina e Pippi, Frodo e Zora, e Tom, Ronja, Anne, Lyra e Huckleberry, Katniss e Atreiú, Bastian e Heidi, o Senhor dos Ladrões e o hobbit, Krabat e Pooh, e com eles as crianças entravam em jardins secretos, países das maravilhas, em ilhas do tesouro.

De que outra forma uma criança explora o que a vida lhe reserva que não com a leitura? E reveste o ser humano em crescimento por dentro, com um escudo protetor contra o medo e com a capacidade de se surpreender, com toda a vontade de se entregar em absoluto à ação, à própria vida.

Esse período em que os livros nos moldam são aqueles anos preciosos entre o momento em que leem para nós pela primeira vez até antes de se ter na mão pela primeira vez a chave do próprio apartamento. É durante esse período que os livros têm o efeito mais profundo sobre uma pessoa; ela os lê não com a cabeça, mas com o corpo, com o ser, com a imaginação; ela recebe um novo par de olhos que consegue reconhecer conexões e contradições nas ações humanas; e sentimentos completamente novos surgem além do próprio umbigo — compaixão, piedade, indignação com a injustiça, admiração. A alma entra em uma relação profunda com os personagens, com os mitos, com as atitudes. É um desafio especial

selecionar livros para crianças e jovens e revelar para eles quantas escolhas podem ter para a própria vida, sua única vida, quais personagens podem se transformar em amigos e familiares escolhidos a dedo, que alegrias podem ter no jogo da mudança de identidade que não é observado de perto. Mas discutiremos isso mais adiante.
Para de fato conhecer alguém — seus ideais, seus princípios, suas crenças — é preciso conhecer os livros da infância e da juventude da pessoa; eles criaram os caminhos pelos quais a alma se move e vira paisagem. Se alguém se perder, basta acompanhá-lo de volta a esse mundo antigo.
Em casos de hesitação aguda, recomendamos uma extensa biblioteca com livros infantis e juvenis de todas as épocas e países do mundo. Os antigos heróis e heroínas vivem neles e nos lembram de quem também somos.
E quem podemos ser.

Fonte: *Grande enciclopédia dos pequenos sentimentos: manual para livreiras, livreiros e outros farmacêuticos literários*, letra T.

15

No sétimo dia, e agora no canal entre Champagne e Bourgogne, em Orconte, Ella chegou. E não estava sozinha. Ao lado de Ella Lahbibi, no cais solitário perto das cabines dos banheiros, com uma expressão do maior aborrecimento possível, havia uma menina. Não, na verdade era uma jovem com as mãos enterradas nos bolsos da calça jeans e uma expressão da máxima indignação embaixo de inúmeras trancinhas.

Ella não estava, como antigamente, vestida de branco e enfeitada de forma primorosa com os colares coloridos da mãe marroquina, mas com roupas de ciclista extremamente práticas e visivelmente surradas. Ela apontou para o celular — caramba, todo mundo anda por aí com seu bioadaptador hoje em dia como se fosse um osso de seus ancestrais?!

— Nós viemos dirigindo o mais rápido possível pelo longo rio Marne para não perdê-lo, Monsieur Perdu!

— *Nós?*

— Pauline. Filha da minha irmã Diana. Minha sobrinha mais nova. De Paris.

A sobrinha mais nova estava ocupada com o celular e não levantou a cabeça em momento algum. Também não havia muito para se ver — campos de colza, reservas florestais, um canal reto coberto de mato cujas passagens para reboques estavam cobertas de folhas e cujas margens estavam cobertas de pastagens de gado, por vezes mais altas que o terreno ao redor. Ainda assim, uma espécie de... brilho emanava da jovem. Sim. Uma luz radiante, cheia de energia, cheia de calor. Força. Algumas pessoas ficavam assim depois de passar muito tempo à beira-mar ou nas geleiras. Armazenavam um brilho dentro delas. E poucas possuíam essa luz por vontade própria.

Nesse meio-tempo, Ella avaliou Perdu com um olhar que ele até então não conhecia. E falou com um sorriso:

— Você parece melhor. Mais velho, porém melhor.

— Como eu parecia antes?

— Seu semblante era fechado — respondeu ela. — Como uma porta. Me desculpe, mas parecia uma porta à prova de balas.

— Não se acanhe. E agora?

Ela continuava olhando para ele, como se os olhos dela estivessem aliviados por poder pousar em um rosto familiar, um que ela conhecia... Fazia quanto tempo, vinte anos?

Conheceu Jean quando ele não estava pronto para fazer amizade com ninguém. Petrificado, ensimesmado e interessado apenas em levar os livros às pessoas certas. Mas tinham sido companheiros, unidos pela devoção à literatura.

— Agora você se parece com aquelas cortinas de contas dos bares latinos.

— Gasto?

Ela riu.

— Permeável, seu bobo. Colorido e permeável.

— Suba a bordo — pediu Perdu. — Está com fome?

— Quando não estou? Vem, Pauline, falei que seria uma noite agradável.

Pauline a seguiu, revirando os olhos, e, quando Perdu disse "*Bonsoir*", ela apenas fez "Humpf" e saiu trotando atrás de Ella a bordo do barco. As pontas de suas tranças com as pedrinhas de enfeite estalaram ao se chocarem, como se também reprovassem as palavras de Perdu.

Puxa, eis aí alguém de muito bom humor.

Enquanto iam até a cozinha do barco-livraria, a sobrinha perguntou:

— Você leu mesmo toda essa madeira morta?

— Madeira morta?

Então, ela fez um gesto vago na direção das estantes.

— Li.

— Vixe. — Não soava particularmente auspicioso. E, em seguida, disse: — Caraca. Os velhos têm mesmo problema.

Definitivamente, muito bom humor.

Ella Lahbibi trabalhou para editoras internacionais por trinta anos como uma "farejadora de tesouros", como ela própria se descrevia, descobrindo de forma infalível novas publicações francesas que pareciam lucrativas para outros mercados e intermediando-as. E com exclusividade — Ella trabalhava para apenas uma editora em cada país.

Com frequência, a *scout* literária se refugiava na Farmácia Literária de Perdu para ler. Também para evitar a puxação de saco que acompanhava seu sucesso. O que ela havia falado naquela época?

— De repente, é chique conhecer uma mulher metade marroquina, alta, acima do peso e com roupas largas, que aprendeu a ler com rótulos de xampus franceses e sabão para lã. Não suporto essa falsidade. Minha mãe costumava fazer faxina na casa dessas pessoas, mas não pense que elas permitiram que ela pegasse emprestado um livro sequer para a filha.

No começo, Ella estudava com fotocópias e, posteriormente, com arquivos no laptop que ano após ano ficava cada vez menor e mais leve. Recitava trechos de manuscritos ainda não publicados para Perdu, Houellebecq, Reza, Musso, Gavalda, Hellier, Louis, Ernaux. E todo mês de janeiro e agosto, quando começava a temporada de caça aos prêmios literários franceses, Ella lhe pedia que a deixasse ficar trancada no barco-livraria durante a noite para ler e informava a Perdu pela manhã, com os olhos avermelhados, qual era sua aposta para o próximo Prix de l'Académie Française, Goncourt, Renaudot ou prêmio de autor estreante. E, claro, reclamar todos os anos de quanto as mulheres eram pouco valorizadas. Ella Lahbibi sabia valorizar o fato de que Perdu tendia a recomendar autoras com mais frequência do que autores. Talvez fosse porque as mulheres falavam com mais frequência sobre o mundo e os homens discorriam principalmente sobre si mesmos.

Perdu preparou um prato rápido — espaguete com alho, azeite, pimenta, limão e parmesão.

Enquanto isso, Ella se espremia na mesa da cozinha, e sua sobrinha Pauline ficou sentada em silêncio à ponta da mesa, imersa em seu mundo digital.

— Certa noite, eu parei com essa caça aos livros. Do jeito que se deve parar de fumar ou beber: de repente. E então nunca mais recomeçar se quiser viver alguns anos decentes. — Ella se serviu de um pouco do vinho Auxerrois. — Não me pergunte se foi por causa do manuscrito de um jovem de Genebra que não tinha nem

30 anos. Era o segundo livro dele, uma história policial contada de trás para a frente que ficou mundialmente famosa. Tudo era muito intrincado e muito, muito bom... mas, de repente, eu não quis mais. Já não queria ler livros desse jeito: para saber se seriam um sucesso. Projetá-los em euros e centavos. Para ser mais precisa, eu já estava farta de qualquer maneira. Tive sorte. Tive a intensa sensação de que, da minha perspectiva, eu havia chegado ao ponto mais distante possível. Através de todos os milhares de livros, de todos os bilhões de palavras. Bem longe de mim. Bem longe da vida. Da natureza. Do que realmente existe agora. Eu não tinha nada meu dentro de mim, apenas histórias e sentimentos que não surgiram do meu eu.

O barco foi a música em seu momento de silêncio. Rangendo, algumas tábuas mais falantes que outras. Uma barcaça noturna, grande e alta, que passou e fez *Lulu* requebrar o esqueleto. Quem sabe, talvez as tábuas também sussurrassem: "Olá, belo norueguês, aonde você vai, viking? Tenho livros a bordo, carrego dentro de mim o mundo inteiro."

— E o que está fazendo desde então?

— Desde então tenho pedalado até a exaustão e mantido com sucesso minha sobrinha longe da leitura!

— Humpf — bufou ela por trás do celular. E disse uma frase meio ofendida, meio orgulhosa: — Bernardine Evaristo era muito irada. Você não pode me proibir nada, *tata*. Além do mais, você me ensinou a ler. Eu mal conseguia ir ao banheiro sozinha, mas, quando ia, levava comigo um livro da coleção Os Cinco.

Ella piscou para Perdu. Em sua carreira, ela havia colocado muitos adolescentes que não liam na trilha dos livros; a tática ancestral de "proibir a leitura" era surpreendentemente eficaz.

Perdu observou Pauline de maneira discreta; ela rolava alternadamente as páginas de notícias e parecia olhar o tempo todo para o WhatsApp. Mas nada acontecia ali. Então, de novo um "humpf", um afastar de cabelos da frente do rosto, agindo como se nada ali fosse da sua conta.

Ella fez um brinde a Perdu e falou de suas viagens sobre duas rodas pela França, passando pela Grécia e chegando até o Líbano, em seguida passando pela Alemanha e pela Islândia.

— Você já esteve na Islândia, nos dias entre o breve verão e o longo outono? Fica tudo amarelo e preto, não há outras cores, e o povo oculto se mostra a alguns poucos visitantes.

— E você não lê mais nada?

— Claro que leio. — Ella sorriu, então fez um complemento astuto: — Só não leio livros. Mas leio pedras, rostos, cheiros... Sabe, até me lembro da maioria dos livros, mas agora não ficam mais entre mim e minha experiência como uma enorme montanha de impressos. E nesse meio-tempo você tem vivido sozinho? Morando dentro dos livros como se fosse a Fortaleza Perdu!

— É tão ruim assim?

Um olhar de soslaio para a sobrinha e, em seguida, um sussurro:

— Você era o cara mais azarado que eu conhecia, sim. Sempre me perguntei o que fazia você, por um lado, ser tão carinhoso com todas as pessoas e, por outro, tão distante delas como indivíduos. Quase não falava, era sempre todo ouvidos, olhos e empatia, mas com você mesmo... As pedras gastaram mais palavras com elas próprias do que você consigo mesmo.

— Sério? — comentou nesse momento a sobrinha. — Irado.

Falou e desapareceu nas profundezas do barco-livraria, reaparecendo pouco depois, erguendo *Canção de ninar*, de Leïla Slimani.

— É bom?

E Perdu respondeu:

— Ainda não li, me conte amanhã.

Pauline deu de ombros e se sentou na poltrona perto da escotilha redonda com o livro, com Kafka e Lindgren.

Ella e Perdu passaram o restante da noite contando um ao outro anedotas de um universo perdido no tempo; de feiras de livros ao redor do mundo, cerimônias de premiação e sucessos literários meteóricos; quando os dois eram incrivelmente jovens, muito mais flexíveis e não sabiam como seria viver feliz consigo mesmos.

Ele contou para ela de seus anos. E, quando falou de Catherine, sentiu uma dor e o calor dentro de si. Dor por ela não estar ali, calor porque ele a amava.

O rosto de Ella reagia às suas palavras — provavelmente muito longas e complicadas — enquanto ele falava, e tristeza e melancolia cruzavam suas feições.

— Olha só — disse ela. — Essa foi uma coisa que não fiz: amar um homem ou uma mulher. Fiquei apenas dentro da minha cabeça. Meu coração batia porque havia sido criado para a leitura e mais nada. Invejo você. Você também vivenciou grandes sentimentos. A riqueza de uma dor apenas sentida quando se correu um risco e experimentou os maiores sentimentos amorosos possíveis. E, então, sem que precisasse se mexer, sem sair do lugar, de repente, a mulher da sua segunda vida está logo ali atrás da porta seguinte. Sabe quanto você é sortudo, quanto isso facilitou as coisas, não é?

Ele fez que sim com a cabeça.

— Eu provavelmente vou ter de pedalar por meio mundo procurando alguém para mim... só para no fim reconhecer que minha bicicleta e eu fomos feitas uma para a outra. Eu costumava ter medo de envelhecer sozinha.

— E agora?

— Ainda tenho. Mas tenho mais mundo ao meu redor que me toca. Sinto a mim mesma. Tenho a mim mesma. Gosto de mim. Consigo conversar comigo mesma e chegar a um bom termo. Sem grandes bate-bocas, sem acusações, sem questionamentos sobre o que faço ou deixo de fazer... Sim, gosto de conviver comigo mesma. Isso não é pouca coisa. É o fim de uma transição. Ou, quem sabe, talvez eu ainda esteja no meio dela. Não dá para evitar as próprias transições, *n'est ce pas*?

E só às duas e meia da manhã, quando Perdu trocou a roupa de cama do beliche para Ella e Pauline, escondeu cuidadosamente o pacote de Saramago e preparou uma cama para ele mesmo em frente à escotilha — para deleite de Kafka e Lindgren, que estavam à espreita para se deitar na curva de seus joelhos e do pescoço —, foi que lhe ocorreu: Max ainda não tinha voltado.

Demorou muito até Perdu encontrar uma posição para ler pelo menos algumas páginas de um dos livros de sua vida, *Orgulho e preconceito*, de Jane Austen, o tempo todo tentando ouvir pela fresta da antepara e olhando para as páginas à sua frente, nas quais insetos pousavam em intervalos irregulares, atraídos pela luz e pelas letras.

LOCAL DE LEITURA

Na busca pelo próprio, pelo melhor, pelo lugar "certo" para ler, ajuda imaginar que a leitura é, na verdade, uma telepatia assíncrona. Quem escreveu um livro e quem o lê estão ligados por meio de pensamentos, palavras, lembranças e sonhos que um revela e o outro transforma dentro de si em sons, pensamentos e ilusões. Um diálogo que salta anos, até séculos (se estiver lendo Jane Austen), e o autor ou a autora transmite telepaticamente paisagens, diálogos e percepções.

Dessa forma, um local de leitura "correto" é sensível à recepção — e não deveria ser surpreendente se alguns clientes quisessem saber exatamente onde ou em que posição um livro deve ser lido. Deitado, sentado, em pé, no trem, na cozinha? Com ou sem gato no colo, com música, luz de velas ajuda?
Quando olhamos as críticas na internet (fui mais ou menos claramente aconselhado a parar de agir como um imbecil digital), o "onde" desempenha papel importante, e, ao mesmo tempo, é uma avaliação da leitura — os romances são classificados como "livros de varanda", "leitura de trem", "acompanhante de voos"; às vezes,

parece que a pessoa está pedindo perdão, envergonhada por realmente ter lido "algo assim", mas foi uma longa viagem de trem e a pessoa está de férias, tem medo de voar, então era melhor que fosse alguma coisa bem levezinha...

Minha pergunta seria: e como se lê um romance sério ou de "alta literatura"? De gravata e calças passadas, sentado empertigado no escritório especialmente projetado para esse fim? O que vai contra ler Shakespeare de chinelos ou os poemas de Rilke em uma viagem de trem, de costas para a direção da viagem para que você possa olhar para trás, contemplar e deixá-los ecoar?

Em compensação, fico profundamente comovido com a ideia de que a escolha do local de leitura é uma expressão de respeito pelo conteúdo. Por exemplo, *O diário de Anne Frank*: você o levaria para a beira de uma piscina no clube?

E, por sua vez: onde, senão numa piscina ao ar livre, o confinamento, a crueldade da perseguição aos judeus nos tocaria de forma ainda mais íntima, nos deixaria ainda mais dolorosamente conscientes e do lado da garota escondida?

Se lhe perguntarem sobre locais de leitura e componentes (vinho, luz, música, gatinhos), provavelmente vão depender muito mais de quem lê do que dos próprios livros. Cada pessoa tem um senso de lugar mais ou menos acentuado; alguns só conseguem se sentir confortáveis em certas mesas de restaurantes, outros passam muito tempo em um apartamento novo até encontrarem um lugar para dormir ou refletir, e alguns não podem mais ir a certas cidades porque sentem o sofrimento de décadas atrás, empoleirado em paredes e agachado em becos, e recuam diante do tremor íntimo.

Como parece tranquilo um trem urbano pela manhã, quando todos estão imersos em seu espaço de leitura, pensando e, de vez em quando, os olhares se encontrando, cheios de compreensão, amando a mesma coisa: estar ali e, ainda assim, totalmente em outro lugar e poder pensar em tudo sem restrições internas.

Como eu gostaria de ter o dom da clarividência para ver pairar sobre as cabeças todos os lugares, todas as imagens.

Fonte: *Grande enciclopédia dos pequenos sentimentos: manual para livreiras, livreiros e outros farmacêuticos literários*, letra L.

16

Na manhã seguinte, o castelo de proa cheirava a café recém-passado e croissants quentes. Max estava descalço, de jeans e camiseta, diante do fogão da cozinha e, assobiando baixinho, fritava ovos e cogumelos cortados em quartos. Com um bom humor insuportável. Quase explodindo de satisfação por todos os poros. Perdu meio que teve vontade de empurrar o jovem escritor de cara na frigideira quente.

— Está claro que você está aproveitando a vida de solteiro.

— Bom dia para você também. Aqui. — Max estendeu uma caneca de café com leite para Perdu.

E causou um breve conflito interno nele: será que aceitar o café significava expressar aprovação pelas escapadelas noturnas de Max?

— Você quer saber, mas não vai perguntar, não é? Em vez disso, vai ficar enlouquecido com pensamentos que só você tem.

— Eu não vou pensar nada. E não quero saber de nada. Não é da minha conta o que você apronta.

— Teoricamente é isso mesmo. Mas, tirando isso, é uma mentira descarada.

Perdu ignorou a caneca de café com leite. Max a colocou com violência na mesinha da cozinha.

— Diálogos surpreendentemente grosseiros a bordo de um barco cheio de palavras tão nobres — ressoou o grave sombrio da voz de Ella; em vez do traje de ciclista, estava usando uma camisola gigantesca, com tudo o que a indústria de camisolas tem a oferecer em termos de adorno: babados, laços, rosas, barras, botões, *strass* e rendas. E um turbante maravilhoso na cabeça. Resumindo: uma verdadeira deusa da alvorada, um tanto enrugada e majestosa. Mal deviam ser sete e meia. — Esse café já tem dono? — perguntou, tomou a xícara de café com leite destinada a Perdu, se sentou no banco do canto e pegou um dos croissants ainda quentes. Com todo o cuidado, ela pescava com o dedo as migalhas que caíam dentro do decote.

— E vocês? Tiveram uma boa noite? — Os olhos de Max cintilaram, um tanto agressivos, um tanto questionadores, piscando de um jeito frenético. Em seguida, colocou um pouco de leite em duas tigelas para servir a Kafka e Lindgren.

— Extraordinária. Posso apresentá-los? Ella Lahbibi, Maximilian Jordan.

— Ella Lahbibi! *A* Madame Lahbibi?

Max se levantou de novo, ainda segurando as duas tigelas.

— Não, a outra — respondeu Ella, graciosa.

— A senhora é uma lenda!

— Isso me dá direito a dois ovos estalados?

— Até três. — O olhar de Max ficou completamente transfigurado.

— O senhor escreve aqueles livros infantis inconformados, não é?

Max enrubesceu e, para alívio de Perdu, perdeu a atitude confiante de James Dean.

— A senhora... A senhora lê essas coisas?

— Escute aqui, meu jovem, quem não lê livros infantis quando adulto perde a melhor parte da literatura. Gostei muito do seu cavaleirinho do contra com a garota aventureira. Quer dizer, quando eu ainda lia. E a história do "Carambinha" antes de se tornar o "Carambolas".

— Mas *tata* não está contando que leu os livros principalmente nos ginásios que abrigavam refugiados, onde ensinavam francês para crianças ou a ler de forma geral.

Pauline entrou no castelo de proa completamente à vontade, cumprimentou Max com um "*Salut*", beijou-o as quatro vezes obrigatórias na bochecha, pegou as tigelas de leite uma de cada vez da mão dele e as deixou diante dos gatos — e se empoleirou no banco de canto do castelo de proa em um movimento fluido. Pela segunda vez o semblante de Max revelava seu espanto. Quando o verão de repente adentra uma pequena cozinha xexelenta, é possível que se faça cara de palerma.

Pauline estava com o livro de Leïla Slimani, um dedo enganchado entre as páginas.

— Irado — comentou ela com Perdu. Parecia ser a palavra preferida de Pauline em diversas ocasiões.

— Por quê?

Ela deu de ombros.

— Por causa de tudo. Ela mata as crianças e, no início, ninguém sabe por quê. E daí fica claro que ela é uma daquelas mulheres invisíveis. E os outros sofrem com problemas de classe média e não percebem como sua vida é boa.

— Mulheres invisíveis?

— Vixe... — diz ela, fazendo estalar as contas das tranças enquanto joga o cabelo para trás, com uma impaciência inacreditável com o velho anfíbio do brejo. — Babás. Faxineiras. Pessoas que limpam o rabo dos velhos. Tipo isso. Bem tipo os morlocks. Mantêm tudo funcionando, vivem na lama e às vezes devoram os elois. Assim como a babá aqui. Totalmente irada. Qualquer um que ache que tem uma vida de merda mesmo que tenha alguém para limpar seu banheiro devia ler isso. — Pauline pegou o celular, verificou o WhatsApp, (aparentemente ainda não havia aparecido o que ela esperava) e, assim, sinalizou a Perdu que sua audiência literária havia acabado.

Murmúrios e resmungos vindos do fogão.

— Gostaria de participar da conversa, Max? — perguntou Ella. — Esse trabalho tem um título provisório: "A luta de classes na literatura do século XXI a partir de uma perspectiva feminina".

— Eu estava dizendo que o deixo sozinho uma vez e isso aqui já vira uma festa — resmungou Max.

— Sim, e daí? E onde você estava? — perguntou Ella, trocando o "senhor" por "você" e cortando alegremente um segundo croissant. — A propósito, bela aliança de casamento. Ouro rosé?

Com um solavanco, Max empurrou a panela para longe da chama do gás, se virou, cruzou os braços e respirou fundo.

— Muito bem — falou ele. — Mas ai de quem fizer um único comentário maldoso.

Agora lascou, pensou Perdu.

Acho que não, pensou o Destino, e deixou ecoar uma única palavra no silêncio da até então quase tranquila manhã na última província do Marne, um berro que fez todos pularem, até mesmo Ella:

— THEEEOOOOOO!

Perdu foi o primeiro a chegar à antepara. No caminho, os pensamentos correram freneticamente: onde estava a boia salva-vidas, onde estava o kit de emergência e, caramba, ele havia carregado a agora obrigatória máquina de desfibrilação...?

Uma mulher com expressão tempestuosa estava parada no cais ao lado dos banheiros, com as mãos na cintura, gritando com o garotinho que estava parado sem fôlego ao lado dela em frente ao barco, encarando com olhos arregalados a etiqueta "Pharmacie Littéraire".

— Você não pode simplesmente fugir desse jeito sempre, Theo! E pelo menos olhe para mim quando eu estiver falando com você!

Se ela pelo menos falasse... Mas estava xingando o menino, e Perdu ouvia muito pavor, muito medo, muita sobrecarga, como se todas as forças dela tivessem se esgotado anos antes e tudo o que estivesse gritando na verdade fosse: não aguento mais. É sério, não aguento mais.

Theo não se virou, seu olhar agora se afastava lentamente da placa, como um trem chegando devagar à estação, e deslizava em direção a Perdu.

— Bom dia — disse Jean Perdu. — Posso ajudá-lo?

Theo olhou para ele ainda mais intensamente: quantos anos o menino devia ter? Uns 9, 10? Mas seu olhar era antigo. Seu rosto também parecia estranhamente enrugado, e o sorriso que surgia nesse momento era de uma serenidade profunda e calma.

Uma criança velha, mas, sem dúvida, uma criança.

— Gostaria de subir a bordo? — perguntou Perdu nesse momento, de um jeito lento e claro.

O menino fez que sim, um leve aceno com as pálpebras enquanto semicerrava os olhos, o que provavelmente passou despercebido a todos os outros.

— Theophilus Abraham Laurent! Venha, por favor, e deixe a família em paz. — A mulher pegou o ombro de Theo com timidez, e ele se afastou gentilmente das mãos dela. Fez que não com a cabeça.

Ainda assim, não disse palavra.

Família?

Ah, sim, Ella de camisola, e Pauline e Max — de novo com a panela na mão — apareceram ao lado dele na antepara.

Perdu soltou a corda vermelha e, um por um, eles abriram caminho para que o pequeno e silencioso Theo pudesse entrar no barco-livraria. Ele olhou para a mulher lá atrás, que agora torcia as mãos, envergonhada, e ambos obviamente estavam se comunicando em silêncio, porque ela apenas suspirou e disse:

— Por favor, me perdoem. Theo pode entrar?

— Claro, com prazer.

Theo subiu a bordo sem dizer nada, seus olhos brilhavam.

A mulher olhou para a prancha com desconfiança, e Max lhe estendeu a mão, que ela não pegou, mas se apoiou agradecida no antebraço dele, fazendo um esforço para ignorar a camisola de Ella.

— Por favor, me perdoem — sussurrou ela de novo, sentindo-se extremamente constrangida. — Oh — disse meio segundo depois, ao ver todos os livros. E em meio a eles estava Theo, com os braços estendidos se virando bem devagar, como se quisesse dizer: "Veja só! É isso. Exatamente isso que eu queria te mostrar!" Só que ele expressava isso com o corpo, com o sorriso; ele não falava.

Ao lado da mulher, Pauline fez alguns gestos rápidos.

Theo observou atentamente a linguagem de sinais dela, fez que não com a cabeça e desapareceu entre as estantes de livros.

— Já vi que ele não é surdo — comentou Pauline.

— Não — confirmou a mulher com um suspiro. — Theo não é surdo. Também não é mudo, caso esteja se perguntando. Ele só está... — Ela deu de ombros, impotente.

Foi quando Ella disse:

— Quer saber? O jovem cavalheiro aqui faz um bom café com leite e me deve três ovos fritos. Que tal tomarmos café da manhã, já que Theo obviamente tem tudo de que precisa aqui? Vou trocar de roupa, a senhora toma um café, e depois vemos o que fazer, pode ser?

E assim aconteceu.

Com os ovos fritos e o café com leite, souberam que a mulher era Dominique Bonvin, este era o nome dela, "bom vinho" em francês, e que Theo era seu afilhado. Quer dizer, não oficialmente, de batismo em igreja: "Não acho que o bom Deus esteja particularmente interessado em quaisquer regras daqui." Ele tinha sido atribuído a ela. Foi alguns anos antes, por um dos clubes que forneciam avós substitutas e padrinhos temporários para famílias que não davam conta de tudo sozinhas, "por vários motivos. Na época, ele ainda falava, e eu não queria azedar e não ter mais nenhuma relação com o mundo, então me inscrevi como avó substituta".

E souberam também que os pais que deixaram Theo "morreram... os dois. Um após o outro", foi o que fizeram, enquanto Dominique ainda era a avó substituta de Theo. Só porque as coisas tinham ficado difíceis não significava que se podia deixar a criança sozinha. Para onde ela iria? Para um orfanato ou para a casa de pessoas que não conhecia e que não sabiam por que ele não falava e que às vezes gostava de fingir que também não escutava para que não falassem com ele? Não, ela não era casada.

— As coisas nunca se desenvolveram, sabe?

— Entendo totalmente a senhora — murmurou Ella. — E como...

E Theo ficou com a avó substituta, que o escritório de assistência social do Marne designou para ele como sua tutora legal temporária.

— Por enquanto, parece que a situação pode mudar a qualquer momento. E temo que vá mudar em breve; toda semana aparece alguém da assistência social e pergunta a Theo se ele quer ficar comigo. Mas ele não responde, claro que não! E é justo fazer esse tipo de coisa com uma pessoinha assim? Penso que não, mas nunca fui muito boa de pensar, ao contrário dele. Theo era tão inteligente, inteligente como ninguém, só que ele parou de falar quando os pais... bem. Foram para o céu. E é por isso que ninguém sabe, e a maioria das pessoas acha que ele não bate muito bem da cabeça.

Dominique apontou com o queixo para Theo, que estava sentado de pernas cruzadas com um livro sobre os joelhos. Pauline se sentou no chão, diante dele, também com um livro. Ela não estava lendo — estava observando com atenção o menino mudo por cima do romance que ela segurava. *Krabat*, Perdu decifrou o título à distância.

Dominique fez que não com a cabeça de novo.

— Como é possível deixar um garotinho tão adorável para trás? Desde então... Não sei. Faz três anos. Desde então, ele não fala nada. E tenho medo de que tirem Theo de mim e ele nunca mais encontre as palavras. — Ela olhou para o menino. — Sabem de uma coisa? É a primeira vez hoje que ele sorri. E várias vezes. Acho que ele está se sentindo muito bem aqui. — Suspiro profundo. — Que pena que vocês não vão ficar por aqui.

ABANDONO

Provavelmente todo mundo já causou essa ferida em algum momento ao abandonar alguém. Na maioria das vezes acontece sem querer; uma pessoa segue em frente, enquanto a outra não consegue acompanhar o passo. Amigos que, conversando entre si, não percebem que estão deixando um dos seus pelo caminho, porque ele ou ela de repente teve uma cãibra no pé, ou deixou uma luva cair, ou porque os olhos estão cansados e andar é terrivelmente assustador por causa de uma doença não reconhecida assolando as juntas e forçando a pessoa a mancar, cada passo uma pontada nos quadris.

E aí se olha para os outros mais na frente, que nem sequer se viram para trás. Que continuam em frente, rindo. Ou brigando, como sempre, todos na família estão ocupados uns com os outros. E aquele coadjuvante que, felizmente, nunca foi complicado, nunca foi difícil, justamente por isso foi esquecido com tanta facilidade.
Seria até possível morrer naquele instante que eles não olhariam para trás. Essa é a sensação de ser abandonado. Um sentimento minúsculo, quente e constrangedor, que por isso mesmo é rapidamente deixado de lado — eles não têm olhos nas costas, nada teria acontecido nem se eu gritasse "ei, esperem por mim". Não é verdade?
Não, não é verdade.
Algo aconteceu.
A pessoa foi deixada para trás. Por um, por uma, por muitos, por todos, pelos próprios pais, e aí ela fica lá, indefesa, impotente, sem saber se deve gritar, e por que não percebem sua falta? Não faz nenhuma diferença se estou lá ou não?

Não faz nenhuma diferença se eu existo?

Raramente são os grandes acontecimentos que desviam uma pessoa do caminho. São os pequenos momentos; percebemos que somos todos relativamente insignificantes em comparação à trajetória do Sol. E que, às vezes, não temos nenhuma relevância para as pessoas próximas de nós; ou pelo menos não muita.
Portanto, se há alguém diante de você que duvida da própria importância, que perdeu a confiança nas pessoas próximas, então você precisa lembrar-lhe que o universo, em toda a sua grandeza, consiste na soma dos indivíduos. Cada um e cada uma de nós faz diferença.

Então, tenha a postos aqueles livros nos quais fique bem explícita a diferença que uma pessoa faz na vida de outra, no decorrer da história, na vida de um lugar. A maioria dos livros trata disso, mas é preciso tomar cuidado para que o enredo não seja heroico demais. Não somos heróis e heroínas, somos pessoas normais e ansiosas que sempre, todos os dias, reúnem coragem para se levantar da cama e encarar a vida.

Fonte: *Grande enciclopédia dos pequenos sentimentos: manual para livreiras, livreiros e outros farmacêuticos literários*, letra A.

17

Quando partiram, duas horas depois, para percorrer a distância até o fechamento das eclusas, por volta das sete da noite daquele dia, Jean Perdu não conseguiu olhar para trás, para o cais, para o pequeno grupo de pessoas. Todos estavam com as mãos erguidas: Ella, Pauline, Dominique. E Theo.

Perdu tinha pedido a Pauline que escrevesse suas impressões sobre o livro de Leïla Slimani em um pequeno cartão; ele cuidadosamente anexou a "crítica" um tanto desajeitada da garota ao título.

— Onde na escala Pauline você classificaria sua recomendação? — perguntou ele.

Ela pensou por um instante de olhos fechados. Em seguida, declarou:

— Leia por sua conta e risco.

— Para qual sofrimento sentimental?

Olhos fechados de novo.

— Quando você se pergunta se é mesmo uma boa pessoa. E para quando se está pronto para a resposta. Não importa quanto seja bizarra.

Ella lhe deu um longo abraço.

— Você percebeu que é a primeira vez que fazemos isso? — E desceu do barco com a roupa de ciclista. Ficou ao lado de Dominique e Theo, e Theo pegou a mão de Pauline e levantou a outra em uma saudação solene, com o *Krabat* que Perdu tinha lhe dado enfiado no elástico da bermuda.

Depois, todos os quatro ficaram observando o barco se afastar. E um canal tão perfeitamente reto pode ser longo, é possível ver os corpos ficando cada vez menores, mas mesmo após vários minutos singrando as águas ainda é possível vê-los quando se vira.

Então, o melhor é não se virar.

Haviam se passado apenas quatorze horas desde que as quatro pessoas estiveram a bordo do barco-livraria e, ainda assim, alguma coisa tinha mudado. Para ser mais exato: tudo.

Passaram pela sexagésima sétima eclusa do canal, Matignicourt; a próxima, de Écriennes, já se avistava ao longe, muito estreita, ao lado uma casinha amarela com venezianas verdes.

Um pescador ergueu a mão para cumprimentá-los.

Perdu o cumprimentou de um jeito mecânico.

— Não está certo — sussurrou ele.

— O quê?

— Isso não está certo! — repetiu Perdu, mais alto. — Temos de dar meia-volta. Agora mesmo.

— Não podemos dar um cavalo de pau, o barco é longo demais!

Max tinha razão; se fizessem uma manobra de cento e oitenta graus ali, ficariam presos como uma rolha numa garrafa, bloqueando o canal pelos próximos mil anos.

— Então, vamos dar ré — retrucou Perdu.

— Quer navegar em marcha a ré por mais de uma hora?!?

Sim. Era exatamente isso que ele queria. Não eram nem quatro quilômetros e meio de volta até Orconte por terra, mas eles estavam em um barco de quase vinte e sete metros de comprimento e não podiam navegar a mais de oito quilômetros por hora.

— Atraque — ordenou Max, pegando a enorme estaca de atracação e o martelo pesado.

Perdu levou a *péniche* até a beira do canal, bem no meio das algas e da desova dos peixes. Ele o ouviu a hélice do motor ranger, indignado; com certeza, havia agora um monte de ramos, algas e lama presos ao propulsor e no filtro de água de resfriamento. Era um pouco como pegar um carro conversível e dar ré em uma pilha de esterco fumegante.

Max abriu a escotilha lateral, saltou pela antepara aberta para o caminho de reboque, cravou a estaca no chão e amarrou a corda de ancoragem.

Então, levou a bicicleta dobrável para a margem.

— Traga-os para casa — pediu Perdu.

Max saiu pedalando em pé a toda a velocidade de volta a Orconte.

Perdu ficou observando-o até que o contorno de seu corpo se confundisse com as cores da paisagem, até que o verde, o azul e o amarelo o absorvessem.

— Dia! — falou o pescador, de repente próximo à antepara. — Deixaram alguma coisa para trás?

— Pode-se dizer que sim.

— O quê?

Agora, os dois homens olhavam para o sul, ao longo do canal. O céu estava refletido na superfície da água.

— O possível — disse Perdu, baixinho.

O POSSÍVEL COMO SENTIDO

Robert Musil escreveu em 1930 sobre o "sentido de possibilidade" em seu romance *O homem sem qualidades*: "Se existe um sentido de realidade, também deve haver algo que pode ser chamado de sentido de possibilidade. Por exemplo, quem o possui não diz: 'Aqui isto ou aquilo aconteceu, acontecerá, deve acontecer'; mas, sim, inventa: 'Aqui poderia, deveria ou teria de acontecer tal coisa [...]' "Essas pessoas probabilísticas vivem, como se diz, em uma teia mais fina, numa teia de neblina, imaginação, devaneios e verbos no subjuntivo."

Esse anseio por alternativas quase fantásticas — de como a vida podia continuar, do que nos acomete, do que somos capazes — é frequentemente encontrado em leitores que preferem uma literatura narrada intensivamente (em vez de leituras mais objetivas, menos emocionais). Ter um sentimento por Kairós — o deus expedito do momento oportuno, que também era chamado de Acaso — é a chance fugaz de se transformar uma oportunidade em algo mais milagroso e fazer mais do que se pode sequer imaginar de forma razoável — com o sentido de realidade.

O sentido de possibilidade mais a piscadela de Kairós seguida de um "Traga-os para casa", de uma ação, de uma palavra: isso pode levar a catástrofes, à felicidade suprema, a complicações brilhantes; é isso que dá vida à maioria das histórias e é disso que a vida vive.

Fonte: *Grande enciclopédia dos pequenos sentimentos: manual para livreiras, livreiros e outros farmacêuticos literários*, letra P.

Uma hora se passou. Barqueiros das águas fluviais passavam, buzinando.

Max havia deixado o celular para trás.

Mais uma hora. Os barcos-casa de veraneio passavam dando buzinadinhas.

Por que Max não tinha levado a porcaria do celular?!

Era impressionante, todo mundo estava colado ao telefone como a um marca-passo, mas, justamente quando era mais necessário, deixavam-no para trás?

No fim da terceira hora, quando Perdu já tinha roído um naco inteiro de pele da unha do polegar, uma van parou diante da casinha amarela e dela saíram uma, duas, duas e meia... Isso, exatamente duas pessoas e meia, e uma delas era Max, a segunda disse "Vixe..." e o terceiro não disse nada, como de costume, mas correu na direção de Perdu com aquele olhar de: "Eu sabia! Você também sabia?"

— Onde estão Ella e Dominique?

— Vamos encontrá-las em Vitry. Ella está ajudando Dominique a resolver a papelada com o pessoal da assistência social, elas vêm hoje à noite — explicou Max. Ele tirou a bicicleta dobrável, a bicicleta de passeio de Pauline e duas mochilas da van, que era dirigida por um homem de rosto vermelho e macacão de encanador.

— Obrigado mesmo, cara — agradeceu Max, e havia uma estranha familiaridade na maneira como disse aquilo. Os dois se conheciam?

Perdu registrou esse fato apenas de passagem, porque, quando Pauline e Theo — segurando a mão de Pauline — se aproximaram do barco-livraria, correu quente em suas veias a constatação de que agora era responsável por três crianças.

Ou melhor, duas e meia, dependendo do humor de Max Jordan no momento. Onde Perdu estava com a cabeça?

Provavelmente em lugar nenhum, *e por ora isso era o correto.*

Essa resposta em sua cabeça parecia de Saramago; Perdu imaginou que o velho mestre ficaria encantado com essa bagunça. Uma adolescente rabugenta, um menino emudecido e um futuro pai com tendência ao pânico. Isso já bastava para que ele enfim pudesse abrir o maldito pacote do manuscrito e devorá-lo? Provavelmente não. A imprudência impulsiva primeiro precisava ser transformada em algo com algum sentido. Era preciso lutar por algo que fosse importante.

O barco-livraria aos poucos estava se transformando em uma arca muito especial. Agora só o que faltava era o dilúvio.

Quer dizer... Melhor não.

TSUNDOKU

Tsundoku, comprar, colecionar, empilhar e não ler livros, pode ser uma doença aguda e crônica da alma. O termo japonês apareceu pela primeira vez em 1879 e surge da união dos caracteres "*tsunde-oku*", que envolve acumular coisas para uso posterior, e "*dokusho*": ler livros. Outros termos incluem o alemão "*SuB*" [*Stapel ungelesener Bücher*, ou "pilha de livros não lidos"], e o momento das aquisições varia de "agorinha mesmo" até compras pré-históricas de muitos anos antes.

A patologia do *tsundoku* se manifesta em surtos de compra regulares, na construção de pilhas e montes, ora decorativos, ora selvagens, bem como no adiamento deliberado da leitura desses livros. Até que o desejo pelo livro desapareça por completo; afinal, ele sempre estará lá. Então, para que lê-lo?

Dicionários, livros sobre livros, romances policiais italianos, livros com encadernação verde, livros em que as montanhas desempenham um papel, ou máquinas do tempo, ou a palavra "mulher" no título etc.

É gratificante e reconfortante viver em meio a essa coleção, lê-la se torna secundário e até diminuiria sua força; Sigmund Freud tinha uma visão especial sobre isso — em sua obra *Totem e tabu*, ele comparou a relação entre povos primitivos e neuróticos contemporâneos. O que, em resumo, significa que os livros reunidos representam algo como talismãs religiosos naturais, fetiches, espíritos guardiões, e que, no reino da racionalidade civilizada, o pensamento mágico ocupa o seu lugar, sem ser afetado pela tecnologia e pelo descrédito das superstições.

A segurança é o fator crucial. Como farmacêutico literário, você pode desistir de tentar tratar um bibliófilo ou alguém com sintomas de *tsundoku*; seria presunção tentar compreender ou até querer curar as profundas inseguranças e o pensamento mágico de uma pessoa.

Afinal, para quê?

A insegurança e a esperança em milagres são características profundamente humanas; delas nascem livros, obras de arte, relacionamentos e amizades.

O que você pode fazer é caçar tesouros para seu bibliófilo que se encaixem em sua coleção; em antiquários e sebos, em outros países, em apresentações e feiras, em suas incursões sem rumo aos mercados de pulgas de livros.

Cada livro a mais na coleção significará um dia a mais de esperança.

Fonte: *Grande enciclopédia dos pequenos sentimentos: manual para livreiras, livreiros e outros farmacêuticos literários*, letra T.

18

Os três canais, latéral à la Marne, Marne au Rhin e Marne à la Saône se encontravam em Vitry le François, rebatizado de canal Champagne-Borgonha alguns anos antes. Ainda restavam três eclusas para passar durante a viagem. Theo mal conseguia decidir se queria correr pelo barco-livraria, observar Pauline enquanto ela verificava o tempo todo se havia mensagens no telefone ou ficar sentado na cabine de controle com Perdu; por fim, foi se sentar no convés superior com um livro no colo, olhando alternadamente para as páginas e por sobre as águas à sua frente. Ele reluzia de felicidade e em seu colete salva-vidas havia um ovinho verde neon com pernas.

Mais um dia de esperança, pensou Perdu.

O porto de lazer em Vitry era uma estreita faixa de água com cais que acomodava barcos recreativos pequenos e bojudos; o barco-livraria, medindo quase vinte e sete metros, bloquearia a entrada se forçassem a passagem por ali. Perdu negociou com a capitania via rádio; ele precisava de um lugar para atracar e também dar uma olhada mais de perto no motor, no filtro e na parte externa do barco-livraria, que certamente estaria cheio de lama do canal. E reabastecer. E verificar se tinha água de arrefecimento. E fazer compras. Ter tantas pessoas a bordo de uma hora para outra requeria uma logística adequada...

— Espere aí — pediu o operador de rádio. — A chefe quer falar com o senhor.

Pouco depois, veio uma voz feminina e calorosa:

— Pascale Leroy falando. Sou a capitã do porto.

Pascale descreveu a Perdu a bacia portuária maior, onde deixariam um lugar livre para ele atracar bordo com bordo.

— O senhor é da livraria flutuante, certo? O senhor vai ficar alguns dias? Se sim, passo por aí, pois preciso com urgência de novas leituras. De qualquer forma, não estou conseguindo terminar de ler meus livros atuais. Ou eles perdem o fôlego ou eu perco o meu. Além disso, a previsão diz que vem chuva, e bastante.

Uau, uma mulher com relacionamentos literários fracassados, pensou Perdu. E, logo em seguida, o anúncio de um dilúvio...

— De qualquer forma, ainda precisamos resolver umas coisas, provavelmente não vamos terminar da noite para o dia — respondeu ele pelo rádio.

Seguiu as instruções de Pascale, com a ajuda de Theo, que apontava aqui e ali ou balançava a cabeça — ele ouvira atentamente a transmissão pelo rádio e reconhecia melhor do que Perdu a que lado do porto Pascale se referia. Ele orientou Perdu com sinais de mão e cutucões nos ombros. Mais à direita. Não! A outra direita!

— Excelente, comandante — anunciava Perdu, gostando de ver o rostinho de Theo se iluminar e o espacinho entre os dentes da frente do menino. E tentava esquecer a questão do que aconteceria quando as férias terminassem e Theo tivesse de voltar ao burocrático cotidiano da vida escolar francesa. De que seus pais haviam morrido? Isso deve ter abalado profundamente o menino, mas Dominique continuava sendo vaga e não dizia nada sobre um acidente ou doenças. Estranho. E o próprio Theo dificilmente lhe contaria.

Mas... um dia de cada vez. O dia da esperança ainda tinha algumas horas brilhantes.

RELACIONAMENTOS DE LEITURA FRACASSADOS

Tudo começava muito bem: a folha de rosto era estimulante, o texto da contracapa era convidativo, e todo mundo estava festejando esse livro nos últimos tempos, não estava? E aí você se aconchega na cama ou na poltrona, está tudo ali, chá, biscoitos, você vai ficar a sós por pelo menos meia hora... Ahhh, abrir as páginas, humm... Que primeira frase... Bom, tudo bem... Vamos ver se na segunda

melhora. Ou ao menos no próximo capítulo. Obediente e ainda com muita esperança, você se deixa envolver, como em um primeiro encontro com um desconhecido. E lê, lê, e, por fim, fica óbvio: não tem mais fôlego. Não, o problema não é você, querido livro... O problema sou eu... A linguagem está certa, tudo faz sentido e tal... Mas... Não faz a menor diferença para a pessoa como vai terminar. Ou, pior ainda: a pessoa tem a sensação de que é obrigada a ler o livro até o fim porque alguém se esforçou para escrevê-lo, e ele não é ruim, de jeito nenhum, é só isto:
Não somos compatíveis, você e eu.
Não vejo como podemos nos tornar amigos, confidentes, amantes ou cúmplices. Você não passa de palavras no papel.
Mas você permanece ali porque: como agir de outro jeito?

Como agir de outro jeito? Seja mais fiel aos leitores do que aos livros e, como paramédico literário, dê o único conselho possível: fechá-lo, deixá-lo de lado, não olhar para trás. Continuar a ler um livro por obrigação para com alguém não lhe dá nenhum selo adicional de elogios no certificado do destino e terminar um relacionamento de leitura também não lhe dá nenhuma multa.
Tire o remorso dos leitores e leitoras.

Os livros também têm orgulho: se alguém não quer ler tudo, bem, tchauzinho, nenhum livro quer ser lido por pena e muito menos por obrigação.

Relações de leitura fracassadas entre livros e pessoas acontecem o tempo todo. Raramente se fala disso porque raramente isso tem a ver com a qualidade de uma obra — assim como nos encontros humanos, quando a centelha da intimidade não se acende, raramente tem a ver com a qualidade da outra pessoa.

Principalmente em relacionamentos de longo prazo, um dia haverá um conflito entre o autor favorito e o leitor, isso é inevitável. E é fácil de explicar; para muitos autores, certos temas são recorrentes. Amizade, morte, busca de sentido, amor, traição, o "eu" contra a sociedade ou o "eu" contra o "eu". E eles ficam emocionalmente presos nesses temas e passam uma vida inteira de escrita martelando aquilo que os preocupa da forma mais profunda, mas o leitor envelhece e não se sente mais próximo das personagens dos vinte e poucos anos que avançam na existência de forma confusa e pouco confiável. Ou, ao contrário, o escritor sai do terreno de determinados temas, mas o leitor deseja a mesma história de novo, só que na Úmbria em vez da Nova Zelândia, com Mario e Isabella em vez de Kate e Nick, mas a autora abandonou para sempre a temática *love & landscape*, porque já foi contada à exaustão, e agora ela não quer mais escrever sobre quem pega quem e como, mas, sim, como os dois que se pegaram não aguentam mais ficar juntos.

Se livros são como pessoas e vice-versa, então eles vivem em ritmos diferentes uns longe dos outros — ou, ainda, uns depois dos outros. Não há mal nenhum em revisitar um livro abandonado alguns anos antes, ou, melhor ainda, décadas depois; às vezes, a pessoa descobre que não foi aborrecimento, mas incompreensão. A própria vida não oferecia um substrato de experiências no qual as palavras pudessem brotar.

Aceite com paciência a biografia de leitura atual de alguém que no momento parece incapaz de se relacionar no que diz respeito a ler. Abandonar livros bons ou qualitativamente perfeitos em geral é sintoma de um surto de desenvolvimento interno.

O ponto cego dentro de nós nos impede de ver do que precisamos. Para quem abandonou os livros, recomenda-se realizar uma Longa Noite na Livraria uma vez por mês. As pessoas ficam sozinhas com milhares de livros e podem — com cuidado, com cautela, para não quebrar as lombadas ao abri-los! — começar a lê-los antes de se comprometerem com um relacionamento mais sério na poltrona de leitura. Como um *speed-dating* literário, só que com um pouco mais de tempo.

Fonte: *Grande enciclopédia dos pequenos sentimentos: manual para livreiras, livreiros e outros farmacêuticos literários*, letra R.

Se tivesse suposto que pessoas são como livros — bem, na verdade, como calhamaços de papel: bem-comportadas e pacientes até serem abertas e trazidas à vida —, então Perdu teria aprendido o seguinte: eram, acima de tudo, seres humanos. Para manter as coisas organizadas na despensa, Max pediu uma pizza a metro para todos, Pauline organizou rigorosamente a seção de livros infantis e juvenis, e Theo inspecionou o piano Petrof e presenteou todos com uma versão rara da *Valse de la puce*.

— Afinador de piano! — acrescentou Perdu à lista cada vez maior que até o momento incluía: colchões infláveis, roupa de cama, mantimentos, água, perguntar à mãe sobre o emudecimento psicossomático, rascunhar um anúncio de vaga de estágio para a escola de formação de livreiros; criar um website? Entrar em contato com Paris: nível da água?

Com a prancheta na mão, ele parou ao lado de Pauline e a observou durante a arrumação. Ela também tinha uma prancheta na mão e garatujava em letras minúsculas rabiscadas no papel.

— E isso é...?

— Um visto de entrada — murmurou Pauline.

— ...?

Ela ergueu a cabeça.

— Sabe o que eu sempre quis quando era criança?

Ele se absteve de dizer: "Quando criança, quer dizer, na semana passada?"; em vez disso, fez uma cara que esperava ser um convite suficiente para uma adolescente se sentir compreendida por um momento.

— Eu queria provar que realmente havia estado em Nárnia. Que realmente havia estado na Terra-média. No vulcão Snæfellsjökull, na

Islândia. — Ela se voltou para o próximo livro, examinou a contracapa e fez uma anotação.

— Como? — perguntou ele por fim.

Nesse momento, Pauline olhou para ele com um sorriso largo, e esse acontecimento surpreendente foi tão luminoso e radiante que transformou totalmente o semblante amargurado. Ele viu ali a garota que já devia ter sido uma sonhadora sedenta por aventuras, com a profunda crença de que tudo e todos os lugares estão, obviamente, ao alcance da mão. *Sentido de possibilidade.* E que o verão que pulsava dentro de Pauline era eterno.

— Com um passaporte, é claro! Com carimbos.

— Um... passaporte literário? Para crianças?

— *Now you've got it* — disse ela com alegria e mostrou para ele seu inventário até aquele momento. Ela começou a classificar livros infantis e juvenis por localização. — E, claro, precisamos de carimbos de entrada e de saída e de uma gráfica que possa imprimir os passaportes para nós. Podemos imprimir fotos de passaporte nós mesmos, existe um aplicativo, e, com uma pequena câmera, *voilà*, emitimos um passaporte literário para cada criança. E a criança vai poder viajar para onde quiser, e ninguém vai pará-la em nenhuma fronteira e dizer: "Você não pode entrar aqui desse jeito, volte para o buraco de onde você saiu."

E ele conseguiu observar como a criança Pauline voltou a desaparecer, e o que restou foi a adolescente furiosa que tinha visto muito do mundo cedo demais.

— É exatamente o que faremos — disse Perdu.

— Ótimo — disse ela com um rascar enérgico da caneta no papel.

Perdu perguntou baixinho:

— Eu poderia ter um passaporte desses também?

— Ã-hã — concordou ela, fazendo que sim com a cabeça.

— Obrigado.

— Tranquilo. *Vixe*, se você faz questão...

Quando ele se virou, Pauline perguntou lá atrás:

— E não acha isso totalmente *cringe*?

— Para começo de conversa, não sei o que é *cringe*. Mas acho excelente. E lógico. E fiquei chateado por nunca ter pensado nisso antes.

— Agora, você está sendo totalmente *cringe*. É meio como uma vergonha alheia. Pior que constrangedor — explicou Pauline. — E é óbvio que será Theo quem vai receber o primeiro passaporte.

Óbvio.

Para alegria de Theo, a pizza a metro foi mesmo entregue em uma caixa de papelão de um metro de comprimento por uma entregadora em uma scooter vermelha brilhante que tinha um suporte especial para pizzas extragrandes.

Todos se acomodaram com todo o conforto no convés superior sobre cobertores com muitos travesseiros nas costas; era uma daquelas noites de verão no interior da França, quando tudo ainda estava aquecido pelo sol. O asfalto das ruas vazias, o céu azul e o ar aveludado, todas as superfícies planas em que se sentaram. Ruídos baixinhos da água batendo, a luz dourada cintilante do centro da cidade ao longe. Na verdade, a bacia portuária era tudo menos idílica, mas a luz onírica da hora azul cobria tudo. Inclusive a horta que Cuneo havia plantado, cuidada e enfeitada com algumas flores coloridas e jasmim perfumado.

— Posso perguntar uma coisa a você, Max? — questionou Pauline. Sua voz tinha uma melodia tímida incomum para ela.

— Sempre.

— Onde está sua mulher?

Max engasgou com o pedaço de pizza de salame e cogumelos. Depois se recompôs, pigarreando. Lançou um olhar de soslaio para Theo, que nem sequer havia levantado a cabeça.

Garotinho esperto, pensou Perdu. Quanto mais ficasse em silêncio ou fingisse não ouvir, mais atentamente poderia ouvir...

— Vic está em casa. Quer dizer, em Bonnieux. Ela é produtora de vinho.

— Uau! — exclamou Pauline. As pedrinhas que adornavam seu cabelo estrepitaram com impaciência.

— E ela agora está lá ajudando o vinho a fermentar?

— Claro que não...

— Estou irritando você com esse assunto?

— Um pouco, sim. Eu, por exemplo, fico perguntando por que você está sempre grudada no celular?

— *Sorry, not sorry*. E eu não fico grudada no meu celular. — Ficava, sim, mas fingia que não de um jeito tão convincente que fazia parecer que Max estava imaginando.

Continuaram a comer a pizza em silêncio, puxando o queijo derretido.

Max limpou os dedos num guardanapo, deu um suspiro alto e acabou contando a maldita história. Os sapatinhos, o engate de reboque, a briga, o pacto.

— Uau — disse Pauline no fim, dessa vez sem aquele tom irônico. — Você tem uma esposa muito gente boa.

— Eu sei! — Max ergueu as mãos em desespero. — E se um dia ela descobrir que é legal demais para mim? E se ela conhecer alguém que não seja tão ignorante em relação a bebês, como eu? E se ela perceber que não precisa de mim para nada? E se alguma coisa acontecer com ela?

— Nenhuma mulher precisa de um homem; se ela refletir um pouco sobre essa questão, vai chegar a essa conclusão — respondeu Pauline. — O contrário já é mais difícil.

— De onde você tirou essa baboseira?

— É verdade.

Perdu ficou invisível como Theo, e os dois fingiram estar absortos no recheio da pizza, com orelhas em pé e bem atentos.

— Então, o que você está fazendo sem ela?

Ouviu-se um rosnado indistinto.

— Você não é mulherengo — constatou Pauline. — Isso está bem claro. Ou o piercing no meu peito chamou sua atenção?

Ele fez que não com a cabeça.

— Olha só, esse é o seu problema. Você olha para as pessoas, mas não enxerga nem a idade delas nem se elas são atraentes ou não, está completamente apaixonado e, mesmo que não estivesse, ainda seria um tonto. Você tem um coração enorme, tudo em você é coração, o jeito que você olha, como você escreve, o jeito que come, como reclama, você é um fofinho, provavelmente arrancaria o próprio coração para que sua mulher...

Duas coisas aconteceram durante o discurso de Pauline. Max começou a rir — e Theo começou a chorar. Bem, não um choro de verdade, mas soluços profundos que sacudiam seu corpo, pois ele chorava como se estivesse se recusando a falar: de forma absolutamente sem som e cheio de desespero.

— Theo! Theozinho, está tudo bem, vem cá, está tudo bem, o que foi? — chamou Pauline. De repente, toda aquela esperteza se dissipou.

Theo recusou o abraço dela e afastou suas mãos. Ficou ali sentado, sozinho e sem apoio, tremendo, o rostinho dissolvido em dor e vergonha.

— O que foi que eu falei? Theo, ai, chuchu, o que...

Max e Pauline olharam para Perdu como se dissessem: *Agora faça alguma coisa, você é o adulto aqui!*

Perdu tirou o cobertor de baixo de sua cadeira, sacudiu-o no alto e o deixou cair sobre ele e Theo, como uma tenda.

Theo não parou de chorar imediatamente, foi mais como uma corrente caudalosa que primeiro se transforma em um rio e em seguida em um riachinho, até se perder no subsolo. Em silêncio, balançava para a frente e para trás, para a frente e para trás, respirando alto no escuro, no calor. Até que a mão de Perdu foi tocada por uma mãozinha, e ele tomou aqueles dedinhos entre os seus.

Perdu ergueu o cobertor com todo o cuidado. O céu noturno tinha passado a um azul-escuro, as primeiras estrelas cintilavam, brancas.

Ele manteve o cobertor enrolado nele e no menino enquanto se levantava com ele; Theo passou os braços e as pernas em volta dos ombros e dos quadris de Perdu. Pauline prendeu o cobertor com firmeza, parecia querer dizer alguma coisa, Perdu fez que não com a cabeça.

Palavras eram perigosas nesse momento. Havia ocasiões em que palavras causavam uma implosão (ou se ficava com um medo terrível de que isso pudesse acontecer e arrancar os rins, o cérebro e sabe-se lá mais o que de uma pessoa); não havia sido ele quem descobrira uma técnica para nem pensar mais no nome de Manon? E não havia lhe custado um esforço interminável apagar da vida cotidiana todas as lembranças, tudo o que era fraco e todas as pessoas que poderiam ter tocado naquela ferida aberta chamada Manon? Ele conhecia muito bem a paralisia e o temor que era sair daquele rochedo; afinal, não era a segurança do rochedo ao seu redor a única coisa que o mantinha em pé e vivo?

Esse medo. Esse medo cada vez mais sólido de que as pessoas poderiam morrer por viver demais.

Era preciso mais do que palavras ou livros para se aventurar por aí, eram necessários o céu, a água, a música, a amizade, toda a magia concentrada do universo.

Theo havia se transformado em um rochedo, uma criança-cascalho, e, se essa pedrinha tivesse de falar uma só palavra, com certeza seria "erosão", essa era a situação dentro dele, e por isso Perdu carregou a pedrinha exausta para dentro da cabine e ficou ali até ele adormecer, e mais ainda, até que ele próprio desse umas piscadas sonolentas, sentado, com a mão na cabeça de Theo, durante a noite toda.

As primeiras gotas de chuva nas escotilhas se transformaram em torrentes de água, e, se Perdu tivesse acordado, teria percebido que o volume dos canais havia começado a aumentar e que o porto de Vitry ficava cada vez mais cheio.

MEDO: COMO SE COMUNICAR COM ELE?

Em um livro de Helga Schubert, que li no original (alemão), há um capítulo em que ela se pergunta como poderia escrever de forma literária e sem *páthos* sobre a queda do muro e o fim da divisão da Alemanha. Nessa tentativa registrada, ela conta como, ao viajar de vez em quando naquela época, sempre era ameaçada, fosse de não poder sair da RDA, fosse de não poder entrar nela quando, tanto no lado ocidental quanto no oriental, falava sobre seus livros, fazia leituras ou até mesmo quando recebia um prêmio literário. E, um dia, ela fala exatamente disso na televisão da Alemanha Ocidental: desse medo. De quê? Por quê?
No dia seguinte, um estudante a para no metrô de Berlim e diz: "Falar sobre o medo traz coragem."

O medo teme ao mesmo tempo a linguagem e o olhar. Fitar os olhos de alguém e dizer: "Tenho medo de não conseguir fazer tudo, de não me levantar, de não brigar, de não ir às compras, de não assumir responsabilidades. Tenho medo de ter sonhos ruins. Tenho medo de que todos saibam que quero beijar meninos, não meninas. Tenho medo do monstro debaixo da cama, da guerra no país ao lado, da guerra no quarto ao lado, da guerra dentro de mim. Tenho medo de não saber o que quero e de um dia estar fraco demais para fazê-lo, tenho medo das cartas do governo, e de que esta noite não consigamos nos falar de novo, e de uma vida sem você, e do vão profundo entre a calçada e a porta do ônibus, e de ter de fazer esse trabalho para sempre, e tenho medo de que o avião despenque, e eu também, se algum dia falar disso tudo. Mil litros de medo preenchem meu sangue, minha boca, meu estômago e minha cabeça."

Um livro pode ser uma das muitas pontes para escapar da ilha deserta chamada medo; uma frase, um pensamento, uma cena que traga de volta a sensação de se ter uma conexão com os outros. Para reencontrar o antigo conhecimento de que não se está sozinho com nenhum desses medos e de que todos nós, honestamente, os compartilhamos.

E também saber que o medo se move dentro de nós em um eterno movimento de busca. Ele não vai embora, apenas vai para outro lugar dentro de nós. O medo está sempre presente em nós na mesma quantidade, mas se move para lugares diferentes dentro de nós à medida que a vida avança.

Muitas vezes ainda tenho dentro de mim frases que constituem para mim uma ponte de escape da ilha quando me pego apenas olhando fixamente para meus tremores e não consigo escapar do olhar hipnótico do meu medo.

"Tudo de que você precisa." Foi uma frase que me confortou, o motivo encheria um livro inteiro ou uma vida; eu estava em uma igreja, embora eu não seja nem batizado tampouco tenha muita afinidade com religiões. Outra frase: "Você é bom ou boa do jeito que é, você é o suficiente." Essa foi especial quando me senti ocioso, fraco, sem rumo e achava que estava desperdiçando meu tempo. E uma cheia de esperança: "Amanhã será um novo dia." É uma frase simples que me conforta à medida que envelheço. Com ela me perdoo por não ter vivido uma vida melhor e de primeira desde que me levantei.

Mas o que posso aconselhar como farmacêutico literário quando você se deparar com o medo que se enraizou em um de seus clientes? Nenhum livro de autoajuda, por favor. Nem histórias de herói. Nem histórias humorísticas. São paliativos e, principalmente, colocam o medo no centro de tudo.

O medo não é um sentimento menor. Coragem não é ausência de medo. O medo surge porque somos capazes de sentir e pensar; é uma característica da alma.

Evitar que o medo defina tudo será o objetivo de sua livraria a partir de agora; deixar as pessoas sentirem que existe um "aqui", um "agora" e que ele está dissociado da ilha de medo dentro delas. O livro é quase um detalhe (embora eu use sempre uma frase de *Um cavalheiro em Moscou* para esses casos e tenha outros resumos guardados; um homem condenado a passar a vida preso em um hotel, que faz amigos, ama, vive), nele você mesmo é o aqui e o agora. Seu sorriso, seu tempo, a conversa curta ou longa, o cantinho de descanso, o samovar de chá, você é o lugar que está além do medo. Livreiros quase sempre cuidam não de livros, mas de pessoas.

Fonte: *Grande enciclopédia dos pequenos sentimentos: manual para livreiras, livreiros e outros farmacêuticos literários*, letra M.

19

Ao despertar de sonhos intranquilos naquela manhã, Jean Perdu se viu metamorfoseado em um urso com a cara amassada. Tateando para fora de sua caverna no beliche, com dores nas costas, ouviu o zum-zum-zum de uma conversa no ventre do navio, e lá estavam eles, Pauline, Ella e Max, aconselhando clientes. Como uma matilha. Dominique Bonvin passava um café atrás do outro. E todos os outros estranhos estavam envoltos em capas de chuva encharcadas. Espera aí: mas esses eram seus e suas clientes. Em seu barco-livraria! Com seus livros!

Ora, mas que coisa.

Sentiu um ciúme quente ebulir dentro de si, e, se ele não estivesse tão amassado, talvez tivesse cometido o erro de se portar mal e permitir que seus pensamentos se transformassem em uma bronca inútil. O jeito era respirar fundo, lavar o rosto primeiro, tomar um café... E onde estava Theo?

Theo, de colete salva-vidas, varria com dedicação o convés superior. O apocalipse noturno havia desaparecido de seu rosto.

— Precisamos de troco, a máquina de cartão está sem Wi-Fi. Será que você poderia ir até a padaria? — Assim Pauline o recebeu. — E agora há pouco uma geladeira bateu em nós.

Deveria simplesmente deixar essa trupe pirata sozinha em sua barcaça?

— Uma geladeira?

— Está passando todo tipo de coisa por aqui, você apagou durante a tempestade inteira? Destroços. Postes telegráficos, árvores, barris, garrafas, uma geladeira, qualquer coisa que boie, sério, nunca vi nada parecido.

— E o que todas essas pessoas estão fazendo aqui? — Provavelmente havia doze ou quinze pessoas no barco andando de um lado para outro.

— Barco de excursão com filtro danificado. E a geladeira quebrou um dos remos deles, não me pergunte qual. Chamaram uma mergulhadora antes de continuar viagem. Ah, Madame, a senhora escolheu um belo livro...

Escolheu?! Desde quando uma cliente corre atrás do balcão de uma farmácia e pega um remédio? Isso poderia levar a repreensões graves!

Ele respirou fundo para intervir com força quando Pauline educadamente acrescentou:

— A senhora sabia que isso ajuda principalmente contra a melancolia do aniversário? Então, se não for o aniversário da senhora ou a senhora quiser dar de presente de aniversário a alguém que odeie fazer aniversário, nosso... farmacêutico literário aqui ficaria feliz em recomendar alguma coisa. Não é, Jean?

Não é não! Foi aí que ele viu, no compartimento logo abaixo da caixa registradora, que seus três cadernos de exercícios haviam sido abertos, e Pauline semicerrava os olhos para enxergar lá embaixo, no capítulo M.

Ela havia lido as anotações dele e agora dava ordens como se fosse ele o assistente. Além de todo o resto.

Eram tantos sentimentos dentro dele ao mesmo tempo que ficavam no caminho — vergonha que alguém tivesse lido suas entradas inacabadas na enciclopédia dos sentimentos sem lhe pedir. Espanto. Raiva. Irritação.

E uma bem pequenina; na verdade, nanométrica: alegria!

Ella pousou a mão macia em seu braço no momento em que Perdu estava prestes a inspirar fundo e falar um "De jeito nenhum!" em alto e bom som.

Soltou então um "Com prazer" meio zonzo e conduziu a excursionista um pouco para o lado para conversar com ela e examinar sua doença da alma desconhecida e individual. Ela sofria com o que descreveu como "conversas superficiais" — como ela expressou, principalmente no barco de excursão.

— Ninguém mais se atreve a conversar de verdade, só falam de alguma coisa genérica, clima, política, futebol, para mim é como se eu tivesse exatamente as mesmas conversas há cinquenta anos!

Um caso claro de alergia a verniz, concluiu ele — uma reação severa ao verniz brilhante aplicado no papo furado de cada dia. E tudo se resume à superfície e uma quantidade imensa de frases conhecidas. Ela precisava definitivamente de Jón Kalman Stefánsson. Ou de Sigrid Nunez. E de Véronique Olmi, precisamente.

Pauline sabia que tinha ido longe demais, e o olhar que lançava a Perdu estava entre a gratidão por ele não estar fazendo uma cena naquele momento e o peso na consciência. "Desculpe", foi a palavra que se formou em seus lábios sem emitir som nenhum.

Bum, de repente aquele barulho outra vez, e pela escotilha redonda Perdu viu, com um remorso interior, um tronco passar boiando. Aquela coabitação fluvial parecia estar começando muito bem.

ALERGIA A VERNIZ OU A ARTE DO DIÁLOGO

Muito barulho por nada: muitas vezes entramos em conversas que consistem em uma série de banalidades, lugares-comuns e frases vazias. "O tempo não para pra ninguém", "Provavelmente é culpa do clima", "Espere até você chegar à minha idade" e "A culpa é do sistema".

O fato de "haver mais de 8 bilhões de pessoas no mundo" pode ser um consolo ouvido com frequência para pessoas com dor de amor, assim como o fato de "a prática levar à perfeição" quando se acaba de fracassar de um jeito inacreditável em uma ocasião importante; e esses fatos até podem estar corretos de um ponto de vista puramente técnico, mas essas frases não inspiram proximidade, não demonstram compreensão ou são convidativas para uma conversa mais íntima. Ao contrário, são barreiras de palavras que caem e significam: "Isso é tudo o que quero dizer sobre isso, agora vamos parar de pisar em ovos, obrigado."

Em geral, a linguagem comum, quando usada numa família, numa sociedade, nos jornais e na política, sempre contém limitações. Juízos de valor. Conselhos. Categorizações. Eufemismos. Ameaças: se não fizer isso, então... Então o quê? Existem tabus — não se fala sobre eles. Existem floreios de frases usados no lugar das palavras reais; principalmente quando se trata da morte, as pessoas "partem", "descansam", "são salvas" ou "vão para o céu". Muitas vezes existe um grande constrangimento em falar sobre amor e abandono, sobre medos e fracassos, perdas e falhas. Mas também sobre sonhos e objetivos; na verdade, nossa língua anda disfarçada por aí, pelas ruas. Moderada, fluida, sem ofender, sem infringir tabus ou valores.

Quem estiver farto disso, cansado de pisar em ovos e ansiar por um violento e vigoroso espatifar dos ovos para ter conversas mais arriscadas que enriquecem a vida; que até mesmo começa a desenvolver uma relutância e crises alérgicas a conversas que não dizem nada, que não querem nada — essa pessoa precisa de duas coisas de você: em primeiro lugar, livros em que a linguagem seja nua, íntima e verdadeira.

E, em segundo, pessoas que estejam dispostas a falar a verdade umas com as outras.

Você pode ser útil nesse primeiro caso e, no segundo, ao menos, tentar o que se segue.

Provavelmente há prateleiras em sua livraria repletas daquilo que você, de forma discreta, pessoalmente considera literatura, e isso por um único motivo: a linguagem.

Se uma pessoa com alergia a verniz brilhante procurar você, escolha como recomendação obras em que se dá mais atenção à linguagem do que ao enredo. Mais "como" do que "quem" ou o "e depois o quê". Existem livros que descrevem o apaixonar-se e o desapaixonar-se não por meio da ação, mas sim, da linguagem, como se nunca tivéssemos lido sobre se apaixonar antes. Outros descrevem a guerra com palavras que nos fazem compreender o horror pela primeira vez de verdade.

Há escritores que dissecaram os lugares-comuns sem vida, limparam os prados floridos da linguagem evasiva de Esopo e empregaram uma linguagem que não é usada nas famílias, nem na sociedade, nem no marketing. Eles narram as coisas como realmente são. Onde doem. Onde dão prazer. Captam o sentido de se viver agora. As autoras e os autores não querem mentir, ser mesquinhos ou requentar provérbios cativantes e úteis, "morto de tristeza", "caiu como uma luva", "ardendo de amor", eles evitam frases tão mortas e evasivas.

Um farmacêutico literário manterá um estoque desses livros brilhantes que vendem a passos lentos, cuja linguagem evita proibições e generalizações facilmente digeríveis e os quais ele selecionou meticulosamente na multidão de textos de apresentação e nas estantes giratórias. Em geral, tudo menos de leitura "fluida". E há muitos desvios nessa categoria, como muitas obras de Irving ou de Helprin e, claro, Allende e Tartt, e a grandiosa Erdrich, que consegue tecer meia vida em três parágrafos, tudo importante, brilhante; e sua cliente com alergia a verniz conhece a Gundar-Goshen? Não? Ótimo: já estou com inveja da descoberta que ela fará.

Agora, uma segunda coisa. Experimente essa técnica e não se chateie se não funcionar ou acabar acarretando uma pequena catástrofe, porque quem lê é treinado para falar consigo, mas, quando outro organismo vivo aparece, ahh: organize encontros literários uma vez por mês. *Rendez-vous littéraires.* Entre pessoas que amam a mesma linguagem rica de determinado autor ou autora. Talvez disso surja um evento fixo como uma noite de um grupo de encontro ou de discussão semiaberto (mas que não seja muito longo; as pessoas na verdade só querem um canto para se refugiar com outras e se conhecer).
Veja o que acontece quando você oferece uma mistura de leitores, talvez vinho, luzes baixas, cabines aconchegantes para que aqueles que querem praticar a experiência de realmente conversar uns com os outros tenham algo a dizer.

Fonte: *Grande enciclopédia dos pequenos sentimentos: manual para livreiras, livreiros e outros farmacêuticos literários*, letra A.

Passaram três dias em Vitry, primeiro porque tiveram de reabastecer, repor a água potável, limpar a lama do costado de estibordo advinda da manobra abrupta para atracar, se livrar do cerco de vários destroços — cordas, defensas, uma gaveta que deve ter caído da cozinha de um pobre marinheiro —, e, em segundo lugar, porque

Theo realmente queria continuar o passeio, mas Dominique, a vovó substituta, precisava se convencer se era de fato uma boa ideia. Terceiro, porque tiveram de esperar o nível da água baixar, do contrário não conseguiriam passar por baixo das pontes — ainda teriam cerca de quatro dias de trajeto para chegar a Paris.

Ah, e quarto, porque os negócios estavam indo melhor do que nunca. Era como se todos os barcos de excursão tivessem resolvido apresentar problema. Filtros entupidos, motores de arranque empacados, coletores de admissão temperamentais, o programa completo, e, pela primeira vez na vida de livreiro de Perdu, ele estava feliz (a contragosto, que fique claro) por ter mais seis mãos e mais cabeças na loja. Além de Theo, que voluntariamente criou desenhos para os futuros carimbos do passaporte literário, e da vovó substituta Dommi, que preparava chá e café, preparava biscoitinhos assados e fazia com que os pelos dos gatos fossem escovados regularmente. Perdu entregou a Theo o *The Phantom Atlas,* o atlas de lugares fantásticos. O desenho do pé do hobbit feito por Theo para viagens à Terra-média já tinha ficado ótimo, assim como o Coelho Branco para viagens literárias ao País das Maravilhas de Alice.

E como Vitry era extremamente bonita, mas podia ser percorrida em meio dia, os excursionistas fluviais precisavam de material de leitura durante os intervalos forçados. Perdu teve de receber os primeiros pedidos e os novos estoques e esperar no cais à noite para sinalizar aos caminhões de entrega que circulavam em desespero, buscando uma livraria sem endereço fixo. Toda noite, por toda a França, sim, por toda a Europa, eles circulavam pelas aldeias e cidades, escuros, altos e silenciosos, os caminhões cheios de livros e caixas terrivelmente pesadas. Monsieur Perdu sempre achou mágico que os livros chegassem às pessoas enquanto elas dormiam.

Max desapareceu duas vezes à noite em Vitry; ele e Pauline trocavam olhares de compreensão tranquila. E Perdu decidiu se preocupar menos.

Pois Pauline tinha razão: Max era um metro e oitenta de coração mole. Para ele, testar seu apelo erótico estava mais próximo de fazer um tratamento de gengiva sem anestesia. Então, precisava ser algo importante e, ainda assim, um pouco esquisito, caso contrário Max não se comportaria daquele jeito, feito um adolescente.

Os pensamentos de Perdu voltavam ao momento em que o choro de Theo havia começado. Tinha a ver com a palavra "coração"? Ele hesitava em tocar nesse assunto com o menino; provavelmente Theo se esconderia ainda mais fundo em seu casulo de pedrinhas.

— Os pais de Theo morreram de quê? — perguntou ele à vovó substituta Dommi enquanto limpavam, juntos, a cozinha do castelo de proa.

Dominique Bonvin lavava as xícaras com muito esmero e sem pressa.

— De muito amor — respondeu ela por fim. Torceu cuidadosamente o pano de pratos e depois se virou para ele. — Aprendi que pouco vale olhar para trás. Então, olho para a frente. E vejo que Theo se sente bem no barco. Está melhor do que nunca, desde... desde que ficou sozinho. E, mesmo que não fale, já começou a se comunicar. Acho que seria bom se... se ele pudesse continuar um pouco mais. Quer dizer, se o senhor não se importar.

— A senhora confiaria Theo a mim?

— Eu o confio à vida — disse Dominique, simples e direta. — E seriam apenas mais alguns dias, mas esses dias valeriam ouro para ele, talvez sejam os mais importantes. O senhor sabia que ele tinha certeza de que o barco-livraria não o deixaria para trás? Ninguém conseguiu tirá-lo do cais, ele ficou ali e esperou como se fosse a coisa mais normal do mundo. E eu acredito em Theo, sempre. Isso é o mais importante. — Um sorrisinho inclinado. — Mas gostaria de receber atualizações diárias sobre como ele está. E, dentro de uma semana, vou buscá-lo em Paris, e então... veremos o que será. Enquanto eu ainda tiver a chance de garantir que ele está bem, vou fazer isso. Antes que ele, talvez...

Ela torceu de novo o pano de prato. Não havia necessidade de continuar a falar: antes de Theo talvez ficar sob os cuidados do Estado francês e de suas instituições.

Então Theo ficou e abraçou por muito tempo a vovó substituta Dommi enquanto ela desembarcava, acompanhada de Ella, que queria assumir as obrigações de cuidar das loucuras burocráticas.

Pauline foi esperta e salvou o número de Dominique no celular; ela enviaria fotos à avó substituta de Theo três vezes por dia. Theo desenhando carimbos de passaporte, Theo galopando uma vassoura, Theo recusando uma salada. Ela era sua irmã, tia e amiga. E ela era capaz de verificar discretamente as mensagens várias vezes, mas nenhuma parecia ter chegado ainda. Perdu percebia isso porque era quando Pauline agia de forma especialmente esclarecida. Por exemplo, ao explicar por que era tão fácil para ela lidar com Theo.

— Irmãos, primos e o restante dos meninos que simplesmente ficam relegados aos cuidados das garotas — foi sua explicação sucinta.

— Como feminista isso não a incomoda? — questionou Max.

Ela deu de ombros daquele jeito único, de uma forma que fazia até seu cabelo expressar um único "Vixe".

— Feminismo é o que se deseja alcançar. A realidade é que todas as mães de meninos ainda estão cerca de cem anos atrasadas, os pais nem se fala. Sei lá, mas pergunte para eles. Além disso, Theo ainda é um toquinho de gente, então não entra como traição ao feminismo se eu cuidar dele. Ou por acaso você sabe a que ele é alérgico? Ou que ele só usa a calça do pijama e não usa a blusa de jeito nenhum para dormir? Ou que ele é canhoto?

Negação envergonhada com a cabeça.

— Então se acostume, já pode ir praticando, prestando atenção aos detalhes da criançada. Ah, e uma boa notícia: os detalhes se acumulam, um dia, uma semana, um ano, uma vida, e, no fim, você vai ter feito um bom trabalho. Mas só no fim. Sem os detalhes, você vai estar perdido e virar um "pai de fim de semana" que não sabe que o filho é canhoto e dá coisas completamente estúpidas de presente.

Era como se os chifrezinhos de diabinha estivessem à mostra.

E como haviam esquecido que Theo tinha ouvidos perfeitamente funcionais, mesmo que preferisse não falar, Max agora tinha de aturar uma risada silenciosa e muitas caretas debochadas do toquinho.

Não é o que vivenciamos, mas como o vivenciamos que nos define, pensou Perdu. Os detalhes. Os gestos, os sorrisos, a conversa, o despertar, e alguém que passou um café do jeito que você gosta porque prestou atenção neles, nos detalhes. Nas diferenças. Na realidade.

De repente, um conto de fadas lhe veio à mente; um rei — ou foi um imperador, sim, da China, um imperador imaginário da China — que era completamente obcecado por um rouxinol feito de metal. Tanto que esqueceu o verdadeiro, vivo e mortal, que o amava.

Como chorou quando sua mãe, Lirabelle, leu esse conto para ele. Jean mal conseguia se acalmar. Pois era tão óbvio: a criatura viva, que respirava, com o coraçãozinho enorme no peito emplumado, era quiçá mortal e imperfeita e imprevisível, além de ter penas completamente descoloridas, mas ela amava e tinha se permitido ser trancada em uma gaiola para poder estar perto do amigo e alegrá-lo. Mas o amigo queria algo artificial, algo previsível, algo em que os detalhes nunca mudassem.

Perdu ligou para a mãe, e ela atendeu como se estivesse esperando ao lado do telefone que o único filho finalmente ligasse

— Eu te amo muito — disse Perdu para cumprimentá-la.

— Minha nossa — respondeu Lirabelle —, será que vou morrer? Ou você?

— Não tão depressa. A senhora se lembra de uma vez, quando leu para mim e eu chorei?

— Uma vez? Isso só pode ser licença poética... Você chorava o tempo todo com histórias. Mas o tempo todo, mesmo! Seu pai e eu começamos a tirar no pedra, papel e tesoura de quem era a vez de ler porque você sempre chorava. E seu pai roubava, você sabe! Você sempre foi assim... empático. E genuinamente indignado com as coisas. E nunca era possível ter certeza de qual seria a próxima frase a deixar você indignado. Como ficamos gratos quando você finalmente aprendeu a ler sozinho!

— Até essa época eu pensava que as pessoas apenas reagiam a palavras ou histórias porque se lembravam de algo... mas, quando eu tinha 4, 5 ou 6 anos, eu provavelmente não tinha muito do que me lembrar...? Por que eu chorava?

Uma risada baixa, em seguida a voz de Lirabelle soou distante, como se mantivesse o fone longe da boca.

— É, é o nosso filho. Não, ele quer falar comigo, ouviu? Não, depois você mesmo diz isso para ele. Quando ele ligar para você, para o seu telefone. Esse aqui é o meu! Você ainda não sabe a diferença entre o meu e o do restante do mundo?

Rosnado, sussurro, murmúrios. Farfalhar na linha.

— É o meu, Monsieur Perdu!

— Mas eu que paguei por ele, Mademoiselle Bernier, então...?

Setenta e oito anos, os dois, no apartamento compartilhado supostamente prático, sem nenhum romantismo, mas ainda dispostos a fazer um teatro como quando tinham 21, quando se casaram e tiveram um filho contra a vontade das duas famílias.

Como Perdu amava os pais! E como tinha medo do dia em que morreriam. E eles morreriam, talvez em breve, talvez apenas dali a dez anos, mas dez anos não eram nada! E Perdu tinha medo desse dia porque sabia como é quando alguém precisava ficar para trás. Quando a vida indiferente continuava em torno de quem ficou para trás, os relógios, o dia e a noite, os rios, as pessoas conversando, rindo e comendo, tudo simplesmente continuava, sem parar um só momento para lamentar a morte de uma pessoa muito importante, uma pessoa-âncora.

Pessoa-âncora. Sim. De certa forma, essa era Manon: Perdu se sentia ancorado na vida ao lado dela.

— Pois bem, lembranças. — A professora de gramática e de conversação para pessoas não francesas retomou o assunto com sua habitual elegância. Perdu ouviu murmúrios aparentemente ofendidos ao fundo; parecia que seu pai, Joaquim Albert, estava chateado e batendo propositalmente a louça na cozinha, fazendo bastante barulho.

— Elas podem desempenhar um papel se você tiver alguma na amígdala. Sabe o que é?

Ele ouviu algo quase como um bufar de aprovação.

— Mas as crianças têm algo mais antes de terem lembranças reais.

Pausa dramática, e sua mãe se recompôs.

— Sabe, Jeanno, as crianças nascem sabendo tudo de que precisam para a vida. Tudo. E então esquecem e precisam se esforçar para aprender de novo. E é disso que as crianças se lembram quando choram enquanto leem: do que já conheciam do mundo e de sua crueldade. E de sua...

— *À table!*

— Preciso desligar. Meu colega de quarto cozinhou, e você o conhece, ele fica triste se não botar nada na barriga meio-dia e meia em ponto.

— Ia falar mais alguma coisa, *maman*?

— Eu queria...?

E lá estava ela mais uma vez, a interrupção do fluxo de pensamento.

Um suspiro.

— Eu percebo, Jeanno. Eu mesma percebo. E não gosto disso, sabe, que parte de mim esteja viajando sem a minha presença. Também te amo, meu bebezinho chorão. E seu pai vai ligar para você depois do almoço, se bem entendi. Ele também tem esse Facebook agora e sempre verifica onde você está. Ele diz que Paris está realmente debaixo d'água.

20

Tudo se transformou. Não foi ontem, num dia de verão quatro anos antes, que Max pediu a Jean que tomasse o canal Champagne-Borgonha "no caminho contrário" e Perdu presumiu com firmeza que não haveria como voltar atrás? E eles buscaram Cuneo, Samy e dançaram tango argentino no auditório de uma escola com P. D. Olson, o autor norte-americano exilado? Ele havia continuado com as primeiras entradas de sua enciclopédia — "felicidade de torta", "linguagem olfativa", "timidez de dedos dos pés", "confiança alheia" — e tinha, no máximo, uma visão nebulosa do que seria sua vida. Para ser mais preciso: visão nenhuma. E Max? O jovem autor introvertido que odiava sua fama acidental: eles se transformaram. Não por meio de uma decisão sensata e ponderada; não marcharam em direção ao desenvolvimento de maneira ordenada, mas cambalearam nos braços um do outro em um estado bastante confuso.

E talvez precisasse ser exatamente assim.

Então, no fundo, estavam fazendo tudo certo.

E justamente enquanto Perdu tinha esses pensamentos edificantes, Max e Theo voltavam de sua última compra antes de poderem partir. E, à primeira vista, traziam tudo de que precisavam, até os absorventes que Pauline havia pedido ("Adquira o hábito de comprar algo assim, Maxizinho, caso você tenha uma filha. Nada é mais embaraçoso do que pais que ficam envergonhados com questões sobre menstruação."). Mas, acima de tudo, havia um extra que não estava na lista: um cachorro. Um cachorro que chegava à altura da coxa, o que significava que batia no peito de Theo e podia engoli-lo numa só bocada.

— Não — disse Perdu. As sobrancelhas de Theo se franziram.

— Sim — retrucou Max.

— Não — repetiu Perdu.

A boca de Theo se contorceu.

— Mas...

— Nem "mas" nem meio "mas", Maximilian!

— Mas tem de ser!

— Ah, é, e por que, pode me dizer?!

Então duas coisas aconteceram ao mesmo tempo.

O cachorro se sentou, Theo pousou delicadamente a mãozinha na cabeçorra larga do bicho, e, em seguida, Theo falou, muito devagar e com muito cuidado, com sua voz alegre de menino:

— O nome dela é Merline, e ela quer ficar com a gente. — E, então, como se não bastasse, acrescentou por precaução: — Por favor.

— Agora você sabe por quê — respondeu Max.

Com o passar dos anos, ele se acostumou com dragões, elfos, orcs e coelhos falantes em seu barco; eles viviam nos livros. Apesar de saberem que não era o caso, os gatos de rua parisienses Kafka e Lindgren decidiram anos atrás considerar Perdu um dos seus — um vira-lata solitário — e se mudaram para seu barco-livraria sem que fossem convidados.

E, agora, Merline. Uma gigante gentil, quase branca.

Max e Theo — e Theo falando! Como uma matraca, pelo menos enquanto Merline estava ao lado dele — explicaram como isso aconteceu: estavam fazendo compras, haviam concluído a expedição dos "absorventes" quase sem nenhum incidente e com a ajuda da adorável vendedora Maryvonne, que lhes explicou os dias e as noites fracos e fortes e cuidou de todo o resto. E, quando saíram do Carrefour, Merline estava sentada lá. A líder da expedição — desculpe, Maryvonne — explicou que Merline havia ficado sem dono desde que o antigo lojista tinha morrido. Ela não se deixou capturar, mas esperava toda manhã, quando a loja abria, pelo amigo que, claro, nunca veio. Se alguém tentasse atraí-la ou colocar uma coleira nela, ela fugia imediatamente — e, na manhã seguinte, reaparecia para esperá-lo. Ninguém podia tocar nela. A vendedora adquiriu o hábito de oferecer comida e água para Merline e lhe explicar todos os dias que ela estava esperando à toa.

— Mas o animal simplesmente não entendeu!

— Merline entendeu sim — retrucou Theo durante essa parte da história comovente. — E ela não estava mais esperando o dono. Mas, sim... por mim.

E foi isso mesmo: quando Max e Theo voltaram para o barco-livraria, Merline trotou atrás deles, cutucou o quadril de Theo com o focinho, e ele disse:

— Ah, oi.

E Merline respondeu:

— Oi, você aí. Finalmente você chegou, Cipollino.

— Merline agora fala também?

— Fala, mas com os olhos, todo mundo sabe.

Por que não?, pensou Perdu. No mundo dos sonhos fazia todo o sentido, então por que não seria possível? Theo também não tinha adivinhado que Jean e Max voltariam para perguntar a ele e Pauline se não queriam acompanhá-los na viagem? No mundo habituado à racionalidade seria uma esperança estúpida, mas Theo ainda era...

... apenas uma criança que se relembrava daquilo que já sabia. Entre outras coisas, de que os desejos são o eco do futuro. O futuro rolava na direção da gente, enviando pelo caminho, apressado, imagens e sons adiante, como um trem — "Atenção, estou chegando, preparem suas passagens!" —, e os adultos não entendiam mais os

sinais ou eram afastados deles. Mas as crianças... Elas, sim, entendiam.

Não era possível que tivesse sido exatamente assim, e não apenas uma coincidência, uma brecha de sorte em um sistema estritamente racional?

O mais importante era que Theo havia reencontrado as palavras com a cadela. *E claro que precisava ser uma feiticeira, Merline, o que mais ela poderia ser?*, pensou Perdu. *O que mais?* Aquela que falava com os olhos. Ou por telepatia. Ou com algo para o que não temos nome. Quem sabe quantos tipos possíveis de comunicação existem no mundo. Entre animais e pessoas e pessoas e uma paisagem e as montanhas e as pedras com animais e pássaros e samambaias e através do tempo, para a frente e para trás.

Pauline abraçou Theo.

— Posso fazer carinho em Merline?

— Claro — respondeu ele.

— Puxa, meu toquinho, estou tão orgulhosa de você! — comemorou Pauline. — Você está indo muito bem, muito bem mesmo!

E, assim, Perdu concluiu que, de alguma forma, tudo daria certo naquela arca de livros. Talvez a alquimia dos livros tenha lançado um feitiço protetor sobre eles.

Se ele tivesse perguntado a Merline, ela confirmaria. Mas esse bípede ainda não estava pronto; ela teria de ensiná-lo pacientemente a compreendê-la.

Como o caos estava a todo vapor naquele dia e se espalhava de forma diligente em todas as direções, Pauline, depois de fechar a escotilha, ligar o motor diesel e percorrer os primeiros quilômetros no canal latéral à la Marne, recebeu uma mensagem de alguém que havia perdido tempo demais com coisas que, no fim das contas, acabaram sendo estúpidas.

O efeito foi uma Pauline que permaneceu paralisada por um bom tempo.

E cuja densidade radiante diminuiu, como se alguém tivesse colocado a mão dentro dela e girado um botão, fazendo a luz interna diminuir. Verão, outono, inverno.

Com movimentos rígidos, ela abandonou o leme.

Um instante depois, Perdu ouviu um estrondo, e mais um.

— Max, por favor, vá atrás dela.

E veio mais uma pancada e um estrondo, como se uma prateleira atrás da outra estivesse sendo jogada no chão.

Depois que Max foi até ela, a comoção diminuiu, e Pauline encontrou um lugar no barco onde pensou que ninguém a ouviria chorar; justamente no compartimento do motor, mas todos ouviram seu choro.

— Ela foi para cima dos romances com amor — relatou Max, sem fôlego, enquanto voltava ao leme.

— Foi para cima? Como assim "foi para cima"?

— Ela parecia querer jogá-los ao mar e afogá-los.

— Pode cuidar da navegação?

Max fez que sim com a cabeça.

— Esse babaca — disse Max.

— Ou essa babaca — murmurou Jean.

— Não pode falar palavrão — sussurrou Theo, parecendo assustado e infeliz por alguém ter magoado sua Pauline.

E então veio a eclusa seguinte. A vida simplesmente não parava de avançar com normalidade, mesmo quando um coração era partido.

Perdu ignorou o caos. Os livros estavam caídos, abertos, de capa para cima e amassados no chão, o vaso de samambaia derrubado e a terra espalhada pelo tapete. Os gatos estavam sentados com as orelhas baixas embaixo do sofá aparafusado. Pauline havia se enfurecido.

Perdu se ajoelhou diante da escotilha da sala de máquinas, Merline se sentou ao lado dele. Os dois olhavam para a porta.

— Pauline.

— Me deixem em paz! Sumam daqui!

— Vai ser difícil, estamos em um barco.

Veio um soluço. O motor roncou.

— Eu quero sair dessa merda de barco com essas porcarias de livros!

Então veio um chute na porta lá de dentro. Uma vez, duas vezes. Perdu fechou os olhos. Merline fez a mesma coisa.

— Tudo bem — sussurrou ele.

Pauline chorava.

— Odeio livros. Essas baboseiras cheias de mentiras...

— Tudo bem — falou Perdu.

— E vê se para de bancar o compreensivo.

— Tá bem — repetiu Perdu.

Um berro. A escotilha foi aberta de uma vez.

— Dói tanto... — murmurou Pauline. — Quando vai parar de doer?

— De um jeito ou de outro, vai parar — respondeu ele com a mesma calma. — Às vezes é rápido, às vezes demora mais, mas vai diminuir e, depois, você só vai sentir raramente. — Ele não disse para ela que voltaria a acontecer em algum momento da vida. E, possivelmente, de novo. E que não se pode treinar para resistir.

Ela fez que sim com a cabeça, engoliu o choro, mas é claro que não entendeu. Como entenderia? Nada se compara ao primeiro amor rejeitado. Já o segundo é um reconhecimento da dor, é um reencontro com a traição e a finitude. Mas o primeiro trai a inocência.

Merline apertou o focinho na mão de Pauline.

— E se fizéssemos uma coisa? — perguntou Perdu. — Eu ainda tenho um taco de beisebol, ou podemos pegar o martelo que usamos para cravar as estacas. E teríamos de reformar algumas e adicionar novas prateleiras antes de nós abrirmos de qualquer maneira. Você poderia começar agora...

— E isso ajuda? Surtar? Quebrar coisas?

— Para muitas pessoas, sim.

Ela apoiou a cabeça no ombro dele. E, com cuidado para não assustá-la, Perdu levantou um braço e pousou a mão na nuca da garota. Feito uma criancinha que acabou de acordar de sonhos terríveis, Pauline chorou desesperadamente.

Fosse um rapaz, fosse uma moça, Perdu estava morrendo de vontade de dar um safanão na pessoa com livros. Com um livro de contos de fadas lindo e pesado, de capa grossa e cara, como já não se produzia. Ploft, ploft, ops... Uma coroa dentária, que bom, na cadeira de dentista você vai poder refletir por que nunca devia ter sido tão covarde a ponto de dispensar as pessoas via WhatsApp.

De repente, Pauline parou de chorar.

— Espere aí, o que você acabou de dizer? Nós? — perguntou ela, confusa. — Antes de *nós* abrirmos?

Ótimo, disse Merline, *acho uma excelente ideia, vamos formar uma matilha.*

Mas não foi ouvida nem pela menina nem pelo homem.

FINITUDE

Faulkner disse, em essência, que a descrição do presente não produz nenhum clássico. Em vez disso, quem produziria seriam os livros que tratassem do universal, do atemporal. Amor, orgulho, honra, compaixão. Disposição para se sacrificar, disposição para ajudar. Traição e confiança. E seriam eles que satisfariam algo específico em nós.

A saber, a ambivalência com que enfrentamos a finitude: tudo acaba, o sofrimento, mas também a beleza; é um eterno fim e recomeço, até o dia em que resta apenas o fim.

O que fazer quando a pessoa se sente traída de uma forma que realmente a afete quando algo acaba — a esperança, a confiança, a possibilidade de um mundo de amor compartilhado — e a pessoa não sabe o que fazer: como se preparar para uma despedida? Como continuar vivendo?

Com contos de fadas. Eles fecham o círculo. Nós os encontramos quando somos crianças e neles vivenciamos o essencial, o projeto do humano e do fantástico que ultrapassa o tempo, países e idiomas. Depois, voltamos a esquecê-los.
Mas os contos de fadas capturam em sua linguagem tudo o que é importante para o coração no centro do ser. O que resta quando tanta coisa termina.
A amizade e a compaixão. Bondade. Amor.
Todos caminhamos como crianças velhas. Assustados. Talvez consolados. Sempre inacabados. Não importa. Hoje você ainda está vivo.

Fonte: *Grande enciclopédia dos pequenos sentimentos: manual para livreiras, livreiros e outros farmacêuticos literários*, letra F.

21

Eles espantaram um bando de gaivotas quando à noite, pouco antes do fechamento das eclusas, atracaram na *halte nautique*, embaixo dos plátanos densos de Châlons-en-Champagne; a cidade com casas em enxaimel às margens do Marne e nos canais Le Nau e Le Mau se autodenominava "Veneza Espumante".

A tripulação do barco-livraria estava tão borbulhante quanto o champanhe morno de um casamento cancelado.

Theo foi levar Merline para passear em terra, seguidos por Kafka e Lindgren, que galoparam até a árvore mais próxima enquanto Max fazia os preparativos para a noite no barco.

Exaustos, Pauline e Perdu recolhiam os livros do chão, e, sempre que ela pegava um livro danificado e o deixava na caixa apropriada, ela o acariciava, endireitava as páginas, murmurava: "Sinto muito, Madame Karenina... e Madame de Vigan, eu realmente gosto muito das senhoras..."; e assim por diante. Ela contava aos livros, não a Perdu, que por acaso também estava ali, como tinha sido. Com ela. E com ele.

— Prometi à minha mãe que encontraria um cara decente para mim. Mas eu estava mentindo. Claro, a senhora sabe o que as pessoas dizem, Madame Ernaux, porque elas mesmas gostam de acreditar que ele era decente ou porque é uma fuga quando a mãe começa com seu "Ai, menina, o que vai ser de você?"... Não ria, e desculpe pelas orelhas nos livros. Bem, de qualquer forma, querido Sr. Fitzek, posso te chamar de Sebastian? De qualquer forma, eu disse para *maman*: "Está bem, vou procurar um cara decente." Quando chegar a hora. A maioridade. Ou mais adiante. Então, melhor mais adiante. Sim, alguém com uma família funcional, sem ser filho de divórcio e com um emprego estável. Funcionário público, professor ou escriturário e, claro, alguém que queira filhos e um canteiro de ervas e... O que posso lhe dizer, Monsieur Tolstói, claro, branco, um homem branco, pálido feito uma baguete premiada, para que as crianças que vamos criar entre o canteiro de ervas e os trampolins infantis com apoio educacional precoce não tenham tanta dificuldade quanto minha mãe e a mãe dela e todas as mães anteriores, que não se parecem, Monsieur Balzac, com as mulheres que o senhor descreve em seu livros, claras, cheias de pó, elegantes e assim por diante... Bem, talvez ele também tivesse uma conta-poupança e um contrato de financiamento habitacional, e talvez ele fosse antialcoolismo, um homem decente, e os filhos se chamem Albert, Albertine e Arthur, e, de noite, na autoestrada, a polícia rodoviária jamais pararia nosso Skoda elétrico se ele estivesse ao volante. Eu sei, Madame Sagan, eu sei. Mas existem caras assim, eu sei bem porque até encontrei um. Decente. Sério! Professor. Docente, de literatura, ou seja, decente *e* inteligente. E sabe lidar com crianças, especialmente com as três dele, e andava de bicicleta de carga e nunca se esquecia de ajustar o guidão para a altura da mulher, que homem bom ele era, é impressionante, não é, Monsieur Laurain? E me perdoe pela lombada quebrada.

Pauline acariciou a capa rasgada de *Assez parlé d'amour* — Chega de falar de amor —, de Hervé Le Tellier.

— É verdade, Monsieur. Imagine ter de ser tanta coisa ao mesmo tempo sem querer ter um montão de dificuldade. O senhor precisa ser muito organizado, muito confiável e muito calmo porque o senhor... Bem. O senhor representa. O senhor representa não apenas um gênero, digamos, os peixes-boi, mas também uma etnia, a saber, os peixes-boi xadrez. O senhor é embaixador, e o que o senhor faz de errado faz com que todo peixe-boi xadrez que o senhor representa tenha errado também. O senhor continua fazendo isso por tanto tempo, até perceber que faz pouca diferença. O senhor é considerado uma exceção à regra. E o senhor precisa provar o tempo todo que os peixes-boi xadrez não são menos inteligentes, nem menos educados, nem menos confiáveis. Isso é cansativo. O senhor já começa no prejuízo, certo? Sempre. Toda vez. E, ainda assim, o senhor continua sendo um peixe-boi xadrez, e vão dizer por aí tudo do senhor que o senhor não é. E um dia chega alguém que olha para o senhor, querido embaixador Le Tellier, e seu olhar diz: "Eu enxergo você. Pauline. Nem mesmo percebo que você é um peixe-boi xadrez." Mais ainda: o olhar diz que você é a única pessoa que pode enxergar a pessoa também. Que pode entendê-la.

Com um suspiro, o embaixador peixe-boi foi colocado na caixa.

Então, Pauline se voltou para Perdu.

— Sempre amei livros. A literatura. Ela consegue se esgueirar para dentro da nossa cabeça ou pairar bem no alto, e a pessoa enxerga o mundo pela primeira vez como um todo. E... esse homem era um homem decente. Tivemos conversas intermináveis. Rimos juntos. Eu passeava com ele e os filhos dele enquanto conversávamos sobre livros, e era engraçado quando alguém perguntava: "Ela é a sua babá...?" Mas para ele... para ele se tratava de algo diferente. — Ela cobriu o rosto com as mãos. Com uma vergonha infinita. — Não consigo — disse ela por trás dos dedos. — Não consigo falar. — Ela descobriu de novo o rosto, pegou o celular, semicerrou os olhos. — Aqui — ela mostrou para ele —, bem embaixo. — E lá estava escrito: "Sinto muito, Pauline, eu só estava curioso. Nunca havia tido uma experiência física com uma mulher negra e achei que você fosse entender. O importante na vida não é sempre a experiência? De verdade, achei que você fosse alguém que entenderia isso. Que pena."

Perdu abaixou o celular. Atônito.

— E o que você buscava? — perguntou Perdu.

Ela fechou os olhos.

— Eu também me perguntei isso. Não era um casamento ou um caso mais sério... Não. Acho que fusão definiria. Estávamos tão próximos, aqui — ela levou a mão à cabeça —, não conseguíamos parar de querer conversar um com o outro, nunca me senti tão... tão *presente* antes. Tão completa. Dormir com ele deveria ter sido uma celebração, uma união no melhor sentido literário... Sou tão tonta.

— Não. Não, não, não! Não enxergue desse jeito — interrompeu Perdu. — Você é muito inteligente para ter pensamentos tão idiotas de que você é a tonta e não ele. Disso você sabe, não é? Não é?

— Não sei.

— Bem, agora você sabe. O problema está nele. Ele fez isso com você, não o contrário.

— Mas eu não previ que isso ia acontecer. E isso nem é tão original assim... Um leite azedo querendo ter uma experiência diferente, isso, ã-hã!, isso é tão... tão... *mainstream*! E eu pensei, de verdade, que era por causa da minha personalidade. Que era algo... maior. E por isso eu sou estúpida, porque pensei que eu era diferente do *mainstream*. Que eu era literatura. Era Annie Ernaux. Que nada, eu sou um romance de férias imbecil com um toque exótico, *Bazar dos sonhos proibidos*, ou algo assim.

Perdu admirava a disposição de Pauline em se apegar à boia salva-vidas do humor.

— Você precisa ver esse leite azedo de novo?

— Não se eu recusar a bolsa na universidade em que ele trabalha.

— Você ainda tem um tempinho para pensar nisso...

— Não. Eu já sei, os argumentos vão vir à minha cabeça mais tarde. Mas não quero. Não mais.

— Por causa do Monsieur Baguette.

— Não, Jean. Não é por causa dele. Por sua causa.

Ele deve ter olhado de um jeito que fez Pauline cair na gargalhada.

— Vixe, *cringe* demais! Não por causa de você como você, mas por causa do que você é!

Ela esticou os braços, como tinha feito Theo antes de... Tinha sido há pouco tempo?

— É assim que se vive com livros. Não apenas na cabeça ou com todo aquele blá-blá-blá para se fazer de importante. Não sei por que a *tata* Ella me arrastou para cá, ela sabe que odeio andar de bicicleta, mas... de uma coisa eu sei: quero livros em toda a minha vida, de manhã, à tarde e à noite e o tempo todo, do jeito bom, do jeito genuíno, de um jeito... Onde não haja cânone nem prêmios nem seminários que fazem a necropsia de um texto até que tudo seja amputado e fique nadando no metamolho, morto. Entende? Quero estar no meio das coisas. No meio da vida real.

Ele entendia.

— Além do mais... — disse ela com calma. — Além do mais, você tem razão.

— Só pode ser coincidência, não sou bom em ter razão.

— Vixe! A arte de ler é semelhante à arte de viver. Você escreveu isso. E esse é o tipo de coisa que não se aprende na universidade. Receio que lá as pessoas até desaprendam isso, mas para mim agora tanto faz. Quero virar livreira. Quero virar uma farmacêutica literária. Você me mostra o caminho?

A ARTE DE LER

A arte de ler se parece com a arte de viver: no início, você espera regras e instruções que facilitem fazer o certo e evitar o errado, ou pelo menos não dar muito na cara quando se fracassa. Tornar-se alguém. *Chegar a algum lugar.*
Como se faz para ser feliz (e despertar nos outros admiração, inveja ou curiosidade admirativa)? Onde está a receita do sucesso para se ter educação, sucesso, poder, autoridade, os amigos certos, beleza e todo tipo de bobagem que ninguém precisa, mas que o público em geral afirma ser o que torna a vida boa? E quem inventou esse tal "público em geral" e concedeu a ele esse tipo de poder? Talvez sejam apenas umas cinco pessoas, ou a mãe, ou os Vigilantes do Peso, ou o zelador, talvez tudo seja completamente diferente, talvez nem exista público em geral, nem um júri definitivo, mas onde se descobre esse tipo de coisa? Nos livros, talvez?

Bem, aí vem a notícia desagradável: livros não bastam para se descrever a vida de forma adequada. A vida é desordenada demais para se curvar à ordenação de uma história. Existem parágrafos, frases, tons que chegam bem perto.

Sendo assim, como farmacêutico literário, você poderia aconselhar aquela pessoa que está procurando essa vida, ah, tão real: em primeiro lugar, nunca leia um livro que você tenha de ou deva ler (na escola ou na universidade não será possível escapar dessa tortura; em compensação, uma vida inteira de liberdade o espera e você poderá passá-la sem constrangimentos, pelo menos no que diz respeito à escolha de livros). Os cânones são uma limitação artificial, são inventados e não lhe ajudarão muito. O que também se aplica à vida: existem algumas poucas regras (além da constituição democrática), mas nenhum cânone dos modos de vida corretos.

Você deve questionar aquilo de que supostamente precisa e que deveria fazer, questionar tão fundamentalmente quanto as promessas condicionadas a permanecer bem-comportado dentro de princípios orientadores inventados.

Em segundo lugar, esteja preparado, pois os livros não são um mapa do tesouro. Livros nunca são uma resposta absoluta para perguntas do tipo "Como me torno..." e "Qual direção tomar?"; são apenas uma resposta imprevisível, por vezes perturbadora e que aparece em inúmeras variações às perguntas muito raramente feitas: "E quem sou eu além disso? Como posso viver além disso? Como vivem os outros? Estou ciente de quanto estou bem? Estou ciente do quanto estou solitário? — e como falo comigo mesmo, como falo dentro de mim de mim mesmo?" (Aliás, as pessoas mais bacanas têm uma opinião surpreendentemente ruim delas mesmas, enquanto os não tão legais nem sequer pensam em buscar uma opinião sobre si.)
Ou, para ficar na comparação com um mapa: você pode buscar o caminho para o fim do luto, mas o livro não dá a mínima e aponta para você todo tipo de caminho para o mar, para a vida secreta das árvores ou para o pensamento mágico. E, mesmo assim, no fim você se sente melhor.

Terceiro: leia várias vezes livros que estejam próximos de você. Três, quatro vezes — em vez de ler obras "similares", na esperança de sentir novamente o mesmo aconchego, a mesma satisfação em todo o seu frescor. Você não vai sentir. Os títulos conhecidos como "eu também", "Como Grisham e Gavalda, apenas Tolstói!" nunca são parecidos, mas sim, obviamente, diferentes.
Garanto que na releitura você terá o sentimento conhecido mais algo novo; porque você é a mesma pessoa, mas uma pessoa completamente nova a cada dia. Você vai entrar no texto como uma pessoa diferente, e o texto responderá com uma nova profundidade.

Quarto: não há uma resposta única. Nem nos livros nem no ser. Mas há todas as respostas, e nenhuma delas está errada, e nenhuma delas está certa, e, no fim das contas, você mesmo é a solução, ou, como o estimado Monsieur Proust viu desde o início: o livro é a lente de aumento através da qual o leitor lê a si mesmo. O livro não aspira a nada. A nada, nem mesmo a fazer de seu leitor, de sua leitora, alguma coisa ou alguém; o livro aspira, no máximo, a ajudar você a descobrir quem você é faz tempo e como você não sabia nada sobre isso, e, no mais, ele pode contribuir para uma tarde agradável. Ao mesmo tempo, infelizmente, um livro por si só não é o suficiente. O que é um ótimo motivo para uma pessoa se tornar livreira, mas isso eu apenas aconselharia com um alerta: você nunca mais vai querer ser outra coisa.

Fonte: *Grande enciclopédia dos pequenos sentimentos: manual para livreiras, livreiros e outros farmacêuticos literários*, Prefácio.

22

Mareuil-sur-Ay ficava aninhada em colinas de vinhas de champanhe, cujas cavernas subterrâneas de calcário e passagens de pedreiras, cheias de garrafas armazenadas, revelavam ser testemunhas do tempo em que ali era o fundo do ancestral mar de Tétis, uma enorme baía antiga. A proeminente torre da igreja da cidadezinha de Mareuil despontava num céu azul profundo. O barco-livraria se esgueirou até o fim de uma série de casas-barco e barcos de passeio e atracou embaixo de densos carvalhos, faias e tílias. Nas margens ainda se viam destroços presos.

— Que vida boa a deles — comentou Max enquanto olhava para os outros barcos. Risos, tilintar de copos.

— Estamos no gargalo de Champagne — explicou Perdu enquanto amarrava a corda, observado de perto por Merline e Theo, como se eles estivessem tentando aprender a dar o nó.

Na verdade, Merline observava tudo; todos nós, como a escotilha da antepara se abria e se fechava, como os livros estavam dispostos e como o barco respirava e sonhava — tudo isso era importante, ela sabia disso. Esses detalhes a ajudavam a cuidar do pequeno Theo. E dos livros. Eles tinham sua vida secreta à noite, quando ninguém estava olhando. Merline também tinha de vigiar Pauline, que estava se esforçando bastante para esquecer. Mas na verdade essa era a melhor forma de garantir que se pensaria naquilo o tempo todo. A dor dela pairava como um enorme manto de feltro sobre os ombros.

Pauline tirou os olhos do celular.

— Bollinger, Roederer, Mumm, Deutz, Veuve Clicquot... Estão todos aqui. Nós temos uma biografia de Barbe-Nicole Clicquot, Jean? Foi a primeira feminista de Champagne, não foi?

Nós. Lá vinha ela de novo. Ele prendeu a prancha na frente da antepara e tentou entender o sentimento que esse "nós" e a ambição profissional de Pauline despertavam nele.

Responsabilidade. Treinar alguém era uma responsabilidade. A euforia do pânico borbulhava dentro dele. Havia tanto a fazer, a planejar, a pensar — e a arte de ler era apenas parte disso tudo! Administração do negócio, planejamento anual e sempre o momento em que as letras contam menos que os números... E, se ele a treinasse, ela teria de tirar licença de livraria, mas eles não estariam atrasados para se inscrever na Escola de Livreiros em Créteil? Bem, ela poderia fazer cursos livres até o próximo ano... mas Pauline tinha apenas 16 anos! Essa era a idade mínima para o curso, ele havia começado com apenas 17. Era possível, mas será que ela queria mesmo seguir esse caminho? Ou sentimentos rebeldes, meio infantis e meio adultos, turbilhonavam dentro dela, e a mágoa de amor turvava sua visão?

— Sim — enfim confirmou a pergunta dela. — Barbe-Nicole Clicquot inventou a *remuage*, o processo de virar as garrafas. Antes, o champanhe era um caldo turvo. E ela foi a primeira mulher a dirigir uma vinícola. As mulheres tinham de ficar viúvas antes de poderem ter uma conta e assinar contratos.

Ele vasculhou sua memória e de repente se deparou com uma lembrança; certa vez Perdu teve um autor a bordo, e eles transformaram a sessão de autógrafos do livro em uma degustação de champanhe. Manon estava em Paris à época, e ela e Jean fingiram não se conhecer, olhando um para o outro, cada um em um lado do barco, enquanto o autor contava anedotas sobre as três viúvas do champanhe, Clicquot, Perrier e Pommery. E destacou que até hoje as maiores e melhores casas de champanhe são dirigidas por mulheres: Bollinger, Taittinger, Pommery e Laval-Duroy.

— "Deixe sua inteligência guiar sua vida. Aja com ousadia. Talvez um dia você seja famosa." — Jean citou o que a viúva Clicquot havia legado à sua neta Anne.

— Então? — perguntou Pauline. — Anne ficou famosa?

— Ela foi a primeira mulher na França a tirar carteira de motorista. E foi a primeira mulher a ser multada por dirigir em alta velocidade.

— Inteligência. E ousadia — repetiu Pauline com calma. — Estou com uma vontade louca de Veuve Clicquot hoje. — Ela olhou para o relógio. — Já volto — falou e pegou a mochila e a bicicleta. Merline observou como o manto nebuloso de tristeza corria, flutuando atrás dela. Talvez Pauline fosse rápida o suficiente e conseguisse se livrar dele no caminho.

— E você? — perguntou Perdu casualmente a Max. — Você vai ficar para o *aperó*, né...?

— Eu... convidei algumas pessoas — respondeu Max.

— Pessoas?

Um aceno de concordância com a cabeça, o rosto enrubescido.

— E a ocasião é...?

— Prefiro não falar disso. Mas... Mas vocês podem se juntar a nós. Quero dizer, ao menos seria legal.

E assim foi, estavam todos lá, Pauline, Perdu, Theo — e Merline e os gatos. Foi uma noite memorável.

— E isso realmente me enchia o sa... Perdão, hum, me dava nos nervos — olhou de soslaio para Pauline —, quando os rapazes me perguntaram no trabalho: "Dodo, você está aproveitando seus últimos dias de paz?" Quer dizer, eu não tinha um tumor no cérebro nem nada, eu só tinha virado pai. Eles agiam como se eu estivesse indo para a cadeia. E por isso estou aqui. Recebi a dica de Julien, o cara do fórum, sabe, o que posta vídeos de como faz os filhos dormirem.

Todos fizeram que sim com a cabeça. Julien, o mestre da soneca. Ele era uma lenda!

— Obrigado, Dodo — agradeceu Max. — A maioria das pessoas aqui se encontrou pela primeira vez no fórum "Socorro, vou ser pai". E você, Étienne, o que pode nos contar sobre isso? Como se lida com essa questão de se tornar pai de primeira viagem e as pessoas que trazem negatividade por causa disso?

Étienne era o de rosto avermelhado com cara de caminhoneiro, o encanador que tinha colocado Max, Pauline e Theo na van de trabalho em Orconte e os levado pelo canal até a eclusa e o barco-livraria.

— Eu sei bem. — Ele fez um aceno. — Foi a mesma coisa comigo. Então reparei bem nos bananas que falam essas abobrinhas. É sempre gente de certo tipo, vocês sabem.

Todos os homens fizeram que sim com a cabeça, apenas Pauline parecia ter entrado por engano na reunião do sindicato de uma espécie originária de um sistema solar completamente estranho.

Então era isso que Max vinha fazendo todo esse tempo em terra: ele estava indo às reuniões dos membros do fórum "Socorro, vou ser pai!". Homens de todas as idades, profissões ou comunidades religiosas que se reuniam às vezes em particular e às vezes nos fundos de seus bares favoritos para discutir como funciona exatamente: decifrar uma imagem de ultrassom ("Confundi o fígado com o nariz, estou dizendo, isso foi constrangedor"; "Olhem só, da primeira vez, quando a coisa não era nem do tamanho de um dedinho, eu falei: 'Olha, uma sobrancelha espessa, igual à do vovô!'"), calcular a altura certa para um trocador de fraldas feito em casa, com frigobar de leite embutido e porta-fraldas ("Tem de conseguir ficar na frente dele bem relaxado, não com os ombros erguidos, senão quer dizer que está alto demais e vai te dar dor no pescoço, ninguém merece"; "Fiz uma mesa com um tampo de altura regulável e vou dizer para vocês: é incrível. Até para o caso de se querer conceber um novo bebê..."), como calcular o auxílio financeiro para pais e se um esterilizador de mamadeiras é um disparate ou poupa tempo ("Do ponto de vista da política familiar, um importante sinal diplomático"). Dessas questões técnicas passavam para assuntos pessoais — como ir às compras com confiança usando um *sling*, como evitar conselhos grosseiros de parentes do sexo feminino — e daí por diante. Dessa forma, Max havia conhecido Ahmed, Étienne e a professora Danielle; Danielle era casada e virou segunda mãe, mas, como era sua esposa estava grávida e não ela, ela também precisava de apoio de especialistas.

— É um boato isso de que as mulheres são perfeitamente preparadas geneticamente e sabem tudo — explicou ela.

— Ah, é mesmo? — disse Ahmed, aliviado. — Ela é tão ignorante quanto eu?

— Tanto quanto. E você acha mesmo que, se soubéssemos tudo de antemão, ainda teríamos vontade de engravidar?

Na reunião de autoajuda de pais no barco-livraria, o tema original "Como não atrapalhar o parto e ainda assim entender o que a mulher precisa e não desmaiar e bater a cabeça?" foi transformado em uma "conversa informal aberta" em consideração a Theo.

— Mas tem uma coisa que vocês precisam saber quando as coisas ficam sérias e o... hum, a encomenda estiver chegando — comentou Étienne, dessa vez olhando de soslaio para o pequeno Theo. — Não vá com seu carro se não tiver certeza de que conseguirá vaga para estacionar na clínica. Nenhuma mulher vai perdoar se você ficar correndo o tempo todo até o estacionamento para ver se já tomou multa. Peça a alguém que te leve ou chame um táxi, coloque uma lona de pintor por baixo da grávida, porque o encanamento com certeza vai vazar, e pronto.

Lápis garatujavam com força nos cadernos trazidos pelos participantes.

Max mostrou discretamente a Perdu alguns de seus deveres de casa de pai. As entradas haviam sido intituladas assim: "Como massagear pés inchados", "Como cuidar de mamilos feridos", "Como iniciar, sustentar e interromper por medida de segurança discussões sobre nomes", "Colocar e tirar a baleia da banheira" e "O princípio da 'redistribuição inversa da paciência'".

— O que é isso? — questionou Perdu.

— Quanto maior a criança fica, menos paciência a mãe tem — sussurrou Max. — E mais o pai vai precisar ter.

— Ah, sim. E quando isso melhora?

— Então, segundo os pais mais velhos, mais ou menos quando a criança começa a faculdade em uma cidade bem distante.

Ahmed, Dodo e Étienne chegaram nesse meio-tempo ao tema "a barriga dela". Quando ela ficava tão redonda e enorme que o futuro pai precisava assumir tudo, realmente tudo, porque a mulher simplesmente não conseguia fazer mais nada.

— É como carregar uma caixa de cerveja o tempo todo, sabe? Para qualquer lugar, na cama, no boxe apertado do chuveiro...

— E, pessoal, lembrem-se do seguinte: nada de piadas sobre elefante, hipopótamo, baleia ou piscina infantil inflável.

— Piscina infantil?

— Nem pergunte — respondeu Étienne de um jeito sombrio —, pois tive de dormir no sofá-cama por uma semana porque perguntei se o que ela carregava na barriga eram gêmeos ou uma piscina infantil.

Os demais abriram um sorrisinho.

— Com tobogã?

— E bar de piscina?

Enquanto os futuros pais discutiam o tamanho e a natureza de sua gafe anterior, Pauline se aproximou de Perdu.

— Eles são fofos — sussurrou ela. — Existe algum livro para pais que estejam nessa situação e também sejam assim?

— O que você quer dizer exatamente com "assim"?

— Tão... Tão sinceros. E amorosos. E engraçados. E às vezes até um pouco bobões. Eles realmente amam as esposas, você também não acha?

Pauline olhou de um jeito pensativo para os homens que naquele momento se preparavam para ir embora do barco-livraria. Ele achou que Pauline parecia mais calma, mais reconfortada. Seu brilho havia voltado.

Max se despediu de seus aliados na antepara com um abraço caloroso e se virou para eles com alívio.

— Então? — perguntou Pauline. — Já pôs a mão na massa?

— O quê?

— Ora essa. Seu livro para pais de primeira viagem. *Papai para leigos* ou algo assim. Temos de começar o departamento de alguma forma, não é?

O rosto de Max se iluminou para logo em seguida se fechar.

— Não sem a permissão de Vic. Quer dizer, ela talvez não achasse tão legal se metade da França descobrisse quanto exatamente seus tornozelos incharam ou que ela precisava soltar pum a cada passo. Dificilmente haverá uma forma mais rápida de chegar ao divórcio.

— Por que você não escreve capítulos alternados do ponto de vista de cada um? Também seria interessante para mulheres que sabem tão pouco... Bem, como todas. Mas desde que vocês ainda consigam escrever e não tenham turnos de vinte e quatro horas para a maquineta de choro e cocô...

Max olhou para Pauline como se ela o tivesse gentilmente convidado a marchar para a própria execução.

— Champanhe, alguém? — perguntou ela com um galanteio.

SURTO LÍTERO-NERVOSO (E TRÊS LEIS DO LIVRO)

A entrada a seguir foi escrita por Pauline Lahbibi, 16 anos, farmacêutica literária em formação.

Minha tia Ella revelou para mim três leis do livro quando fiz 14 anos.
Primeira: nunca vá para a cama ou assine um contrato de locação compartilhada com alguém que não lê.
Segunda: passar a vida lendo o livro certo é mais importante no longo prazo do que desperdiçar a vida procurando a pessoa certa. Ela, de qualquer modo, apareceria por conta própria depois que se tiver lido livros suficientes para reconhecê-la de imediato, sem problemas, com base nas habilidades e nos conhecimentos da natureza humana que se adquire. (Consequentemente, ainda não li o suficiente.)
Terceira: esqueci.

Até eu me lembrar, estou escrevendo em nome de Monsieur Perdu sobre o tipo de gente que sofre surtos lítero-nervosos. São pessoas que não vão muito a livrarias e, quando o fazem, ficam tão nervosas quanto na primeira manhã numa escola nova. Quando ainda não se sabe onde fica a sala de aula, onde ficam os banheiros, qual o nome das pessoas, e se tem medo de passar uma vergonha horrenda e ser considerado o idiota constrangedor para sempre, pelo menos até o fim do ano letivo. E em todas as reuniões de turma durante os próximos sessenta anos.

Ainda não tenho estatísticas reais, mas suspeito que muitas vezes são os homens que não sabem lidar com a ida a uma livraria. Seja porque ainda não leram tantos livros, seja porque ganhavam de Natal automaticamente um conjunto de meias, cuecas e livros durante um ano (ou seja, três a quatro). De qualquer forma, ficam ali no caminho, esperando ser "atendidos" imediatamente, e não enxergam o óbvio, que há cerca de doze pessoas na fila à sua frente e que é perfeitamente permitido dar uma olhada primeiro sem ninguém chegar e querer vender uma blusa de cores horríveis só porque está na moda. (Monsieur Perdu disse que estou divagando, *pardon*.)
Claro, há também os fofinhos que ficam completamente perdidos, murmurando coisas para si mesmos, e no fim acabam fazendo pedidos pela internet por puro medo.

Já outros querem resolver o assunto o mais rápido possível e parecer convincentes e confiantes antes que alguém perceba que eles não têm ideia do que estão fazendo. Ou seja, Sr. Megalomania e Sr. Cagão em um só indivíduo. Conselho é para os fracos, ou alguém já viu Chuck Norris em uma livraria? Chuck Norris não lê, ele encara os livros até que eles lhe digam o que ele quer saber deles... (Essa piada de tiozão não veio de mim. Foi de Max. Se não conhece Max, pergunte por ele na livraria.)

Infelizmente, você escolheu essa profissão; portanto, não pode simplesmente dizer "A saída é por ali" cada vez que esse tipo de comportamento lhe der nos nervos (pelo menos é o que diz Jean Perdu; já eu consideraria uma expulsão com banimento de voltar a frequentar o estabelecimento. Suspeito que a única razão pela qual ele me deixe escrever sobre clientes difíceis aqui é para que eu pense duas vezes a respeito disso. Mas que nada, eu ainda vou ser a rainha dos corações da clientela difícil, é o que parece. E, ao contrário do

Sr. Megalomaníaco Cagão, consigo admitir sem nenhum problema que não tenho ideia do que estou fazendo. Ainda não!). Usarei, inicialmente, o silêncio cerimonial. Sem sorrir. Braços cruzados. Vou deixar que o cliente fale primeiro e se esgote, aí o nível de estresse dele vai diminuir, ninguém lhe deu nenhuma lição, depois disso vou até a prateleira sem dizer uma palavra, sem pressa, volto e bato o livro para ele no balcão.

Nota de J. P. à margem: *Eu quero muito estar lá quando essa hora chegar.*

A terceira lei do livro acabou de me ocorrer.
Terceira: nunca saia de casa sem um livro. Isso vai transformar os tempos de espera em tempos de leitura, vai fazer com que você pareça assustador o bastante para os não leitores (e aqueles que sempre acham pessoas/mulheres com a leitura em dia misteriosas) quando estiver ao balcão do bar, onde você só quer beber seu coquetel em paz, e também funciona muito bem para matar mosquitos.

Fonte: *Grande enciclopédia dos pequenos sentimentos: manual para livreiras, livreiros e outros farmacêuticos literários*, capítulo bônus.

23

A primeira coisa que mudou foi o cheiro. Enquanto navegaram do Ródano para os canais através do interior da França, sentiram o cheiro do campo, às vezes de pastagens, muitas vezes de mato, terra úmida e fértil, dos perfumes naturais das florestas próximas, da colza e da lavanda.

Desde que se aproximaram de Paris, às margens do rio Marne, o cheiro ficou menos parecido com o da terra — e mais perto do fedor de uma cidade com milhões de habitantes. E, quando chegaram ao Sena, viram as luzes de lagos artificiais, docas de carregamento de areia e de cascalho brilharem atrás das margens, à esquerda e à direita. A quantidade de navios cargueiros também aumentou, os barqueiros profissionais do segundo porto fluvial mais importante da Europa avançavam num ritmo impiedoso. Se vinha alguém em sua direção, bom, azar... Saia da frente, *péniche* bojuda! Os guindastes do Sena realizavam mecanicamente seu trabalho.

— Hum — bufou Pauline. — Até agora Paris não parece muito parisiense.

Essa impressão mudou depois que passaram por baixo da pont National e se juntaram à agitação de barcaças de transporte, barcos turísticos e lanchas menores e quando, à esquerda e à direita, a cidade se ergueu e acendeu suas luzes ao pôr do sol. Paris se alçava em seu vestido de noite — veriam o Musée d'Orsay, a Assemblée nationale, o Institut de France, a Île de la Cité e Notre-Dame, o Louvre — e depois da place de La Concorde, dos clubes de praia e dos cafés à beira-rio estariam lá: no porto da Champs-Élysés e na ponte Alexandre III.

— O Sena tem o nome da ninfa do rio Sequana. Ela deu a suas águas dois poderes lendários: o dom da cura e o poder de realizar desejos.

— Meu desejo é termos uma vaga para atracar — disse Max, suspirando.

— Ora, mas nós temos. A mesma de sempre.

— O quê? Eles guardaram a vaga livre para você por quatro anos?

— Eles não mantiveram a vaga livre. Eu paguei por ela. Todo mês — admitiu Perdu. Ele nunca chegou a interromper o débito automático e rescindir o contrato com a VNF. Isso levou a problemas no saldo de sua conta, mas, em vez de fazer um esforço e resolver a questão, ele simplesmente ignorou essa parte do extrato bancário.

Havia pessoas que esperavam vinte ou trinta anos por uma vaga permanente em Paris. Enquanto aguardavam que a água baixasse em Vitry, Perdu tinha avisado que estava voltando. O capitão do porto ainda era o mesmo e confirmou o retorno de Perdu com o comentário: "Esse foi mesmo um passeio bem longo."

Podia-se dizer que sim.

— Qual é a primeira coisa que vamos fazer quando chegarmos lá, Jean?

— Tomar um banho de verdade — sugeriu Pauline.

— Ligar para a vovó Dommi — rouquejou Theo.

Vocês vão se surpreender, disse Merline, *com o que faremos primeiro.* Mas ninguém, nem mesmo o pequeno Theo, que sempre a ouvia, tinha escutado dessa vez. Eles estavam tão empolgados com o início de um novo capítulo em seu livro compartilhado que ignoraram o fato de que as coisas sempre acontecem de um jeito diferente do que a gente pensa.

Perdu tentava se convencer de que estava exausto por causa das horas extraordinariamente longas ao timão e que era por isso que suas pernas estavam tremendo. E seus dedos e antebraços estavam com cãibras e, de alguma forma, seu campo de visão havia... se estreitado. Precisou se esforçar para manter o barco estável na corrente e manobrar dentro de "sua" vaga, enquanto a dor no pescoço ficava cada vez mais intensa. Enquanto Max prendia as amarras temporárias — eles continuariam a fixá-las à luz do dia — e Theo e Pauline se preparavam para estender a prancha, Perdu percebeu que estava prestes a colocar a chave de ignição na posição "desligada". E que não iria virá-la na outra direção por um bom tempo. Talvez nunca mais.

E, enquanto começava a mergulhar em si mesmo, viu uma figura em pé em meio ao dourado da ponte Alexandre III, olhando para o barco-livraria.

Manon.

O cabelo dela estava solto, ela estava usando uma camisa branca impecável.

Ela ergueu a mão e acenou.

Jean Perdu desligou o motor. O barco-livraria estremeceu até desligar. Houve um estalo em algum lugar, silêncio, mas não podia haver silêncio, Paris nunca ficava silenciosa, mesmo que ali, perto da água, todos os sons fossem um pouco abafados. Ou era em seus ouvidos aquele borbulhar escuro, como debaixo da água?

Quando levantou o braço esquerdo para acenar para Manon, uma dor o perpassou até as entranhas, atingindo ao mesmo tempo pescoço e mandíbula.

Uma cortina preta se fechou diante de seus olhos, e Jean Perdu desabou.

24

O coração consiste em duas câmaras. Uma delas se chama sorte. A outra, desespero. Em qual devemos acreditar? É assim que está escrito.

— Não, mas não. Uma delas se chama realidade. A outra se chama sonho. E pode-se escrever muita coisa, mas isso nem de longe quer dizer que esteja certo.

— Se assim fosse, embora não seja, o que isso significa para nosso amigo aqui?

— Que ele precisa decidir em que acredita. Em quem acredita. Em uma ou na outra.

— E morrer?

— Ainda vai demorar um tempo.

Jean Perdu ouviu a conversa de Jón Kalman Stefánsson e Homero. Aparentemente, estavam esperando que ele participasse do debate. Ou não?

Ele abriu a boca para dizer alguma coisa, mas havia algo pesando em seu rosto, uma neve pesada, molhada.

— Catherine — sussurrou ele.

Ele precisava ver Catherine, mais uma vez, por favor!

Estrelas antigas e quentes apareceram acima dele, olhos sorridentes, "ora essa", uma boca por baixo disse: "Você deu um belo de um susto em seus filhos"; e Homero e o autor islandês Jón gritaram "Esplêndido!" e saíram da sala, que começou a se materializar. Um amarelo simpático, uma cama prática, uma janela, uma persiana, claraboias, tudo ali, mas, que crianças?

A cortina diante de seus olhos se abriu de novo e a única criança que viu sentada na primeira fila em frente ao palco foi Theo e, ao lado dele, a gigante branca Merline.

O livreiro não sabia na época, mas, para Theo, entrar num hospital, com os cheiros de hospital e a gente de hospital, era como escalar o Himalaia de chinelo ou dar a volta ao mundo num pedalinho. Em formato de cisne.

Porque foi em um hospital que ele perdeu a fala.

Mas Merline tinha dado forças a Theo ao deixar claro para ele que, se um dia ele ficasse sem ela — e esse dia inevitavelmente chegaria, não em breve, não no próximo ano, mas algum dia —, ele teria de conseguir falar, mesmo sem ter a mãozinha agarrada ao seu pelo. E essa era sua missão, que Merline via sem nenhum romantismo: tornar-se supérflua para que aquele Theozinho miudinho e mudo se tornasse um Theo grande e forte.

Agora seria hora de enfrentar aquilo que o havia deixado sem palavras, e não era incrivelmente conveniente que pudessem visitar um amigo ao mesmo tempo? Era assim que precisava ver as coisas! Não pensar no começo, mas, sim, no fim desejado. Ontem foi ontem, hoje é hoje, o amanhã vai vir por si só. Merline não conseguia entender por que as pessoas complicavam as coisas de um jeito desnecessário, mas, bem, era preciso ter paciência com elas.

— Oi. Você está com idade — disse Theo a Perdu.

— É mesmo?

— É. Significa que seus discos das costas não funcionam mais tão bem.

— Discos...?

— Sei lá o quê de disco to-rá-ci-ca — respondeu ele, dividindo em sílabas.

— E meu coração?

— Sei não, quer que eu pergunte?

Ele perguntou, e as estrelas calorosas e sorridentes se inclinaram de novo na direção de Perdu.

— O senhor foi internado com suspeita de ataque cardíaco. Parece que seu coração está impecável, como novo, mas o senhor tem depósitos de cálcio e inflamação na coluna torácica que pressionam as vias nervosas, contraindo os músculos e causando sintomas semelhantes aos do irmão mais velho, o ataque cardíaco. Seu estômago também estava vazio, e seus níveis de cortisol estavam anormalmente altos. O senhor está muito cansado agora, medicamos o senhor com relaxante muscular e bastante Novalgina. O senhor esteve muito tenso física ou emocionalmente nos últimos dias?

Nos últimos dias? Foram anos!, quis responder Perdu, e lembrou a si mesmo que todo mundo claramente subestima o que é pilotar um navio, especialmente um veleiro velho como *Lulu*. E emocionalmente... O que poderia dizer?

— Sim — sussurrou ele.

Mas, de verdade, aquilo era muito embaraçoso. Ainda ontem tinha 17 anos, hoje desmaiaria caso se esforçasse um pouco mais por três semanas. Os romances nunca mencionaram coisas tão banais quanto discos intervertebrais. Que desaforo!

— Vou buscar a família do senhor.

E então ela entrou, sua família: Pauline, Max — e Victoria. Ela usava uma camisa branca e impecável e seu cabelo estava solto.

— Catherine...? — perguntou ele.

— Vai chegar de trem em uma hora. Já falei para ela que não precisa trazer um agente funerário.

— Que atencioso — sussurrou Perdu em resposta ao comentário de Max. — Mas cadê o barrigão? — perguntou então a Victoria.

— Ei, ainda estou na décima primeira semana.

— O que está fazendo aqui?

— Eu que pergunto: o que *você* está fazendo aqui? Eu aceno para você, e aí, de repente, você despenca? Eu queria rever meu marido e dizer a ele que o amo e que sinto falta dele, desse cabeça-oca, mas, em vez disso, aqui estamos nós, bem, nesse bacanal de romantismo.

— Sentiu minha falta?

— Senti sua falta como de pão fresco todo dia, sim. Os dias ficaram tão tristes quanto um bolo velho.

— Mostre seu caderno para ela — murmurou Perdu, ainda rouco.

O que Max fez, e ela o folheou.

— Tenho de admitir, imaginei suas semanas de autodescoberta bem diferentes... Você é mais maluco do que eu pensava.

Um abraço de namorados, murmúrios ternos e incompreensíveis, algumas lágrimas e muito alívio.

Então Theo explicou de um jeito vigoroso o que significava a calcificação nos negócios torá-sei-lá-o-quê, depois disse que também queria ser médico. Quer dizer:

— Especialista em cr... co... coração.

Ui, agora foi, e Merline olhou para ele com muito orgulho.

— Agora você já consegue até dizer coração... — comentou Perdu. — Antes você não podia nem ouvir essa palavra. — A mandíbula ainda doía. E era constrangedor ficar deitado na frente de toda a tripulação com a bata hospitalar aberta nas costas, mas como poderia ser diferente? Ele tinha os negócios torá-sei-lá-o-quê!

— E por quê, toquinho? — perguntou Pauline com todo o cuidado.

— Por causa da mamãe e da mãezinha — disse Theo. E Merline se esforçou muito para não recuar porque agora ele estava agarrando seu pelo com muita força e repuxando a pele por baixo.

Vai ficar tudo bem, pensou ela virada para Theo. *Desenterre isso aí como um osso. E, em seguida, se livre dele. Osso velho fede.*

E assim Theo contou a história, à sua maneira de Theo de 10 anos, olhando o tempo todo para Pauline. Ele queria crescer para ela, para a amiga. E mostrar para ela que era possível: que não se deve olhar para trás para saber aonde vai dar, mas, sim, para a frente. Ela devia fazer o mesmo e não olhar para o homem da baguete. Não adiantava.

O que adiantava era seguir em frente.

A mamãe e a mãezinha de Theo se conheceram na lanchonete de um hospital. A mamãe estava atrás do balcão, servindo o cardápio do dia para pacientes, visitantes ou médicos, e a mãezinha estava cambaleante na fila com seu respirador móvel que ela usava naquela época para ir até a cantina pegar um macarrão com almôndegas ao molho. A mamãe tinha acabado de entregar a última porção para um homem muito gordo, e a mãezinha gritou para o homem: "Você vai negar a última refeição a uma pessoa que está morrendo?"

Então a mamãe fez um macarrão extra para ela, e, como a mãezinha era muito linda e tinha muito medo (por que outro motivo ela gritaria uma bobagem daquelas?), a mamãe se apaixonou e fez a melhor almôndega ao molho de sua vida. E a mãezinha comeu e provou quanto amor, bondade e paciência havia na comida e começou a chorar e depois começou a rir, e as duas ficaram juntas desde então, sendo muito carinhosas uma com a outra. A mãezinha nunca mais gritou e, ao lado da mamãe, não tinha mais medo.

O coração da mãezinha melhorava e piorava ao longo dos anos, e a mamãe estava sempre lá, e elas foram para Veneza e andaram com muito, muito, muito cuidado por Vosges e pela Normandia, e provaram queijos com nomes engraçados, e um dia quiseram ter um filho. A mamãe teve Theo, mas explicar como isso aconteceu era muitíssimo complicado e envolveu um grande amigo, que tinha ajudado com a coisa dele, e a mãezinha estava indo muito bem, já devia ter uns seis anos, e, às vezes, ela ainda precisava do Ferdinand, seu amigo respirador móvel, e às vezes não. E elas riam muito, as mães dele, para aguentar os meses seguintes, quando o riso significava esforço demais para o coração da mãezinha, mas ela sempre voltava a melhorar.

Até que ela não estava mais se sentindo bem. E ela entrou na *lista.*

Lista?

— Para o trans-plan-te car-dí-a-co de urgência.

A mãezinha precisou esperar um novo coração primeiro em casa e depois no hospital. Na verdade, seria um coração usado, mas, comparado ao dela, era como novo. Primeiro, ela estava em nono lugar na lista, depois em quinto e depois em primeiro lugar no departamento, porque o primeiro lugar significava que ela não estava nada bem, que ela era quem estava esperando há mais tempo e alguém tinha de morrer para que ela pudesse viver. E significava que Theo devia dizer "Até logo" para ela.

— Mas, na verdade, significava até nunca mais, eu já sabia.

E, enquanto a mãezinha esperava e não conseguia se levantar, a mamãe decidiu que a mãezinha devia ficar com o coração dela. A mamãe tinha explicado para Theo que tudo combinava, tipo sanguíneo, idade, altura: ele então teria as duas, as duas mães no corpo da mãezinha, com o mesmo coração que o amava. E que a mamãe não queria viver sem a mãezinha, só queria viver com ela, e onde ela seria mais bem cuidada do que no peito da mãezinha? Muito perto dela, e ela veria e ouviria Theo. Ficaria tudo bem.

Quando comentou que ela não estaria mais lá e que a mãezinha teria de viver sem sua mulher, a mamãe disse que sempre estaria ali.

— Dentro de mim. Porque as células dela estão em mim, e é por isso que ela está ouvindo com atenção agora, e espero não estar explicando isso errado.

A mãe de Theo se suicidou com todo o cuidado. Ela se deitou em uma banheira com água gelada para que o precioso coração pudesse ser reaproveitado e se matou cinco minutos depois de ligar para o corpo de bombeiros e para os paramédicos e fornecer todos os documentos necessários.

Theo estava com Dominique. Na casa da vovó Dommi.

A operação foi realizada. O corpo da mamãe foi levado para a clínica e seu coração foi transportado do primeiro para o terceiro andar e seu corpo para o porão.

O novo coração bateu no peito da mãezinha por oito dias.

Então, a mãezinha descobriu de quem era o coração que ela carregava.

Theo contou tudo para ela. Ela berrou, e os gritos não paravam, e o novo coração e ela morreram juntos.

— Mas não era verdade — disse Theo no fim com uma voz fina. E abaixou a cabeça pela primeira vez.

— O que não era verdade, Theozinho?

— Não era o coração da mamãe. Era de outra pessoa, e o coração da mamãe também foi para outra pessoa, não dá para planejar ou definir essas coisas, tem computadores que calculam quem fica com qual coração e quando, porque as pessoas não devem decidir esse tipo de coisa. Mas eu não sabia disso.

O olhar dele quando se ergueu eram duas pupilas pretas enormes, um túnel sem fim.

— Eu falei a coisa errada. E eu nunca mais quis falar nada de errado porque senão alguém ia morrer.

Theo emudeceu de novo.

E, em algum lugar deste mundo, num lugar desconhecido, o coração de sua mãe batia.

Quando Perdu abriu os olhos de novo, quem estava lá sentada era Manon.

E então?, perguntou ela. *Vai finalmente me deixar ir embora?*

Eu não deixei você ir muito tempo atrás?

Você sempre olha para mim de novo.

Mas isso acontece quando se olha para o vazio.

É a direção errada. Em algum momento, você tem de olhar para o outro lado e ver o que está acontecendo.

Catherine.

Exatamente.

Eu a amo. Não gostaria de morrer sem voltar a vê-la ao menos uma vez.

Isso é bom. Ela sabe disso?

Não sei.

Se cuide, Jean.

Pode deixar, Manon. Você também.

Quando ele acordou de manhã, revigorado e descansado, viu Catherine dormindo ao seu lado em uma cadeira. Ela segurava a mão dele. Ele não se mexeu, apenas a encarou. Sim, ele pensou consigo. Sim.

25

Mesmo uma semana depois, Pauline, Max, Theo, Victoria, a vovó substituta Dominique e Catherine ainda tratavam Jean Perdu com a delicadeza com que se trata um ovo recém-colocado. Ou melhor, um ovo bem velho, meio quebrado. Ele não conseguia nem suspirar em paz sem que alguém pulasse e quisesse saber se ele estava bem. Ficou com vergonha dessa atenção toda por dois motivos: primeiro, porque sentia que Theo sofria mais do que ele, Perdu. E, em segundo lugar:

— Caramba, envelhecer é um processo completamente normal! Eu só tenho dor nas costas, todo mundo tem! — dizia ele, repetindo a frase da fisioterapeuta, Nani, cujo endereço gentilmente recebeu do Clube das Viúvas de leitoras soberanas por intermédio de Madame Bomme, especialista em todo tipo de inspeção física e aferição de manutenção.

Depois da explicação gaguejante de Jean Perdu do motivo pelo qual precisava do aconselhamento de uma especialista, o Clube das Viúvas o acolheu alegremente em seu círculo de carcomidos pela idade. A calcificação, elas sabiam muito bem, era terrível em todos os sentidos.

— Mas isso lá nos deixa menos interessadas pela vida? Não! O senhor não deve jamais, meu caro Monsieur Perdu, deixar as coisas chegarem a ponto de os outros se interessarem mais sobre como você precisa de cuidados do que naquilo que tem na cabeça e no coração. E isso inclui o senhor mesmo, não se acomode com suas mazelas ou se faça interessante por conta delas! O problema é que isso é terrivelmente desinteressante.

A avó substituta, Dominique, foi recebida no círculo de viúvas leitoras com as mesmas boas-vindas; vovó Dommi ainda não conseguia acreditar que Theo estava falando, que havia sido encontrado por um cachorro mágico, que havia sofrido tanto e que realmente acreditava ter alguma culpa na morte das mães. Dommi tentou descobrir quem carregava o coração da mãe dele, mas as autoridades de saúde francesas eram como todas as outras pessoas no mundo: extremamente mesquinhas com informações que poderiam aproximar demais as pessoas.

— Bem, eu teria um número incrível de perguntas se carregasse o coração de outra pessoa. Como ela viveu? Do que gostava? Será que vou conhecer alguém que a pessoa já amou e seu coração ainda vai saber disso, mas eu não?

Madame Gulliver concordou com isso, pois provavelmente estava pensando no próprio coração vazio, onde ninguém vivia, apenas ela, totalmente sozinha.

Juntamente com Perdu, Dominique Bonvin tentava ao menos descobrir onde morava o amigo das mães de Theo na época, Patrice Corler. Ele era o pai biológico, mas isso não significava necessariamente que estaria pronto para dar uma guinada como essa na vida. E, quem sabe, talvez Theo não fosse com a cara do pai.

De qualquer forma, pensou Merline, *uma matilha não precisa de parentesco para ser uma matilha de verdade. Eles só precisavam se apoiar.* Apesar disso, Merline estava preocupada com Pauline: o velho manto de tristeza ainda se agarrava pesadamente àqueles ombros estreitos. Mesmo que ela não falasse para ninguém. Era preciso estraçalhar aquilo! Mas... como?

Theo e vovó Dommi passaram o verão no antigo e espaçoso apartamento de Madame Bomme, no número 27 da rue Montagnard.

A mãe e o pai de Perdu não conseguiam esconder um pouco de contentamento e alívio pela chacoalhada recente do filho, pois agora não precisavam mais fingir que estavam em ótima forma. Ele já havia entendido o que era a velhice. Seu pai confessou aos resmungos que fazia exercícios todo dia, toda manhã, fazia vinte anos, "Não há bônus sem ônus", uma combinação de ioga e alongamentos com faixas elásticas.

— Aqui, vou te mostrar a posição do cachorro, viu? Faça! Você está respirando errado!

Ele visivelmente se sentia bem em poder ajudar o filho, Perdu; o inverso seria terrivelmente vergonhoso para ele.

Sua mãe, por sua vez, apresentou a Jean os exercícios de memória. Claro que Lirabelle percebia que estava esquecendo coisas, por isso ela jogava sudoku, tinha começado a aprender italiano e lia mais do que nunca — aquilo a distraía de verificar o tempo todo seus pensamentos para ver se ainda sabia quem era. Ao ler, Lirabelle não tinha obrigação de ser ela mesma.

— É extremamente relaxante, você sabe. Além do mais, minhas aulas de italiano estão deixando seu pai louco. Ele acha que vou fugir para Milão com um gigolô qualquer que aparecer, *Dio mio!*

Um mundo completamente novo se abriu para ele. Perdu ainda não tinha certeza se essa compreensão já era necessária naquele momento. Em contrapartida: não era tão desconfortável assim se sentar na cadeira de diretor do barco-livraria e distribuir instruções. A fase de renovação não foi fácil: cada vez que um problema era abordado, ficava-se feliz com sua descoberta. E, como os prestadores e as prestadoras de serviço ou tiravam férias em julho e agosto ou estavam ocupados demais, a tripulação do barco-livraria acabava fazendo muitas das coisas por conta própria.

Catherine assumiu a tarefa do polimento; ela tirou o medo de Max e Pauline de trabalhar com máquinas, madeira e ferramentas e acidentalmente perder um membro. Mesmo assim, Kafka e Lindgren preferiram observar o barco de uma distância segura ou ir perdendo diligentemente os pelos do corpo para chegarem a um penteado curto e prático no calor do verão.

Victoria ficava sentada ao lado de Perdu na outra cadeira de diretor, pois Max achava que ela não devia se esforçar demais. Ainda que não se sentisse particularmente sobrecarregada, tomava cuidado para não dizer isso abertamente. Ela havia ficado encarregada da jardinagem juntamente a Theo e lhe contava tudo o que sabia sobre isso por ter crescido rodeada de flores, vinhas, árvores, gramados, campos, montanhas e dos ritmos e das canções da natureza.

— Canções?

— Mas claro. Ouça só. Feche os olhos. O que está ouvindo?

— Carros.

— E por trás dos carros?

— Ondas — sussurrou Theo depois de um tempo. — Do rio. Com a alma do rio.

— Exatamente. Elas cantam as margens onde estavam e como as pessoas ali viviam e sonhavam. E agora estão escutando você e vão levar seus desejos ao mar para que o Atlântico conte às estrelas. O que mais?

— E... folhas, sussurrando, das árvores.

— Da castanheira? Ou do plátano?

— Não sei qual é qual.

— Olha, aquele que tem o tronco que parece queimado de sol e que depois a pele descascou é um plátano. As folhas farfalham e contam a história de Hipócrates.

— ...?

— O pai da medicina. Dizem que ele dava aulas aos alunos embaixo dos plátanos. E por isso as árvores se lembraram de tudo e transmitiram às suas descendentes. As árvores fazem esse tipo de coisa: elas transmitem seus conhecimentos. O que mais você ouve?

— Um chiado, mas não sei de onde vem...

Victoria se inclinou e sussurrou no ouvido de Theo.

Ele abriu os olhos.

— Sério?

— Mas é claro — respondeu ela. — Embaixo de Paris existe um mar velho e pedregoso e embaixo das ruas fica a praia dele. E quem escuta com atenção consegue ouvir os ecos da canção do mar.

O menino abriu um sorriso extasiado. Merline inclinou a cabeça de lado. *Ora*, pensou ela, *uma bípede que conhece a linguagem do mundo?*

Perdu ficou grato por Victoria ter omitido a Theo o fato de que nas pedreiras de calcário sob Paris, cujos túneis e cavernas tinham mais de trezentos quilômetros de comprimento, jaziam não apenas o antigo mar petrificado e seus fósseis de cavalos-marinhos mas também os ossos de seis milhões de pessoas, muitas delas do período merovíngio.

— Você também pode ser geólogo, Theo — comentou Vic. — Ou jardineiro. Você pode ser tudo o que quiser.

Bem, pensou Merline, *só não poderá ser tão inteligente quanto um cachorro.*

Nesse meio-tempo, Vic estava bebericando um suco de toranja com terra nas mãos e o sol nos olhos e debatia com Perdu nomes de bebê e as novas ideias de seu vinhateiro, ou, às vezes, muito discretamente, perguntava sobre a mãe, Manon.

— Não dizem que o talento salta uma geração? Para que eu deveria me preparar?

Jean Perdu pensou com cuidado.

— Arte — respondeu ele. — Sua mãe tinha uma grande paixão por música, dança, literatura, arquitetura, pintura. Ficava completamente absorta nisso. Não com a cabeça. Com o coração, com o corpo. — Ele pegou o caderno. — Me desculpe, eu... — E anotou: *Leitora de cabeça, leitora de coração: diferenças, sintomas?*

— A parte da literatura fica por sua conta.

— Agora mesmo? Quer que eu leia Kierkegaard para sua barriga?

Um revirar de olhos, uma risadinha.

— O que mais?

— Amor pelo movimento. Basicamente, sua mãe viveu a vida do jeito que a maioria das pessoas deseja: com intensidade. Nunca de forma indiferente. Com todos os sentidos.

Vic cutucou um arranhão no antebraço.

— Acordo à noite porque sonho que esqueci meu filho. Embaixo da pia ou atrás do armário, e ele morre de fome. E sonho que ele me faz perguntas, e eu não sei a resposta. Por que a água é molhada? Para onde a gente vai quando morre? Por que tenho de comer isso? Ou como vai ser se meu filho não conseguir me suportar? Tenho muito medo de fazer tudo errado e, aos 16 anos, ela gritar comigo e dizer: "Eu te odeio, você acabou com a minha vida!"

— Ela?

— Ou ele, não sei, prefiro não saber para não ter de imaginar como tudo vai acabar. Porque as coisas vão ser diferentes de qualquer maneira, e, no fim, meu filho ou minha filha vai me abandonar e me jogar na rua.

A mão dela estava pousada na barriga, o polegar acariciando o umbigo; um gesto que Vic nem pareceu notar.

Merline se concentrou na barriga de Vic. A-há!

Eu sei, eu sei, pensou ela, olhando para Vic.

Acontece que ela não queria ouvir naquele momento; caso contrário, também saberia.

— Me diz uma coisa, Jean, por que está sorrindo desse jeito tão estúpido?

— Porque rir ainda me causa muita dor.

— Bem-feito!

— E porque você e Max são maravilhosos. Vocês arrumam preocupações, cada um uma coisa diferente, assim vocês as dividem bem, isso é eficiente...

— Bobo, cabeça de papel!

— ... e vocês poderiam contar essa experiência: *Socorro, estamos virando pais!* Seria um livro maravilhoso.

— Mas não temos a mínima ideia do que fazer!

— Esse é o argumento de venda decisivo — disse Perdu. — Seria perfeito que pessoas que se sentem igualmente miseráveis dessem a grande notícia de que não existe uma solução perfeita.

— Abaixo a perfeição? Chega de otimização? Você acha que a humanidade está pronta para isso?

— De jeito nenhum.

Agora ele estava rindo e abraçando a lateral do corpo, ai, como doía, mas mesmo assim Jean Perdu olhou ao redor e soube que estava feliz.

Pegou o manuscrito embrulhado de Saramago. Será que agora era o momento certo?

Não. Ainda faltava alguma coisa. Ele ainda não havia concluído todas as tarefas. Estava faltando lutar por algo que significasse alguma coisa para ele. O que, por sua vez, significava que em breve poderia perder alguma coisa. Sentia no peito uma dor abafada ao redor desse pensamento.

CABEÇA OU CORAÇÃO?

Ler é como fazer ginástica: quanto mais tempo não fizer, maior será a probabilidade de cair duro ao se fazer mais de três agachamentos seguidos (mas daqueles bem fundos, por favor!). É como tentar se concentrar em um romance com mais de quinze palavras por frase depois de se passar os últimos anos consumindo apenas notícias curtas.

Consequentemente, em sua farmácia literária, você precisará lidar com todo tipo de leitor: aqueles que conseguem ler rápido e com profundidade e estão constantemente em busca de novas leituras; aqueles que acham tedioso e preferem obras curtas, concisas, contadas o mais rápido possível, que se possa ler "com fluidez", sem muitas palavras estrangeiras ou digressões; os que se deixam levar pela leitura por completo e não sentem frio nos pés nem prestam atenção no entorno, mergulhando assim, profundamente, em uma história de duas mil páginas com a qual choram, riem, ficam arrepiados e podem até sentir o cheiro daquela maldita lavanda; e há alguns que gostam de ler livros para encontrar neles conhecimento

ou frases inteligentes, mas para quem o envolvimento emocional é completamente estranho e perspectivas em primeira pessoa ou intensidade dramatúrgica são desagradáveis ou até repulsivas.
E, claro, os que leem lentamente, que não conseguem superar o Himalaia de livros, mas que se ocupam com, no máximo, dois livros por ano. Esses são, por sinal, meus preferidos, porque é preciso escolher livros para eles de forma ainda mais cuidadosa...

O que é crucial para cada recomendação é ser capaz de estimar a condição de treinamento em que se encontra aquele cérebro leitor. E: se é um leitor de cabeça ou um leitor de coração.

(Minha estagiária diz que neste manual é permitida, no máximo, uma digressão neurológica. Bom, aqui vem ela.)

O cérebro, esse estranho milagre, não consegue ler no início da vida humana, ao contrário da capacidade geneticamente programada de falar. O cérebro tem primeiro de ser treinado para ler, redes de sinapses entre audição, visão e sentimento tem de ser estabelecidas, e a elas se ligam gradualmente sensações, imagens, associações e capacidades de aprendizagem. É um treinamento cognitivo de alto desempenho que o cérebro da criança precisa realizar, comparável a uma combinação de maratona com dança na corda bamba e patinação artística no gelo de costas enquanto se faz malabarismo. Tudo para se aprender a pensar, lembrar, reconhecer e até para se aprender a "aprender".

Apenas para decifrar a palavra "coelho", manchas pretas e símbolos estranhos têm de ser enviados do olho para o centro da linguagem e aí traduzidos em significados alfabéticos; então, juntos, recebem internamente o som da palavra coelho; por fim, vem ainda uma imagem, uma lembrança de um coelho, um real, um desenhado, ou a coisa é completamente desconhecida — ah, olá, imaginação, quer se exercitar com a gente? —, e, por fim, afeto e emoção ou memória sensorial — ah, coelho, macio, e solta umas bolinhas de cocô engraçadas, e um dia desses comi um muito gostoso com cebola, minha nossa!, meu coelho morreu quando eu tinha 5 anos. O cérebro funciona como aquele computador principal da Nasa. Só que muito mais rápido. É provavelmente o feito mais poderoso que um cérebro pode realizar. Quando é treinado.

E, depois de treinado, ele começa a gostar desse esforço, e a pessoa leitora entra em um estado bastante próximo da felicidade. Fluindo, correndo, é a paz, a vivacidade, o relaxamento e a plenitude.

Os primeiros anos em que alguém lê para nós, depois quando lemos sem ajuda, fazemos rimas, cantamos e até mesmo escrevemos, tudo isso desenvolve os novos músculos da leitura. Ou, se pouco disso acontece na infância e a leitura aparece apenas na escola como pura transferência de conhecimento e cruel tortura interpretativa, o sótão da mente também acaba ficando em grande parte sem mobília; a alegria da leitura permanece desconhecida, o treinamento se torna tão pouco atraente quanto um circuito de exercícios em uma academia suada e grudenta.

Os anos seguintes, justamente quando o cérebro está sendo remodelado pela segunda vez, na infame puberdade (*muita calma nessa hora, diz Pauline*), decidem o que acontecerá a seguir com a rede neural — ela será apenas mantida em modo de espera e quase não poderá mais ser usada ou receberá atualizações regulares?

(Muita calma nessa hora, diz Max, que sabe muito mais sobre softwares do que eu.)

Porque, nessa época, não se trata apenas da capacidade de ler textos mais longos e de conseguir se concentrar mas também da absorção de perguntas e respostas profundamente humanas em um diálogo interior. Questões éticas: o que tem valor para as pessoas e o que tem valor para mim? Socioculturais: como os outros vivem e experimentam este presente? Onde estou neste "nós"? E: o que devo saber quanto às possibilidades de que disponho para começar minha vida?

É também durante esses anos que são tomadas decisões sobre como os livros são percebidos — linguístico-intelectualmente ou criativo-sensorialmente. Na maioria das vezes, não é apenas a preferência individual que decide isso mas a sociedade em que se lê. Na Alemanha, por exemplo, a leitura linguístico-intelectual é mais valorizada; na França, a leitura criativo-sensorial; e, nos Estados Unidos, uma mistura equilibrada das duas. Os livros e os cânones também são diferentes nos diferentes locais... mas isso é apenas um aparte.

Voltando ao assunto: você não precisa discernir como um detetive a forma como uma pessoa lê — rápida, profunda, impaciente, lenta, laboriosa, fácil, racional ou emocionalmente. Pergunte como faria qualquer médico: você pratica esportes? Lê bastante? Quer mergulhar na história (coração) ou, antes de mais nada, desfrutar da linguagem e da esgrima intelectual (cabeça?). Ou os dois?

E, se o leitor de coração ficar envergonhado porque livros inteligentes e difíceis, com tópicos sociais altamente relevantes, são supostamente melhores e livros aconchegantes e calorosos perfeitos para uma rede ou um terraço são apenas para pessoas de caráter fraco e, por isso mentir para você por puro constrangimento, faça-lhe um favor e ignore a mentira. Livros devem fazer bem a quem os lê; se não for dessa forma, é perda de tempo.

Fonte: *Grande enciclopédia dos pequenos sentimentos: manual para livreiras, livreiros e outros farmacêuticos literários*, letra C.

26

O rosto dos três controladores portuários estava vermelho por causa do calor que assolava a cidade. Era o julho mais quente desde 1880, e o semblante deles mostrava pouco entusiasmo por essa sensação histórica. Possivelmente eram três pobres coitados da prefeitura que não tinham conseguido encaixar as férias de verão no calendário geral; julho era tradicionalmente reservado para mães e pais de família, enquanto os solteiros deveriam tirar férias em fevereiro ou novembro.

Eles inspecionaram o barco-livraria, sussurrando comentários indistintos um para o outro, e o mais jovem deles, um homem um pouco mais forte de vinte e poucos anos, suava e fazia anotações em uma prancheta, enquanto o mais alto rosnava comandos.

— Oh... Oh... — informou Pauline baixinho. — Problemas se aproximando a bombordo.

Ela estava verificando os modelos de impressão dos passaportes literários para crianças (e adultos que não conseguissem resistir) e os espalhou no balcão do caixa à sua frente. Ao lado deles estavam os protótipos dos primeiros seis selos, que tinham sido retocados e fabricados com base nos desenhos de Theo. As fotos para passaporte que ela havia tirado com a minúscula câmera do computador estavam para sair da impressora.

— Nem sempre é necessário presumir o pior — respondeu Perdu, presumindo o pior.

Estava quase terminando a sessão diária de ioga e concluindo a posição de "cachorro" quando os três oficiais da VNF passaram pela antepara. As camisas brancas de manga curta estavam encharcadas de suor.

— Esperem um minuto! — gritou para eles com o traseiro voltado para cima.

Sobrancelhas levantadas, rosnados do mais alto, mais rabiscos na prancheta do mais novo.

Ao se levantar, Perdu perguntou:

— Posso lhes oferecer uma limonada gelada para refrescar nesse calor, *brigadiers*?

— Tentativa de suborno — murmurou o alto, aquele com o rosto mais vermelho sob o corte à escovinha, e continuou: — Anote isso, Émile.

— Mas, Gilbert, não sei se...

— Eu mandei anotar!

O terceiro membro do bando, que até então estava em silêncio, olhou com desejo para a jarra de limonada, na qual boiavam cubos de gelo e rodelas de limão.

O *brigadier* Gilbert embarcou no barco-livraria com passos enérgicos, observado com desconfiança por Kafka e Lindgren.

— Olha como está isso aqui! — repreendeu ele, apontando para as prateleiras desmontadas e para o assoalho retirado.

— Estamos arrumando tudo — respondeu Perdu de um jeito malicioso.

— Obras sem comunicado prévio, anote isso também, Émile. — E se virou para Perdu. — E você está fazendo isso sozinho?

— Não, estou arrumando com amigos.

— Trabalho clandestino, então? — vozeou Gilbert.

— Opa, como é que é...? — começou a falar Pauline, mas foi interrompida por Gilbert, que agora estava realmente a todo vapor.

— O que é isso? Falsificação organizada de documentos, por acaso? — Ele apontou para os modelos de passaporte no balcão.

— São passaportes literários — disse Pauline, consternada. — Para crianças! Se o senhor estivesse em Nárnia, ou na Terra-média, e...

— Nunca ouvi falar disso. — Ele pegou um passaporte em branco.

— Não me surpreende — deixou escapar Pauline.

— Agora, escute aqui, mocinha, quanto você acha que insultar autoridades vai lhe custar?

— Um sorriso — respondeu Pauline. — E o senhor pode me chamar de senhorita.

Gilbert pegou um dos passaportes e disse:

— Prova. — E o colocou no bolso da camisa.

— ... então quero um recibo pelo passaporte e, quando o senhor tiver terminado Tolkien, vai poder receber um carimbo de "mérito". Grátis.

Émile, que estava atrás de Gilbert, não conseguiu conter um sorriso. O terceiro, silencioso, olhava para os passaportes literários com desejo, como havia olhado anteriormente para a limonada.

— Muito bem — disse Perdu. — Vamos aos documentos que são certamente o que os senhores vieram olhar?

— Não é o senhor quem decide quando é a hora, Monsieur.

— Quem disse?

Gilbert tirou sua credencial por três nanossegundos — "Gilbert Le Roy", também, com um sobrenome desses... —, então o *brigadier* disparou: documento da embarcação, carteira de navegação fluvial, certificado de inspeção técnica, licença especial para construções flutuantes, licença especial para superestruturas, licença especial para instalação de materiais publicitários, seguro para embarcações em águas fluviais, seguro de responsabilidade civil para ancoragem, comprovante de imposto residencial, comprovante de taxa de coleta de lixo.

— Também gostaria de ver o extintor.

Extremamente satisfeito consigo mesmo, ele cruzou os braços e, provavelmente, esperou que Perdu ficasse nervoso.

— Muito bem — respondeu Perdu. — O senhor poderia fazer a gentileza de me acompanhar ou considera que o risco de fuga é baixo a ponto de eu poder ir buscar sozinho o que o senhor quer?

O homem o fuzilou com o olhar.

— Émile, por gentileza, acompanhe nosso... senhor *farmacêutico*.

Perdu lançou um olhar para Pauline. *Vou ficar bem*, sinalizou ela. Assim ele esperava. Esse tal de Le Roy não devia ser subestimado no exercício de seu poder. O intermediário do bando se tornou invisível; Perdu o viu de canto de olho, inspecionando a caixa de exemplares danificados.

— *Farmácia* de livros... — rosnou Gilbert Le Roy. — Ridículo.

Uau. Um não leitor.

Por isso Perdu se apressou, seguido pelo forte Émile, que não o acompanhou tão rapidamente porque ficava olhando em volta e tentando decifrar os títulos na lombada dos livros.

Envergonhado, Émile sussurrou a Perdu no passadiço enquanto Jean abria o armário em que estava a pasta com a documentação do barco.

— Eu sinto muito... Belo barco... Sou bretão, sabe, e tantos livros... Na verdade, eu gosto de ler, mas... — Ele ficou em silêncio. Lançou um olhar questionador.

— Émile — começou Perdu com calma —, por favor, volte durante o horário comercial a partir de setembro e resolveremos esse "mas".

Então Émile pareceu bastante abatido e com um olhar ardente de remorso.

— Acho que o senhor não vai estar aberto para negócios por um bom tempo.

— Então venha fora do horário comercial.

Com a pasta, Perdu voltou para o ventre do navio, onde Gilbert e Pauline estavam lançando olhares raivosos um para o outro. Gilbert ergueu um livro com dedos em pinça.

— É importante conhecer isso aqui? — perguntou ele, entediado.

— O senhor não — retrucou Pauline.

Perdu tinha de admitir: ela era absolutamente destemida e não se preocupava em agir de forma servil para aplacar os ânimos de alguém fardado. Pauline Lahbibi tinha coragem.

O terceiro integrante do grupo — Adrien — precisou fotografar cada página de cada documento, e Gilbert estava cada vez mais satisfeito.

— Vou resumir: o senhor não tem licença de construção nem para extensões especiais...

— Que extensões especiais?

— Não me interrompa. E o registro pessoal requerido às autoridades portuárias foi feito com atraso.

— Eu estava no hospital.

— Pode comprovar? — Ele olhou Perdu de cima a baixo como se dissesse: ora, ele está apenas fingindo.

— Me conte uma coisa, Gilbert — interrompeu Pauline. — O que há de errado com o senhor? Por que está tão infeliz?

Ele a encarou com gelo ártico nos olhos.

— Além disso — disse ele com prazer —, o extintor de incêndio tem mais de dez anos, o que representa um risco flagrante de segurança, e o nome Farmácia Literária não cumpre a diretiva da União Europeia no que diz respeito à nomenclatura de estabelecimentos varejistas, ou isso é uma farmácia certificada de acordo com o Regulamento Operacional de Farmácias segundo a ISO 9000 e o artigo 44 da diretiva 2005/36/CE?

— O extintor de incêndio tem dez anos e um mês.

— O senhor é farmacêutico certificado ou não?

— Sou farmacêutico literário.

— Isso não é profissão que permita ao senhor...

— O senhor acredita que estou exercendo uma profissão durante trinta e cinco anos e não percebi que, na verdade, ela não é uma profissão?

— O que eu *sei*, Monsieur, é que o senhor não tem permissão para conduzir uma farmácia e, portanto, está exercendo uma atividade ilegal e, principalmente, em um barco que não atende aos requisitos de segurança e aos regulamentos portuários elementares. Com base nos fatos apresentados, recomendarei à prefeitura e à fiscalização comercial o encerramento de suas operações e das operações do barco até novo aviso...

— O senhor não pode fazer isso! — gritou Pauline.

— ... e cancelar sua vaga de ancoragem porque seu barco não cumpre os regulamentos de compatibilidade técnica e física. Mademoiselle, desejo à *senhorita* um bom dia. — E se curvou de modo arrogante. O *brigadier* Gilbert Le Roy saiu do barco com a cabeça e o cabelo à escovinha erguidos. Adrien saiu trotando atrás dele, e apenas Émile se virou antes de passar pela antepara e chegar ao cais, de volta ao sol escaldante de julho. Seu olhar expressava duas coisas: vergonha e um arrependimento profundo por não poder ficar ali.

A coragem de Pauline desmoronou entre as lágrimas em seus olhos.

— O que vamos fazer agora?!

Perdu olhou para o relógio.

— Almoçar com meu pai — disse ele. — É quase meio-dia e meia e ele não gosta de atrasos. Depois disso, um sorvete seria ótimo, que tal?

Joaquim Albert Perdu tinha predileção por menus de almoço e o *plat du jour* dos *bars-tabacs* menos atraentes.

— Sem frescuras, comida honesta e acessível — explicou ele a Pauline, que ainda estava profundamente triste e chateada. Esperavam à brisa fresca de um velho ventilador de chão pelo *menu midi* de três pratos a 16 euros do Le Marbeuf.

O pai de Perdu tomou seu gaspacho gelado em silêncio enquanto Pauline relatava de forma detalhada e indignada.

— ... e ele provavelmente nunca lê, e por isso está infeliz, e onde vou fazer meu estágio...

— Sua sopa está esquentando — disse Albert Perdu, apontando para o prato intocado.

— Não consigo!

— Experimente primeiro — exigiu o pai de Perdu —, e com calma. Concentre-se no sabor, pense de onde vem o tomate e como é a aparência dele, olhe ao redor, sente-se direito... Assim... Expire... E agora vamos comer. Tudo a seu tempo.

Obediente, Pauline mergulhou a colher e tomou a sopa.

Mesmo durante o bife com batata frita e o subsequente *sorbet* de ameixa-amarela, o pai de Perdu insistiu em comer e falar apenas sobre o presidente Hollande e o escândalo do cabeleireiro — "Quer dizer, mais de nove mil euros por mês, quanto dá isso por corte de cabelo?" —, e sobre o início da Copa do Mundo, e sobre Coco, o lançador do time de petanca de Joaquim Albert Perdu, que também tinha dor nas costas e não queria ficar disponível justamente nas semifinais, o que era aquilo, dor nas costas tinha virado moda agora?

Foi só depois de o *espresso* ser servido em xícaras brancas quentes e ele tomar um gole com um "Ahhhh" que perguntou a Pauline:

— Muito bem. Agora me conte o que está incomodando você.

Quantas vezes Jean Perdu ouviu esta frase quando menino: "Então me conte o que está incomodando você." Seu pai nunca reagia com zombaria ou impaciência ou com frases como "É por isso que você está chateado?" ou "Não fique assim" ou mesmo "Você precisa aprender a se impor!".

Quantos meninos tiveram a sorte de ter um pai assim?

Hum-hum, assim fazia o pai de Perdu, ora, ora, resmungava ele e, em seguida, "O que exatamente Le Roy disse?" e gritou "Arrá!".

— Então o simpático senhor *brigadier* foi incumbido da tarefa de conseguir liberar uma vaga. Por uma módica quantia, provavelmente.

— Foi o que imaginei também — murmurou Perdu.

— O quê? Mas por quê? — Pauline estava genuinamente confusa.

— Porque certas pessoas não querem esperar quinze, vinte, trinta anos até que uma casa flutuante gentilmente afunde ou o proprietário de um barco em que funciona uma empresa parta desta para uma melhor. As vagas nas águas de Paris são limitadas. E joias como as do porto dos Champs-Élysées são raras e desejadas, especialmente quando se tem algo para vender que renderá dinheiro, e não apenas livros...

— Ei, alto lá!

— O quê? Rico você não é, pelo menos nunca deixou um carro esportivo na porta do seu pobre e velho pai.

— O que você ia fazer com um carro esportivo em Paris?

— E nem um dinheirinho de vez em quando eu ganho...

— Podemos voltar ao assunto? — pediu Pauline.

— Vou perguntar por aí — prometeu Joaquim Albert. — O substituto de Coco, o cara que ele nos mandou, é alguma coisa de algum ministério. Até agora, tem se mostrado um jogador bem talentoso, mas é jovem ainda, não tem nem 60, ainda tem muito o que aprender.

— Claro — comentou Perdu. — Quase um menor de idade.

— Vixe, vocês são muito *cringe* — disse Pauline, mas sorrindo.

Mais tarde, no barco-livraria, ela repetiu a pergunta:

— Mas o que vamos fazer agora?

Perdu refletiu. Pensou no desprezo maldoso do *brigadier*. Um não leitor. E pensou no pequeno e gorducho Émile. Um não mais leitor. Sentiu que alguma coisa estava faltando. Só não sabia o quê. Pessoas assim precisavam dele, para que ele consertasse sua vida, aqui e ali um bálsamo, um band-aid, uma bengala para se apoiarem.

E pensou em Saramago. Em lutar por alguma coisa.

A hora tinha chegado. E ele ia lutar.

Do jeito dele.

Então, Jean Perdu respondeu com firmeza:

— Continuar.

A PESSOA NÃO LEITORA

A pessoa não leitora é um exemplar fascinante da humanidade. Pode haver vários motivos pelos quais alguém não lê — durante um tempo ou durante a vida inteira — nenhum romance, nenhuma poesia, nem mesmo um livro popular de não ficção. Deixe-me apresentar a você um punhado de arquétipos de não leitores.

Os ocupados: a pessoa pode estar num período em que tudo é muito urgente. Especialmente na transição de adolescente para jovem adulto com quase 30 anos: a pessoa simplesmente está ocupada demais com a criação de uma vida para si e a participação na vida de outras pessoas; ler um livro à noite é apenas uma alternativa caso a pessoa tenha uma gripe repentina. Em algum momento, a pessoa volta, em geral quando o Wi-Fi tiver caído ou a dor de amor gritar mais alto.

Os inexperientes: não ler muitas vezes é também falta de hábito. Afinal, é óbvio que ler é uma questão de prática; o cérebro não foi projetado para inventar línguas, depois símbolos, nem para depois atribuir significado, associação, filosofia nesses símbolos e letras, e depois introjetá-los em outros cérebros, que, se não treinados, ficam completamente exauridos. Desde então, os livros são vistos como um abuso das próprias habilidades. Como algo cansativo.

Os involuntários: aqueles que são involuntariamente não leitores devem ser tratados com muito cuidado. Eles querem, só não conseguem. Os olhos ficam turvos, o cérebro está confuso por causa de medicamentos, as mãos trêmulas transformam parágrafos em sopas de letrinhas, a inquietação interior, a tristeza, o pesar, a dor de amor, a importunação não deixam espaço para a concentração por mais de meia página. O que é necessário aqui são soluções mais pragmáticas — o audiolivro, as letras grandes, o suporte para livros, o e-book que pode ser controlado por voz e a tarefa de leitura de tentar ler no máximo uma página pela manhã, nada mais, antes de outro dispositivo ser ligado.

Como lidar com os que passam por um luto e que resistem ao livro porque ele, em primeiro lugar, produz sentimentos — essa maldição! — é um caso à parte; aqui estamos lidando com autodefesa literária, que será discutida mais adiante.

O oco: essa pessoa não leitora não se interessa pela leitura por outro motivo: ela não quer. Não tem interesse em um diálogo. O que um livro de uma pessoa estranha poderia contar sobre a pessoa que ela ainda não sabe, hein? Ou sobre o mundo? É possível vê-los com os próprios olhos.

Na maioria das vezes essa pessoa já tem uma opinião sobre quem ela é, sobre como são os outros, e isso tem de bastar. Quem não lê (a si próprio) desaparecerá deste mundo ignorante e sem nunca se conhecer de verdade — viveu-se sem se perceber. São pessoas não leitoras trágicas, que nunca se conheceram, que têm pouco interesse pelos outros, que nunca passaram pelas portas porque têm medo, até mesmo desinteresse, arrogância. Muitas vezes estão cheias de tristeza e amargura, cinismo e rancor, frases vazias e teimosia que vêm da falta de dúvidas; alguns deles conduzem países e empresas, e isso não é bom.

O decepcionado: ele não lê mais porque deixou de acreditar no poder da arte. Odeia o poema lírico da floresta por não conseguir impedir as mudanças climáticas. Despreza o romance sobre guerra por não ter sido capaz de impedir nenhuma delas. Não consegue mais reconhecer a ênfase, o autoconhecimento na leitura — porque as pessoas não teriam se tornado cada vez melhores em vez de se tornarem cada vez mais raivosas, sacanas e mesquinhas? A pessoa decepcionada se desgostou, acha que antes tudo era possível com os livros e através deles, com a arte e por meio dela. Ele esperava tudo da arte e deve ter se decepcionado amargamente consigo mesmo, com o comportamento das pessoas, das sociedades, da política ou com um relacionamento tóxico, das formas mais cruéis.

E em alguns casos, essa pessoa é também aquela que não lê *mais*. Ela teme encontrar nos livros uma dor, a dor da traição, da violência, do abandono. Teme descobrir que as pessoas podem ser as duas coisas: boas e más. Podem aprender e desaprender (veja acima). Ser motivadas e desinteressadas. Desonestas e terrivelmente honestas. Essas pessoas permeáveis, porosas, palpáveis têm medo de encontrar facas, insultos, abismos, famílias como as suas, desamparos como os seus, desvalorizações como as que vivenciaram, com as quais se depararam nos livros, com que se desesperavam por si e pela humanidade. Há muitas coisas que as tocam.

Um livro sempre se direciona para o interior, propõe perguntas e vive com a pessoa leitora nas respostas. No entanto, a pessoa não leitora costuma recorrer ao exterior para obter respostas. Elas não sabem o que é perceber a si mesmas como âncora.

E é por isso que se deve ter cuidado com as pessoas não leitoras e com as pessoas não mais leitoras; não há motivo para ter pena delas, humilhá-las ou mesmo usar argumentos para forçá-las a perceber e ler. Elas devem se acostumar lentamente com o fato de que o que veem, querem dizer e pensam, tanto no exterior quanto no interior, é apenas a menor parte do mundo possível. E talvez tudo seja completamente diferente. Até ela mesma.

Como você sabe, a heroína também não está nem um pouco interessada em uma aventura no início e, sem dúvida, não tem a menor vontade de trocar seu antigo eu por um novo, desconhecido. Na jornada de todo herói deve haver um gatilho, algo que recebe o nome de “o chamado”.

Qual pode ser o chamado da pessoa que está diante de você? Para onde esse chamado levará essa pessoa?

Sei que os livreiros possuem tão pouca lucidez quanto qualquer outro ser humano. Apesar disso, o que você tem são personagens que o habitam. Protótipos de tormento e saudade, personagens de todos os livros da sua vida particular e profissional. Explore descaradamente esse conhecimento. O que você sabe sobre Darcy? Drácula? A tristeza do monstro do Dr. Frankenstein? Jekyll e Hyde? É graças à capacidade de observação de escritores e poetas, que estudaram a humanidade e suas explosões individuais e as resumiram em essências que lhe são úteis: veja seus clientes e suas clientes como personagens fictícias que estão no meio de sua jornada do herói.

Fonte: *Grande enciclopédia dos pequenos sentimentos: manual para livreiras, livreiros e outros farmacêuticos literários*, letra P.

27

— Meu ex-marido nos convidou para a abertura da exposição dele — comentou Catherine enquanto estavam deitados na cama, com braços, pernas e mãos entrelaçados. As janelas do apartamento ainda esparsamente mobiliado de Perdu na rue Montagnard estavam abertas, e as sombras frescas da noite roçavam na pele da mulher. Ao contrário de alguns anos atrás, Perdu gostava do aroma das ervas que os Goldenberg haviam plantado. E o vento noturno agora não contava muito mais sobre o perfume de vida que os moradores do número 27 levavam?

— *Nos* convidou?

Ela ficou um pouquinho rosada embaixo dos lóbulos das orelhas.

— Bom, é óbvio que eu não iria sozinha.

— Você está me dizendo... Quer dizer, você quer ver o homem que trocou as fechaduras do seu apartamento sem te avisar?

— Essa conversa está ficando estranha.

Perdu suspirou e deixou os cabelos dela escorrerem pelos seus dedos.

— Tem razão. Me desculpe. Eu estou... Não sei.

— Com ciúmes? — perguntou ela, e tomou a mão dele e a pousou no seu seio esquerdo.

— Sim. Não. Na verdade, outra coisa... Estou confuso. Não tenho certeza se não preferiria dar um soco no seu ex-marido em vez de cumprimentá-lo com um aperto de mãos.

— Só por isso a abertura já valeria a pena.

Catherine lhe deu um beijo suave.

Perdu não queria deixar sua fragilidade transparecer para Pauline, mas, claro, os dois acontecimentos das últimas semanas, primeiro o colapso, depois a visita do *brigadier* excessivamente severo, deixaram ecos no íntimo de Perdu. O reconhecimento de que nada era seguro. Nem sua espinha dorsal, nem seu barco-livraria. E, quando Catherine mencionou o ex-marido — com a informação surpreendentemente atualizada de que ele havia se divorciado pela segunda vez —, Perdu soube, com o instinto do pensador mágico, que o terceiro tiro de alerta devia ser disparado da proa. Pois era sempre assim: quando algo ficava difícil, não parava apenas no primeiro empecilho, mas se multiplicava, no mínimo, por três. É a vontade do universo.

— Quando é o *vernissage*? — perguntou ele com cautela.

— Amanhã à noite, na Galeria Sobering, rue de Turenne...

— Ah! Não vai dar. Tenho um compromisso. Com um cliente.

— Ah, com quem?

Ora essa. Não era tão fácil de explicar.

Poucos dias depois da ríspida visita de inspeção, outro visitante inesperado apareceu.

Perdu havia aberto ao público uma parte do barco-livraria que não estava sendo reformada no momento, sem muito alarde, também para demonstrar a Pauline que não se deve desistir antes mesmo de se começar.

Era a hora tranquila do almoço, quando *tout* Paris ia atrás de cafés, *brasseries*, mercados e *food-trucks* para dedicar duas horas àquela oração chamada "refeição". Theo se sentou sob o piano e leu *A história sem fim* para Merline em voz baixa (com os papéis distribuídos, claro), os gatos cochilavam preguiçosamente sobre a caixa registradora, e Pauline e Perdu estavam ocupados, enchendo as prateleiras novas em folha com itens do estoque e de acordo com a "Classificação segundo Perdu".

— Esse livro deveria ser proibido — bronqueou Pauline, apontando acusadoramente para *Madame Bovary*.

— Não proibimos nenhum livro.

— Então pelo menos devíamos botar um adesivo de advertência! Cuidado, aqui a leitura é retratada como destruidora de caráter, como uma incitação a anseios que não têm nenhuma perspectiva de serem satisfeitos. E mais: atenção, imagens ultraconservadoras de mulheres! E, no fim, ela também se mata. Que tipo de mensagem ele queria transmitir? Olá, minha jovem, se quiser viver a própria vida, vai ter de se envenenar?

Alguém pigarreou na antepara.

À primeira vista, a aparição se assemelhava ao próprio Gustave Flaubert, reencarnado para defender o romance que tinha escrito durante árduos quatro anos e meio. E o que ele estava prestes a dizer? "Eu também poderia ter chamado Emma de Édouard, porque queria mostrar aonde a falta de espírito íntimo e de resistência e a ausência de esforço pessoal podem levar em uma sociedade cheia de controles sociais e falsos valores... ou seja, a absolutamente nada.

Sentimentos artificiais, sem autoconsciência, totalmente burláveis por regras e estímulos externos, sem nenhum talento para lidar com a realidade. Também sou feminista, mas no momento não posso explicar isso com mais detalhes porque infelizmente estou morto."

O homem na antepara do barco-livraria usava um terno de abotoamento duplo, mesmo com aquele calor. Seu cabelo, como o de Flaubert, era maior na parte de trás da cabeça e na nuca, assim como um bigode pontudo e fosco que apontava para baixo e olhos castanhos e espertos embaixo de sobrancelhas espessas.

— Fui um bovarista convicto na minha juventude — comentou ele em voz baixa, habituado a ser ouvido. — Romântico, superestimado, completamente incapaz de enxergar as pessoas como elas são. No melhor caminho para abandonar a realidade.

— Ah, é — disse Pauline. — E depois?

— Então virei funcionário público e me curei — respondeu ele. Deixou escapar um sorriso travesso, que depois escondeu com todo o cuidado, acariciando a barba com os dedos indicador e médio. — *Bonjour.* Acho que vim ao lugar certo, preciso falar com Monsieur Jean Albert Perdu, farmacêutico literário?

— O senhor é Monsieur...?

— Ah, me chame apenas de Bovary. — Monsieur Bovary olhou ao redor, meio desconfiado, meio curioso, e se recompôs. — Talvez possa ser uma surpresa, mas poderia fazer a gentileza, Monsieur Perdu, na qualidade de farmacêutico literário, de realizar uma consulta pessoal na próxima terça-feira, por volta das seis e meia da tarde?

— Acho que sim...?

— O senhor também faz consultas em domicílio?

— Sim, se necessário — respondeu Perdu. Ele tinha alguns clientes regulares que nunca saíam de casa. As pernas, os olhos, a alma. Tudo vacilava fora de seu próprio forte.

— Ah, tenha certeza, é mais que necessário.

— Mas não para o senhor, suponho eu, caso contrário poderíamos já...

— Não, não. Não é para mim. Sinto muito. E, além disso, tem outra coisinha.

— O senhor quer dizer o honorário? — perguntou Pauline. — Porque compromissos em domicílio depois do horário de fechamento da livraria...

— Claro que sim, óbvio. A senhorita está absolutamente certa. Ainda assim, eu queria outra coisa. O senhor está sob obrigação de sigilo, não é? No sentido médico, não sacerdotal, se é que me entende.

Perdu não entendeu, mas repetiu o que havia respondido ao "amigo de um amigo" nos canais enquanto este procurava livros de amor e se sentia extremamente envergonhado por isso.

— Desde 1895, livreiros devem manter sigilo sobre suas atividades de assessoria e não guardam quaisquer dados pessoais.

Bem, exceto pelo seu registro pessoal de clientes regulares, que ele apresentaria a Pauline quando tivesse oportunidade e como ela poderia decifrar diagnósticos e códigos de recomendação.

— Ah, isso é bem conveniente — disse alegremente o visitante de nome Bovary.

— Sério? — veio uma voz de baixo do piano. Theo e Merline saíram engatinhando dali e ergueram os olhos para a aparição flaubertiana.

— Olha só — disse Monsieur Bovary. — Michael Ende. Que adorável... Como está a velha Morla?

— Ela sabe demais e, por isso, é infeliz — respondeu Theo com a inocência nos olhos.

— Muito sábio, jovem senhor.

Theo soltou uma risadinha. Jovem senhor, ui-ui-ui.

Merline resfolegou. *Você, bípede com pelo engraçado no focinho, também sabe demais e está infeliz.*

— Bem, se o senhor está no mundo da fantasia, é melhor ter um passaporte literário — disse Pauline. E acrescentou, abrindo um sorriso irônico: — Nomes verdadeiros não são obrigatórios.

E foi assim que aconteceu: Monsieur Bovary foi fotografado — usando óculos escuros, "Vocês entendem...", recebeu seu passaporte literário, um selo e a assinatura de Pauline.

— Estou extremamente encantado — disse Monsieur Bovary. — A senhorita também é... farmacêutica?

— Em treinamento — respondeu Pauline.

Monsieur Bovary olhou novamente para o passaporte.

— Uma livraria é sempre uma agência de viagens, não é?

— Ah, sim — respondeu Perdu. — E, por falar em viagens, poderia me passar o endereço para a próxima terça-feira?

Ele retirou elegantemente um cartão de visita.

— Aqui está, o senhor será esperado. — Olhando de soslaio para Pauline. — E Madame, claro, nas condições que já conhecem. — E pousou suavemente o dedo sobre os lábios.

— Naturalmente — respondeu Pauline, pelo menos tão majestosamente quanto a rainha de Sabá.

E a aparição desapareceu. Só depois de mergulhar na luz escaldante do sol é que Perdu olhou para o cartão de visita feito à mão, escrito com tinta de caneta-tinteiro, no qual estava impresso apenas um número de telefone: *Biblioteca da Assembleia Nacional da França. Subsolo.*

— E quem você acha que precisa de aconselhamento lá?

Catherine estava apoiada sobre um cotovelo e corria os dedos em pequenos e deliciosos círculos no peito dele.

— Não faço a mais ínfima ideia.

— Então, acho que terei de ir sozinha ao *vernissage*...

— Esse compromisso pode ser desmarcado a qualquer momento.

— Ah, quero ver de perto como meu ex-marido está vivendo agora. Será que está mais feliz?

— Espero que esteja mais infeliz. Mas não tanto a ponto de pensar em cortejá-la.

— Sabe o que eu amo em você?

— Espero que seja meu mau humor, porque nesse momento tenho de sobra.

— O que adoro em você é o respeito que tem por mim. Você guarda rancor de um homem que uma vez significou algo para mim e que eu não gostaria de ter de volta na minha vida nem em mil anos.

E eles se abraçaram, e Perdu torceu para que dessa vez o universo não conseguisse contar até três.

VIAGEM DOS PENSAMENTOS

Sanary escreveu em *Luzes do sul* sobre livros: "Metamorfoseavam seus leitores, transformavam-nos, abriam a porta de uma cabeça diferente, para outro corpo, mesmo que já estivesse morto por séculos. Os leitores exploravam as lembranças de outra pessoa, tinham os sonhos de outra pessoa, caminhavam num corpo que não era o seu, sentiam o que os outros sentiam, necessidade, desespero, paixão, viajavam por países, tempos passados, universos paralelos, sem que um ou outro saísse do lugar, de repente ficavam velhos ou jovens de novo, ou eram de um sexo diferente, de uma cor de pele diferente.

"Telepatia, viagem astral, comunicação com o mundo dos mortos ou, ainda, vida após a morte? Ora. Nada de mais. Abra um livro! Os livros transformam pessoas em viajantes do tempo, metamorfos, trocadores de corpos, leitores de mentes e imortais; os livros são, portanto, a grande e remanescente alquimia de nosso tempo."

Acontecerá por vezes que, em sua agência de viagens do pensamento, uma pessoa com um desejo profundo de "sumir daqui" vagará pelas prateleiras em busca da alquimia mais eficaz. Infelizmente não é possível apenas sumir; as amarras da vida que nós mesmos construímos se mantêm resistentes, os deveres, o remorso, a falta de dinheiro, de tempo, de confiança, e quem abandona uma vida inteira de uma hora para outra logo após se levantar de manhã, além das personagens nos romances?

Mas, em algum lugar do desejo domesticado de viajar, uma autoimagem está adormecida há décadas. Apenas uma única imagem; talvez a flor roxa com um perfume doce e desconhecido que você colhe e coloca atrás da orelha. O lugar, a hora, o eu que torna isso possível está em algum lugar lá fora, atrás do dia após dia. Ou uma sensação, como pés descalços numa superfície estranha, azulejos marroquinos ou as pequenas agulhas de árvores do sul. Ou um gesto, um cruzar de pernas, à mesa de um café, em Paris, onde duas ruas menores se encontram.

Para o desejo de viagem mais brando da alma, também conhecido como "não ver a hora de entrar de férias", foram inventados os gêneros literários *love & landscape* (literalmente, "amor e paisagem"), bem como os romances policiais com guia de viagem; emaranhados de amor e segredos de família ou um pouco de casos de desaparecimento em um cenário tropical/escocês/cosmopolita/exótico/mediterrâneo/ilha do mar do Norte e de topos regionais que incluem culinária e música. E esses romances são tão bem pesquisados que são "viajáveis", desde que se saia da poltrona de leitura e se ponha a caminho da Cornualha, de Lisboa ou de Veneza em ônibus superlotados e com bastante repelente de mosquitos.

A propósito, os romances sobre viagens, cheios de várias paisagens, não são reprováveis; pelo contrário: as viagens do pensamento para lugares estrangeiros, inventados ou há muito desaparecidos têm baixo impacto climático, evitam a deterioração do humor e, no melhor sentido, oferecem o que Aristóteles chamou de "terceiro pilar do estado": a contemplação. E a forma de movimento que o viajante do pensamento faz na posição imóvel de leitura e com meias confortáveis quando acompanha Erica e Mario em suas noites lascivas em Abruzzo, ou permite que o comissário Brunetti seja visto e reconhecido durante as cheias em Veneza, ou Harold Fry em sua peregrinação em mocassins a partir de uma caixa de correio por toda a Inglaterra — chega muito perto da divindade, o *nous*, o "motor imóvel que pensa por si mesmo eternamente".

(Nota da página da companheira de viagem em treinamento Pauline: "Estou apenas imaginando o Elemento Divino de meias durante sua leitura da humanidade.)

O que você precisa descobrir como companhia de viagem é se a pessoa com desejo de viajar quer apenas ir para outros lugares ou para outros tempos (particularmente em tempos de crise, prefere-se ler romances históricos para fugir do presente), *ou*, além disso, para outros corpos e estilos de vida.
Descobri que, para sintomas graves de desejo de viajar, são adequados romances do estilo "preciso sumir daqui", em que as personagens dão o primeiro passo para sair de sua vida — e se mandam. De repente. Simples assim. O que nunca é simples, claro, porque por baixo do afeto jaz toda uma vida não contada que, na soma de seus momentos fluidos, se elevou para além de um limite invisível, frente ao qual não era possível continuar, apenas a própria pessoa não sabia.
Na segurança dessa evasão fictícia, os sintomas mais graves podem ser aliviados; é o substituto de uma fuga real e, às vezes, suficiente para se respirar melhor.

Fonte: *Grande enciclopédia dos pequenos sentimentos: manual para livreiras, livreiros e outros farmacêuticos literários*, letra V.

28

Seiscentos mil. Esse era o número de livros que habitavam em parte a biblioteca acima da terra, mas especialmente a subterrânea da Assemblée nationale, no palais Bourbon. E que livros: as atas do processo contra Joana d'Arc. O manuscrito de *As confissões*, de Rousseau. Uma Bíblia carolíngia do ano 850. Um códice asteca de plantas. O diário de um prático de 1512 que navegou da África à China durante oito anos. A primeira Constituição comentada por Robespierre. Papiros inéditos de pensadoras, pensadores sobre política... Perdu contava tudo isso a Pauline no curto caminho enquanto atravessavam a ponte Alexandre III em direção ao quai d'Orsay e à biblioteca mais surpreendente e mais exclusiva da França. Ela só era aberta ao público dois dias por ano — e apenas a parte que ficava na superfície, no edifício com frontão e colunas de aspecto sacro, cujos tetos abobadados eram decorados com pinturas de Delacroix semelhantes às da Capela Sistina.

— As estantes na área da superfície contêm os trabalhos das seis ciências mais importantes: ciências humanas e artísticas, direito, filosofia, teologia, pesquisa, além de literatura e poesia.

— E no subterrâneo?

— Essa é a questão — respondeu Perdu. — É minha primeira vez lá. Exatamente como você.

— Temos um plano? Quem vai ser o policial bom e quem vai ser o mau?

— Nós simplesmente somos o que somos.

— Vixe! Isso lá é um plano?

— É o melhor, sempre.

Então ficaram em silêncio, tentando não suar muito enquanto andavam, absortos em pensamentos — Perdu pensando no vestido vermelho sofisticado com que Catherine foi ao *vernissage*. E pensava em Ingeborg Bachmann, que escreveu, basicamente, o seguinte: "Não estou perdendo você, estou perdendo o mundo inteiro." Perdu pensou em sua antiga incapacidade de ler as cartas secretas entre o poeta Paul Celan e Ingeborg Bachmann, publicadas póstuma e tardiamente, quando os dois eram jovens e desconhecidos; naquela época, coisas demais gritavam dentro dele para a inatingível Manon.

Eles diziam um para o outro coisas luminosas e sombrias.

Chegou a hora.

Pauline pensou em sua mãe Diana, que não queria entender que sua filha mais nova estava sendo treinada para ser livreira, profissão que via com desconfiança — quanto se ganhava com isso? E as pessoas hoje não preferem assistir à Netflix? —, e Pauline teria gostado de lhe dizer: "Eu me sinto em casa aqui, ouviu? Em casa."

Minha vida é um poema que minha morte escreverá por muito tempo, e vou surpreendê-la com versos que não rimam.

Chegou a hora, *maman*. Chegou a hora.

Eles eram esperados. Monsieur Bovary havia se posicionado próximo à entrada principal do número 33 do quai d'Orsay, com as mãos cruzadas cuidadosamente diante da barriga. Vestia um terno de abotoamento duplo de novo.

— Ótimo, ótimo — disse ele, acenando com a cabeça para o *concierge*, que não pediu nenhum dado pessoal nem esboçou qualquer reação. — É melhor usar isto quando estiverem no caminho — sugeriu Monsieur Bovary e lhes entregou dois crachás que os identificavam como visitantes autorizados à área da Assembleia Nacional protegida por militares, pela polícia e pelos bombeiros.

Em um deles constava o nome "Victor Hugo" e no outro, "Françoise Sagan".

Monsieur Bovary parecia muito satisfeito consigo mesmo.

No entanto, ninguém olhou os crachás enquanto caminhavam com Monsieur Bovary pelo saguão de entrada, atravessando o salão de baile adjacente; em silêncio, passaram por um tapete oriental infinitamente longo.

Ao chegar a uma janela que dava para o jardim, Bovary entreabriu uma porta entre dois bustos — Jean Jaurès e Albert de Mun — e perguntou para dentro do cômodo atrás delas:

— Podemos?

Então dois homens com cães saíram pela porta, fizeram que sim com a cabeça e o saudaram em silêncio.

— Nossa equipe canina — explicou Monsieur Bovary, desculpando-se. — Com faro para explosivos — acrescentou e notou a expressão perplexa de Perdu e Pauline. — Vamos pelo atalho, certo?

O atalho acabou sendo a sala plenária semicircular, com quase 200 anos.

Bovary marchou de forma decidida pelo auditório, passando pelas cadeiras dobráveis de veludo vermelho dos deputados, vazias naquele momento, pelos camarotes e pelas colunas de mármore do teatro, pelo impressionante teto abobadado dourado com o semicírculo de luz. A sala parecia cheia de uma respiração presa, como se esperasse pelas próximas decisões que abalariam o mundo. Ou talvez não.

Passaram por mais dois salões e, depois do busto de Marianne, símbolo da República Francesa, Bovary abriu uma velha porta envidraçada.

— Nossa! Uau. Temos... Temos um momento? — perguntou Pauline quando eles entraram na biblioteca de 220 anos.

Bovary olhou para o relógio.

— Se não se importam, por favor, *depois* vocês poderão ficar por mais tempo.

Pauline olhou cheia de vontade para a nave repleta de livros. A biblioteca tinha certamente mais de quarenta metros de comprimento e dez de altura, e os tetos abobadados exibiam as pinturas de Delacroix — o olhar dela ficou preso em *Droit et éloquence*. As prateleiras eram quase da mesma altura e, no meio da sala, havia mesas quadradas com luminárias de leitura verdes. Muitas das estantes de carvalho com livros eram fechadas com vidro, algumas tinham escadas apoiadas nelas, pequenas mesas de trabalho ficavam diante umas das outras, e um velho poste de luz parisiense brilhava no centro. Havia um silêncio profundo e ancestral naquele espaço sagrado, uma igreja repleta de livros, e Perdu viu os pelinhos arrepiados nos antebraços descobertos de Pauline. Com ele não estava sendo diferente.

Monsieur Bovary foi de forma determinada até uma das prateleiras, enfiou a mão, remexeu em uma cavidade e, de repente, a estante se abriu e se revelou uma porta.

— Perdoem-me, mas preciso ir na frente, tudo bem?

Perdu e Pauline seguiram Bovary e entraram na passagem secreta por uma escada estreita que fazia uma curva para a direita, enquanto ele mencionava casualmente que atrás das portas de saída havia outros cinco andares de livros abaixo da biblioteca... mas passaram por todos eles até se encontrarem diante de uma enorme porta de cofre.

Ela estava escancarada.

E a segunda, logo atrás dela, também.

O cofre secreto da biblioteca.

Que acabou se revelando bastante funcional, com claraboias brancas reluzentes, um zumbido constante e suave do ar-condicionado e, diante deles, uma longa fileira de prateleiras móveis feitas de aço inoxidável maciço. Rodas giratórias nas bordas externas permitiam que as prateleiras se movessem silenciosamente sobre trilhos.

— Eu sei, eu sei — comentou Monsieur Bovary com pesar —, sempre imaginamos a biblioteca do capitão Nemo aqui embaixo depois de percorrer os aposentos superiores. Mas a sala do cofre tem várias vantagens: em primeiro lugar, é de fato impossível roubar os sete mil livros mais valiosos do mundo ocidental armazenados aqui. E, em segundo lugar, é absolutamente à prova de escutas.

— Ah, sim — comentou Perdu. — Realmente muito vantajoso.

— Especialmente quando se fala consigo mesmo.

— Não é? Tudo bem, tudo bem, então vou deixá-los com seus negócios.

Monsieur Bovary apontou para uma mesa simples de plástico branco onde três cadeiras aguardavam.

— Vocês não se importam se eu fechar a porta? — Ele apontou para as portas de aço com trinta centímetros de espessura.

— Contanto que não a tranque e nos esqueça aqui durante julho inteiro...

— Seria uma desvantagem, pois terei de participar do desfile do dia 14 — disse uma voz que vinha do corredor atrás das prateleiras móveis. Então, o homem em questão deu um passo à frente, alto, de óculos e com um penteado muito elegante.

— Monsieur le Président — anunciou Monsieur Bovary, inclinou ligeiramente a cabeça, saiu da câmara com passos comedidos e, conforme prometido, fechou a porta.

Silêncio.

— É uma alegria enfim nos conhecermos, Monsieur Perdu — disse o presidente francês, estendendo a mão macia com uma pegada firme. — E Madame Lahbibi, claro, ouvi falar muito de você.

— Ai, minha nossa — disse Pauline. — Agora fiquei preocupada. Quando as pessoas falam coisas sobre alguém, nunca são apenas coisas boas, sempre há algum “porém”, e depois vêm as coisas embaraçosas.

O presidente sorriu.

— Sei muito bem o que a senhorita quer dizer. Vamos nos sentar? Educadamente, ele puxou a cadeira para Pauline, sentou-se diante dos dois e pousou as mãos cruzadas à sua frente na mesa, como se estivesse orando.

— Pois bem. Aqui estamos nós. Como... Como começar? Existe algum tipo de... consulta? — perguntou ele.

Sim. Bato com um martelinho em sua cabeça, murmurando ã-hã, ã-hã e hum, hum.

— Apenas conte o que tem afligido o senhor recentemente — respondeu Perdu.

Uma expiração profunda e:

— Muito bem. — O presidente baixou o olhar para o tampo da mesa e começou: — Como sabem, não sou um bom leitor. Não consigo me lembrar de nenhuma citação ou título. Nem sou autor, como todos os grandes que vieram antes de mim. E sei que a nação se ressente profundamente de minha falta de... bem... envolvimento literário. Não é apenas isso, isso é claro para mim, mas esse déficit em especial. A França sempre se identificou por meio da palavra.

O presidente ergueu a cabeça e olhou para Perdu como se devesse dizer alguma coisa nesse momento. Em vez disso, Pauline interveio:

— O que o senhor gostava de ler quando criança?

— Quando criança?! — Ele teve de pensar, como se não tivesse certeza se já havia sido criança. — O de sempre, eu acho. E *bandes dessinées*... Bem, mas história em quadrinhos não é literatura, não é...

— Vixe — murmurou Pauline.

— *Pardon?*

— O que Madame Lahbibi comentou de forma tão adequada e clara é que as *bandes dessinées* são, sim, literatura. E uma literatura muito francesa. É uma expressão de uma parte muito, muito importante de nossa nação e da compreensão cultural francesa.

— É mesmo?

Agora, o presidente parecia um colegial que de repente havia tido a oportunidade de ser apresentado a conhecimentos secretos.

— A juventude. A França de amanhã. E muitos adultos leem e colecionam *bandes dessinées* ao longo da vida. É o reconhecimento das artes menores; elas têm tanto lugar na democracia francesa como as grandes. As *bandes dessinées* são sempre um espelho da mudança e um reflexo do que resta. Modernidade e tradição. A França é um dos poucos países da Europa em que a diversidade forma a unidade.

— Por que ninguém me disse isso?

— Talvez porque o senhor não tenha perguntado?

— Nem precisava, pois a maioria das pessoas que conheço menospreza os quadrinhos, isso está bem claro para mim... mas, obviamente, não é correto. — Monsieur le Président encarou o vazio com tristeza. — Veja, e esse é exatamente o problema: como não tenho conhecimentos suficientes, fico facilmente inseguro. Alguém diz: leia Finkielkraut! Outro diz: de jeito nenhum.

— Ah — murmurou Perdu. — A insegurança canônica.

— O quê?

— Insegurança canônica. O senhor me permite falar de forma franca?

— Por isso pedi que o trouxessem aqui. Na esperança de falar com alguém sobre esse tema sensível da forma mais franca possível. Sem medo de o senhor tentar cair em boas graças ou usar isso contra mim mais tarde.

— E como sabe que não pretendo fazê-lo?

— Justamente porque está fazendo essa pergunta — respondeu ele e sorriu, satisfeito.

— Monsieur le Président: especialmente quando se lê, a única coisa que importa é seu julgamento, são suas preferências. E não o cânone. Não as regras. Nada de "mas isso não se lê".

— Isso certamente não se aplica aos presidentes franceses, Monsieur Perdu. Tudo está sujeito a avaliação, e não posso cometer mais erros! Imagine se eu citasse alguém com um delito ou em um contexto do qual eu não tivesse conhecimento...

— Veja só, isso também é insegurança canônica. Mas, se o senhor estiver muito ocupado tentando agradar aos outros, o que faz parte do seu trabalho, perde justamente aquilo de que precisa para agradar.

— Que seria?

— Per-so-na-li-da-de — respondeu Perdu, enfatizando com cuidado a palavra. — O senhor pode chamar também de autenticidade, caráter, peculiaridade, força ou...

— Acho que estou entendendo o que o senhor quer dizer.

— Ótimo. Não ceda à tentação de se deixar seduzir, se curvar e se deixar perturbar pelos supostos guardiões da literatura. E leia Finkielkraut, leia quadrinhos, leia Anna Gavalda, o senhor nem precisa falar do que lê...

— E Leïla Slimani, se quiser saber mais sobre as pessoas comuns. E Muriel Barbery — interrompeu Pauline.

— Os senhores poderiam fazer uma lista de leitura para mim?

— Tudo é possível. Mas isso seria apenas um começo. O senhor sabe o que pode fazer sem mim nem ninguém? Totalmente sozinho, sem ninguém para conversar com o senhor, nem mesmo eu, que tenho ideias malucas sobre como ensinar um homem como o senhor a ler de forma independente?

— O quê?

— O senhor tem a biblioteca mais incrível da França bem aqui, sobre nossa cabeça. Ande por uma estante de olhos fechados, toque em um livro, pegue-o e leia. Talvez o senhor o leia até o fim. Mas não necessariamente.

— Não preciso ler um livro até o fim? Mas...

— Vixe! O senhor não conhece a Constituição da pessoa leitora? Todos têm o direito de ler, todos têm o direito de não terminar de ler um livro.

— Eu não estava ciente disso.

Então veio um silêncio que se transformava em zumbido de ar-condicionado e parecia se liquefazer.

— Sabe, muitas vezes penso em quantos anos me restam. E quantos livros mais poderei ler. Talvez sejam oitocentos, novecentos, mas apenas se eu conseguir ler um por semana... E se eu perder o livro que pode mudar tudo?

— Nenhum livro muda tudo — disse Perdu baixinho.

— Ainda assim não me parece suficiente. Como eu teria mais tempo para ler?

Ler no cabeleireiro é excelente, pensou Perdu, mas sabiamente guardou esse comentário para si.

Um zumbido discreto veio do bolso da calça presidencial.

— Perdoem-me, preciso encerrar nossa conversa — disse o presidente após consultar seu calendário digital. — Gostaria que tivéssemos mais tempo.

O tempo sempre está disponível na mesma medida, pensou Perdu. *Podemos até decidir como vamos gastá-lo se ousarmos fazê-lo com mais frequência.*

— O senhor será sempre bem-vindo na Farmácia Literária — convidou Perdu, e estava sendo sincero.

— Enquanto ela existir... — murmurou Pauline.

— Não entendo...?

— Ah — respondeu Perdu. — São ninharias. Autoridades. O senhor sabe.

— Provavelmente não — disse o presidente com preocupação, levantando-se. Então, ele tomou a mão de Perdu entre as suas. — Obrigado, Monsieur Perdu.

A porta do cofre se abriu silenciosamente, e o colegial que gostava de ler quadrinhos voltou a ser presidente e desapareceu.

Pauline e Perdu andaram juntos ao longo do Sena em direção à estação de metrô Châtelet. Lá, Pauline quis pegar um dos trens suburbanos.

— Uma conexão direta do presidente ao precariado em menos de trinta e cinco minutos. E com tempo para ler. Talvez eu devesse ter dito isso para ele...

Estavam cheios de ideias grandes demais para serem contidas em pequenos grupos de palavras. A biblioteca na superfície tinha maravilhado os dois e pouco a pouco os enchido de pânico: há tanto que não se sabe. Tão pouco pode ser feito para mudar um mundo, uma sociedade. Tão urgente é o desejo de ir ao banheiro, essa impaciência que o corpo empurra egoisticamente para a frente em vez de permitir que você entre em um pânico prazeroso em paz.

— Sabe — começou Pauline enquanto atravessavam a pont Neuf, esquivando-se dos casais que procuravam o melhor ângulo para uma selfie e tagarelavam antes de posarem de novo com sorrisos brilhantes. — Sabe — recomeçou, adquirindo a capacidade de falar muito mais devagar do que se poderia imaginar — o que é estranho? E triste e lindo ao mesmo tempo?

— Hipopótamos apaixonados na chuva?

Ela abriu um sorriso distraído.

— Não... O estranho é o seguinte: primeiro você precisa atrair um livreiro até um porão para descobrir quem você sempre foi. Como se para cada pessoa existisse alguém por aí que pudesse ajudar você a se encontrar. Mas sem essa pessoa a coisa não funciona. Você continua cego e passando por si mesmo sem se enxergar.

Eles observaram em silêncio a artista pintada de prata como uma Estátua da Liberdade mantendo-se imóvel em cima de uma plataforma aos pés da pont Neuf.

— Uma chave humana para uma porta que você nem sabia que existia — murmurou Pauline.

Continuaram andando, esquivando-se dos turistas que, ofuscados por Paris, não enxergavam mais a calçada, até chegarem a Châtelet-Les Halles. Multidões que viraram rios, fluindo do subsolo para cima e escoando subsolo adentro.

Cada um, uma chave. Cada um com uma porta escondida.

— Vejo você amanhã, Mestre das Chaves — despediu-se Pauline e pulou no rio humano mais próximo, que a levou para dentro do túnel.

Perdu continuou, como se sua mente estivesse enevoada, e só quando já estava quase chegando, no meio da place des Vosges, é que a névoa se dissipou: ele havia caminhado na direção da rue de Turenne. Na direção da galeria. Onde estavam ao mesmo tempo Catherine com um vestido vermelho e seu ex-marido, segurando uma taça de champanhe — ou água —, verificando algo que só dizia respeito a ela.

E ele ficou o tempo todo parado em frente a uma porta e não a abriu. Porque muitas vezes tinha olhado para a direção errada nesse assunto: de volta para o vazio. Em vez de olhar para a frente.

— Meu Deus, como sou estúpido! — disse Perdu em voz alta, mas tão alto que duas mulheres em um banco pularam de susto e começaram a rir dele descontroladamente.

CONSTITUIÇÃO DA LEITURA: 16 PRINCÍPIOS BÁSICOS

1. Todas as pessoas são iguais perante um livro.
2. Todas as pessoas têm o direito de ler.
3. A saber, onde quiserem e como quiserem; Umberto Eco aconselha quem precisa adquirir o hábito de ler regularmente a começar pelo banheiro. Em primeiro lugar, você estará a sós ali e, em segundo, está muito próximo de seu "eu interior". Alberto Manguel defende a cozinha ou o sótão, e muitos críticos de cadernos de cultura dos jornais declaram que leem obras que vão criticar sempre devidamente trajados e sentados à escrivaninha; somente leitura privada seria permitida na cama. Em princípio, a leitura é permitida em todos os lugares, mas, por mera formalidade, fica o alerta quanto a leituras em banheiras (umidade), ao cozinhar (dedos engordurados) ou em montanhas-russas (risco de perder os óculos de leitura). E

deve-se notar que as lâmpadas de leitura não devem ser muito claras; os olhos leitores gostam de penumbra.

4. Qualquer um pode pular capítulos, ler um livro várias vezes, conferir o final para ver se termina bem e ir e voltar como quiser.

5. Nenhum livro precisa ser lido até o fim. Os esforços para se chegar lá e o sentimento de culpa associado são nobres, mas o pior é mentir descaradamente para um livro dizendo gostar dele quando já não for o caso.

6. Toda pessoa pode não ter desejo, necessidade ou interesse em ler (mais). Cada um tem direito à própria infelicidade e à própria felicidade.

7. Qualquer livro pode ser lido. Ninguém precisa julgar o que o leitor está lendo.

8. Livros próprios podem ser rabiscados, anotados, sublinhados, marcados e salpicados de migalhas.

9. Marcadores de página estão acima de quaisquer julgamentos. Cantos de página dobrados não são expressão de um caráter reprovável; os livros querem ser usados, tocados, absorvidos pelo cotidiano e pelo ser. Isso inclui folhas secas, tíquetes, cartões-postais, cupons e notas de dinheiro que perderam há muito a validade.

10. Ninguém é obrigado a elogiar livros dados de presente.

11. Ninguém precisa falar sobre suas leituras.

12. Livros apreciados por muitos não são apreciados por todos.

13. Quem lê muito não vale mais do que quem lê pouco ou não lê.

14. Críticas e resenhas dizem mais sobre o autor ou a autora da crítica ou da resenha do que sobre o livro.

15. O que o autor ou a autora quis dizer raramente tem a ver com uma interpretação feita em sala de aula.

16. Você pode chorar, rir, ficar calado ou ficar com raiva, porque o livro é o lugar da liberdade total.

Fonte: *Grande enciclopédia dos pequenos sentimentos: manual para livreiras, livreiros e outros farmacêuticos literários*, letra C.

29

O mês de julho continuava a se aproximar em brasa, e Perdu instalou um toldo vermelho e azul leve, mas resistente ao vento, no lado que dava para o cais a fim de que os *flâneurs*, os caminhantes, pudessem se abrigar à sombra enquanto fuçavam a caixa de livros. Ou até se acomodar: Jean também pôs um banco com mesinhas dobráveis à direita e à esquerda que era possível puxar e prender para apoiar um livro ou um copo de limonada.

— Mas a caixa de livros... Não vão nos roubar?

— Ladrões não leem — afirmou Perdu. — E, se roubarem, espero que seja bom para o caráter deles.

Ao lado do banco também havia uma tigela de água para Merline e qualquer cachorro que passasse por ali.

— Se vou ser acusado de criar extensões especiais, gostaria também de construí-las — explicou Perdu a Pauline, que esperava com mais ansiedade a cada hora o momento em que uma carta registrada chegaria ao barco-livraria e a interrupção do funcionamento seria ordenada.

Ela tentava se distrair revisitando a reunião com o presidente, e sua lista de leitura não chegava ao fim.

— E será que não podemos enviar listas de livros a cada novo presidente? Deveria ser permitido estar à frente de um Estado se a pessoa não leu pelo menos dez ou, melhor ainda, cinquenta livros de todos os países do mundo? E poemas! Por que não há uma poetisa parlamentar que abra os trabalhos com uma rima antes da plenária?

Pauline havia sido atingida pela ideia de que a política seria muito mais humana se ao menos as pessoas lessem mais!

Perdu não incomodaria Pauline agora com o fato de que, para muitas pessoas, pouca coisa mudaria em seus medos e preocupações diários, independentemente de quem governasse; em primeiro lugar, porque isso também não era inteiramente verdade; em segundo lugar, porque ele pensava nas preocupações como um coração dolorido, abatido. Ou como o envelhecimento dos pais. Ou como o ressentimento diário e vago de si mesmo, de ter se perdido no dever e com pessoas que lhe eram estranhas, ou de que o olhar no espelho não ficasse mais charmoso, independentemente de haver um Mitterrand, Chirac, Hollande ou quem quer que fosse...

— Que tal — respondeu Perdu — não tentarmos varrer a escada de cima para baixo. E, em vez disso, construirmos uma nova escada, de baixo para cima. Isto aqui — ele ergueu os passaportes literários — é um bom começo. Vamos em frente com isto, talvez escrevamos ao nosso novo amigo presidencial, dizendo que toda criança com menos de 16 anos deveria receber um livro por ano. Não importa que passaporte ela tenha. E todas podem escolher. Sem cânone. E que cada instituto correcional juvenil ganhasse uma biblioteca.

— *Deal* — concordou Pauline.

Enquanto Pauline começava a rascunhar alguma coisa, Perdu pensou em Catherine, que havia entrado no apartamento tarde da noite com os sapatos nas mãos, descalça.

— Como foi o *vernissage*? — perguntou ele.

— Deve ter sido ótimo. Mas não fui. Estava a caminho, mas ficou claro que não cabe mais a mim verificar se as coisas estão indo mal o suficiente para o meu ex-marido para que eu me sinta redimida. Andei pela cidade... Comi, sozinha, no restaurante da gare de Lyon, Le Train Bleu... Observei as pessoas esperando, e você sabia que a maioria encara o celular e não olha ao redor? Não veem as outras pessoas, as diferenças, o que têm em comum. Isso me deixou triste, estranhamente triste. Como se o mundo estivesse perdendo algo precioso. Sinto falta das minhas pedras. Pelo menos delas consigo extrair vida, mas seria estranho se eu começasse a dar tapas nas pessoas pela rua para que percebessem que alguém ao lado delas está chorando, em silêncio, cheio de esperança ou vivo.

Perdu, aliviado, tinha permanecido em silêncio e passou a mão suavemente pela linha da calcinha dela por baixo do vestido.

Catherine não sabia do que o coração dele estava repleto, com a visão tão nítida e firme que ocorrera a ele na place de Vosges. Ainda que em cada toque ele colocasse tudo aquilo.

Eu estava agora no dois ou no três?, murmurou o universo.

Portos eram tradicionalmente locais onde boatos corriam soltos. Muito do que se contava eram exageros desbragados, mas entre eles sempre havia notícias importantes que, quando somadas em suas partes, formavam um panorama geral.

E, assim, Perdu começou a passar por todo mundo que conhecia no porto havia vinte e cinco anos e convidá-los para um copo de limonada à sombra. Os pescadores, os comerciantes de rua, os varredores, os jardineiros municipais, os proprietários de casas flutuantes e os pregoeiros que atraíam os turistas parisienses para os barcos de excursão.

E, ao cair de certa noite, lá estava Émile, o policial portuário um pouco largo demais, encostado na antepara batendo timidamente à escotilha. Perdu estava lendo exemplares dos famigerados livros de agosto, todos em busca de um prêmio literário, enquanto Pauline estava ocupada em cima de uma escada frágil espanando os pelos de gato das estantes novas e das prateleiras superiores.

— Hoje sem ser a trabalho? — perguntou Perdu ao tímido convidado.

— Tanto por dentro quanto por fora.

— E o que o seu *brigadier* diz sobre isso?

— Isso para mim tanto faz. Posso subir a bordo?

Perdu fez que sim com a cabeça.

E, com um sorrisinho irônico, o *gendarme* entrou no barco.

— Ah! — exclamou ele. — Parece ainda melhor agora!

— Ora — gritou Pauline para trás —, essa é a visita de inspeção? — Ela ainda estava de pé na escada, observada o tempo todo por Merline, que havia se posicionado embaixo dela. Para que, caso Pauline caísse, fosse em algo macio.

Émile corou e gaguejou:

— Não, é uma visita particular. — Então o bretão ergueu timidamente a mão para ajudá-la. — Posso...?

Pauline ignorou o gesto de ajuda e, em vez disso, deixou o espanador na mão de Émile para descer sozinha a escada.

E ela não teria tido dificuldades se Merline não tivesse decidido naquele momento acelerar um pouco as coisas e se levantado de repente, batendo na escada — e fazendo Pauline cambalear.

— Ai, *mince*! — guinchou ela.

E caiu nos braços de Émile.

— Upa lá lá — soltou Émile ao agarrar Pauline com segurança, o braço direito, ainda com o espanador na mão, encaixado atrás dos joelhos dela, o esquerdo apoiando as costas.

— *Vixe!* Você acabou de falar "upa lá lá"? Quantos anos você tem, 105?

— Como assim? Tenho 24... — respondeu Émile, genuinamente irritado.

— Tem certeza? Qualquer um que diga "upa lá lá" provavelmente também vai dizer algo como "pela madrugada", ou "macacos me mordam" ou... "*pelas barbas do profeta*"! Que horror.

— Mas são expressões su... supimpas. Como... sacudir o esqueleto...?

— É bem isso: horroroso.

Ela cruzou os braços. Ele mudou o pé de apoio.

Merline tinha ido para o lado de Perdu e observava, satisfeita, o desenrolar do incidente que havia causado. Émile ainda segurava

Pauline nos braços, e o jovem *gendarme* não parecia se importar nem um pouco. E ela...

... também não.

Na verdade, os dois nem pareciam notar a situação. Entreolharam-se, Pauline irritada, Émile visivelmente confuso e tentando encontrar palavras que Pauline não rejeitaria de pronto.

— Estou sendo, hum... inoportuno para você?

— Basicamente, sim. Particularmente, não me importo nem um pouco. Acabei de limpar as prateleiras. Dos pelos. De Kafka e Lindgren.

— Esses são... os gatos.

— É uma pergunta?

— Li Kafka na escola, quando se trata dele nunca se sabe. De insetos para gato não é um passo tão grande, certo?

— Pode ficar tranquilo. São os gatos.

— Também tenho uma gata. Na verdade, um gato. Que também solta pelo. Por todo lado. Principalmente no verão. Tapete, cama, perna da mesa...

— Ah. E que tipo de gato?

E, por alguma razão, o coração de Émile se abriu bastante naquele momento, e as palavras fluíram da boca do jovem gago e ligeiramente acima do peso.

— Um siamês. A carinha mais doce e amigável que se pode imaginar. Olhos azuis, orelhas pretas, rostinho preto, o restante todo dourado, exceto a ponta da cauda, que também é preta. O nome dele é Tong. Ele veio até mim um dia. Era minúsculo na época, do tamanho de um par de meias enroladas. Acredito que os gatos escolhem o seu ser humano, e não o contrário. Tong é o meu melhor amigo.

E, como ele havia se afastado tanto da costa nadando, sua boca se fechou, e Émile esperou uma boia salva-vidas.

— E Tong é um nome real?

— Ah, bem. Sim. Significa chinelo. Ou sandália. Em bretão.

— Um gato chamado sandália. *Misericórdia.*

— Essa é uma palavra bonita também. Acho eu.

Dois pares de olhos faziam uma inspeção mútua silenciosa. Perdu, Merline e o barco, os três tiveram de se esforçar bastante para permanecer imóveis e invisíveis e não atrapalhar toda aquela sondagem.

— Aliás, você ainda está me segurando.

— *Pardon.* Nem me toquei.

— Está bem. Pode me deixar no chão agora. Se não se importar.

Duas manchas circulares vermelhas surgiram nas bochechas de Émile.

Merline suspirou em seu íntimo. O que ele poderia dizer em resposta a isso?! *Se não se importar.*

— Que papelão — murmurou Émile.

E o bretão largo pousou Pauline no chão com tanto cuidado que era como se estivesse pondo uma estatueta de porcelana em pé. Então, Émile ficou ali parado, ela havia desocupado os braços dele e, de repente, o rapaz não sabia mais o que fazer com eles. Até que se deu conta do espanador que ainda estava segurando.

— Posso ajudar? Eu me dou bem com espanadores.

Pauline olhou por um instante para Perdu. Ele fez que sim com apenas um piscar de olhos.

— Fique à vontade para fazer o que quiser — respondeu Pauline. — Melhor que seja lá atrás, no Dostoiévski.

Ela apontou para a fileira de prateleiras, e lá estava Fiódor, de frente para ele: *Crime e castigo.*

Que sutil. Sim, Pauline claramente tinha potencial como farmacêutica literária.

Naquela noite de julho, a arca literária inaugurava uma tradição que ninguém havia determinado, mas que se instaurava mesmo assim.

Victoria, em cuja barriga o coabitante ainda sem nome havia aumentado abruptamente de tamanho, chegou para verificar as plantas e as flores; aparentemente porque ela era da opinião de que Monsieur Perdu tinha talento para todo tipo de coisa, mas, infelizmente, lhe faltava o dedo verde.

Max veio acompanhando a esposa grávida com uma felicidade devotada e gostava muito de se sentar embaixo do toldo do convés em uma noite agradável e continuar a construir o site da Farmácia Literária enquanto a Torre Eiffel começava a brilhar colorida.

O que, por sua vez, atraiu Theo, que havia identificado o colosso iluminado como um farol no antigo mar abaixo de Paris, levando-o a sussurrar essa história a Merline. A vovó substituta Dommi chegou com uma lista de leituras do Clube das Viúvas, e Catherine, linda, falou sobre sua visita ao Museu Rodin.

— Era quase impossível ver qualquer coisa... ou ouvir também. Aquelas esculturas tinham tanto a dizer!

Todos trouxeram algo para comer, melão grelhado e gaspacho verde feito de abobrinha e pepino, queijo com beterraba e óleo de vinagre de framboesa, baguetes e *rillettes* frescos, coisinhas para beliscarem à luz do entardecer, curtindo o fato de estarem vivos.

Émile, o bretão um pouco largo demais, limpou o barco-livraria e removeu todos os pelos de gato (o que se manteria apenas até a manhã seguinte, pois Kafka e Lindgren não tolerariam essa situação por muito mais tempo) e se sentiu desconfortável. Em especial porque todos, exceto Perdu, Theo e Merline, olhavam para ele com olhos perscrutadores.

— Bem... estou indo, então — disse ele, tímido.

— Bem, tchau! — respondeu Pauline, que passava carregando uma tigela de cerejas para o convés.

O olhar de Émile ficou ainda mais perdido.

— Não resolvemos sua questão de leitura — observou Perdu.

— Ah. Isso — comentou Émile, infeliz. Ele baixou a cabeça como se houvesse algo para ver à sua frente. Quem sabe, talvez alguns fragmentos de seu ser que ele gostaria de reunir e ver no que daria. — Acho que, se eu pudesse conversar com alguém sobre o que estou lendo, eu leria mais. Mas não conheço tanta gente que lê.

— E seu gato?

— Temos muito em comum, mas quando se trata de livros há um... desacordo cultural. Tong gosta de música, especialmente de piano. É por isso que estou aprendendo a tocar para ele agora, mas não sou muito talentoso. Às vezes, gostaria de entendê-lo melhor. Ele me entende dessa forma também.

— Você conhece *Jennie*? De Paul Gallico?

— Não...?

Perdu procurou na seção de livros de antiquários por "Lacunas de amizade", até encontrar o romance de 1950 em que Peter, de 8 anos, é atropelado ao salvar um gatinho abandonado. E, quando acorda, ele se encontra no corpo do gatinho e precisa aprender tudo o que os gatos podem fazer — da sobrevivência à confiança — com sua amiga felina Jennie.

— Receba esse livro como um presente. Não como suborno.

— Eu não sou Gilbert Le Roy.

— Perdão.

— Não, eu que peço desculpas. Não posso escolher o turno em que trabalho, mas posso escolher como quero viver e como não quero. Do que vou participar, quando vou desviar o olhar e quando paro de desviar o olhar. Posso escolher... — Émile lutou com ele mesmo. — Posso escolher em que mundo quero viver. Não é mesmo?

Uma pergunta complicada. Sim e não. Perdu elaborou cuidadosamente a resposta.

— Você pode escolher como viver, agir e pensar no mundo existente. E, apenas por conta disso, você muda o mundo até que ele se torne aquele em que você deseja viver.

Pauline passou correndo novamente.

— *Vixe*... Se prometer não usar palavras mesozoicas desagradáveis, pode ficar para o *apèro*.

Um bretão forte com bochechas vermelhas e um romance de gato na mão — essa era a expressão da metamorfose em uma pessoa feliz.

Naquela noite, foi decidida a reabertura e a série de encontros Rendez-vous Littéraire.

— Que tal — disse Perdu — começarmos com algo fácil: pessoas que gostam do mesmo livro se reúnem para um encontro literário com velas, queijos e vinhos?

Aprovação unânime, até mesmo de Merline, mesmo que ela pessoalmente preferisse romances sobre cães. Mas na realidade se tratava de algo completamente diferente. Aquilo se tratava do manto de tristeza de Pauline, do universo que sempre contava até três e de todas aquelas pessoas que ainda precisariam do barco-livraria.

— Bom, está decidido: toda segunda sexta-feira do mês à noite. Isso significa, Émile, que você está convidado.

E Émile, com a bochecha corada e brilhante, olhou para dentro de seu copo de limonada, como se houvesse um sonho esquecido lá no fundo.

— E, Émile — perguntou Perdu bem baixinho para que ninguém ouvisse, nem mesmo Merline —, você teria tempo para dar um passeio comigo no porto em breve? Poderíamos conversar sobre livros. Ou sobre o que você quiser.

— Fico feliz que o senhor tenha perguntado. E estou totalmente à disposição — disse o jovem *gendarme* com seriedade.

AMIZADES ANIMAIS

Nem toda pessoa é agraciada com a sorte de ter um animal como amigo. O apartamento é apertado demais para um cavalo, a varanda é alta demais para um gatinho, o nariz alérgico da pessoa com quem se dorme começa a escorrer ao ver um cachorro passando na televisão. Ou a vida formou um caminho próprio e simplesmente não há espaço, nem mesmo na pontinha da beirada da calçada, para um miado e o calorzinho que se sente por dentro sempre que uma cabecinha, um focinho ou uma patinha tocam sua panturrilha ou sua bochecha.

Porque, quando isso acontece, um novo amigo peludo entra em sua vida, às vezes de forma totalmente imprevista. Como se estivesse esperando você, procurando você ou decidindo: "Nem adianta, é esse aí, esse aí que vou pegar agora!"
Talvez ela se torne uma amizade íntima, informal. Ou talvez apenas uma coabitação respeitosa. Mas aqui estamos, juntos, atravessando os anos.

Então, a vida logo se constrói ao redor dele, e todos os cantos do apartamento, do jardim e do coração ficam mais quentinhos e acolhedores. Decidir onde colocar as tigelas, fazer lista de compras, escolher lugares preferidos, deixar uma cadeira e uma parte da mesa livres porque oferecem uma boa vista, e também jamais tirar o tronco de afiar as garras do jardim, mesmo que já esteja apodrecido, rachado e velho. Alisamos a colcha para que fique mais fácil se deitar, compramos um aspirador de mão que não faça muito barulho, deixamos as portas abertas para que o animal amigo não tenha de se preocupar com soleiras fechadas e servimos todo tipo de leite possível até que o único possível seja provado. E a samambaia agora fica num canto do jardim porque o amiguinho gosta de dormir nela, e ignoramos estoicamente as reclamações dos vizinhos sobre a bagunça na planta.

O suspiro, o olhar e o fungar vão ficando mais compreensíveis — um chega para lá! Me dá colo. Esse bombom não é para mim? — e quem, no mundo inteiro, ama você de forma tão incondicional, tão profunda, tão confiante como seu amigo animal?
Você está bêbado? Não importa, você é amado. Você não vai à academia com regularidade, assiste a vídeos sentimentais em vez de do-

cumentários intelectualmente relevantes, tem preguiça de cozinhar legumes com frequência? Não importa, você é amado. Sua vida não é glamorosa nem influente, nem particularmente especial, e você se permite ser alvo de afronta com muita frequência e não sabe como impedir os furadores de fila? Não importa: você é amado.

E, de repente, você percebe que essa criatura te ama ainda mais do que você se ama. E esse é o momento em que você quase entende o que perde quando passa o tempo todo se atormentando.
A profunda confiança, a aceitação e a afeição de um animal amigo não podem ser naturalmente substituídas por um ser humano; uma pessoa sempre vai querer mais legumes ou uma vida especial, ou pega a cerveja da sua mão e nunca confia no outro pelo caminho, o que é natural, as pessoas não conseguem perder esse hábito.

O silêncio consensual e a comunicação com o animal amigo, por sua vez, numa linguagem mais interna que externa, cria um vínculo ao qual está ligada a própria vida, o cotidiano. Transforma-se no fio condutor; porque tudo se torna um pouco menos importante e mais fácil quando a testa do seu gato toca a sua ou o seu cachorro corre na sua direção com uma alegria que você nunca viu quando uma pessoa olha para você, ou seu cavalo resfolega na curva do seu pescoço quando você fica ansioso e trêmulo, dizendo para você: "Está tudo bem, eu entendo, vem, vamos misturar isso no agora, pode continuar triste, vou estar aqui do seu lado, e já providenciei até um pôr do sol para você."

Amar e deixar ser, sem julgar, sem repreender.
Como um encontro assim é precioso.
Como seu fim não se compara a nada.
O que fazer com o amor que não se pode mais dar? O que fazer com as mãos que já não são mais acolhidas com tanta adoração? O que fazer com toda a imperfeição embaraçosa?
O que fazer com o desejo de ser amado assim novamente?

Para quem conhece ou anseia por esse tipo de amizade, os farmacêuticos literários terão sempre disponível um acervo de livros com amigos animais e evitarão quaisquer comentários maliciosos sobre isso.

E, para quem teve uma amizade assim, mas a perdeu por causa do rumo de uma vida impiedosamente bagunçada: não permita que a pessoa à sua frente evite travar novamente uma amizade desse tipo por medo da dor sem fim que seu término traz. Seja no papel ou em sua vida. Continua a ser o seu maior desejo, mas a magnitude do amor que se esvairá após um fim bagunçado é quase insuportável, mesmo agora, mesmo antes de uma nova amizade ter sido formada. Esse medo de que a ausência volte a se aninhar em todos os lugares, em cada canto, em cada tigela, em cada galho, sobre cada cama, a cada hora. Mas a florestazinha de samambaias continua lá. Para que a dor relembre o amor.

O medo tem muito poder. Ele pode nos fazer evitar elevadores e grandes praças, faz com que prefiramos esperar quatro horas pelo ônibus em vez de dirigir o carro e usar o freio de mão em uma subida, pode se espalhar pelo estômago e jurar para nós que as coisas mais terríveis vão acontecer se tivermos de ligar para alguém e o nó dentro do peito ficar tão apertado que nem mesmo uma gota de água consiga passar por ele — ou seja, o medo pode ter um impacto enorme em nossa vida.

Mas uma coisa o medo não consegue: prever o futuro. Ele apenas finge prevê-lo de um jeito apavorado. A verdade é que as coisas vão ser bem diferentes.

Fonte: *Grande enciclopédia dos pequenos sentimentos: manual para livreiras, livreiros e outros farmacêuticos literários*, letra A.

30

Os convites para a inauguração oficial foram enviados pontualmente em agosto a todos os clientes habituais, mesmo a lugares tão distantes como Lisboa, Berlim e Montargis. As editoras foram informadas, as escolas, os jardins de infância, os clubes do livro. A Société des gens de lettres e a capitania dos portos, os comerciantes de rua, as jardineiras da cidade e, porque a vovó substituta Dommi e Perdu escreveram uma carta para ele juntos, o pai de Theo. E os blogueiros de livros: isso Pauline organizou com Max. Na semana anterior, o jornal *Le Figaro* noticiou, assim como as revistas *Pariscope*, *L'Officiel des Spectacles* e *Zurban*.

Vários autores também foram convidados para a abertura e todos aceitaram — porque era para ser uma celebração, um festival de livros maravilhoso, imenso, grandioso. O barco foi todo decorado com lanternas da popa à proa, o capitão dos portos havia cedido metade do cais para a instalação de pavilhões, mesas e bancos, dois bandoneonistas e uma violinista receberiam as pessoas, haveria música e comida, luz e alegria.

Esse era o plano.

Esse era o plano de todos, exceto do maldito universo.

Jean acordou um tanto cedo demais e sussurrou "Eu te amo" ao lado da têmpora de Catherine. Ele cobriu o ombro dela; ela sempre se descobria durante a noite e ficava morrendo de frio de manhã. Então, dormindo, ela se arrastava para o lado dele, bem perto, para seus braços, para suas costas, até ele ir para a beirada da cama ou rolar para fora do colchão. E, além disso, ela roubava o lado dele do cobertor.

Ele definitivamente não queria perder esse desconforto. A busca noturna dela por ele. Perdu não queria perder Catherine. Nem o barco.

Então, vamos lá. Uma coisa de cada vez.

Ele foi andando pelos degraus de azulejos coloridos no apartamento ainda silencioso. Cumprimentou Monsieur Goldenberg, que estava abrindo sua mercearia e com amorosa concentração arrumava cuidadosamente os grandes tomates do sul, quase pretos, de acordo com o tamanho, no berço de palha. Monsieur Perdu ouviu o rádio de Madame Bomme tagarelando — France Inter — e sentiu o turbilhão do futuro: se havia um momento para más notícias, o dia era aquele. No dia da reabertura. Sexta-feira, 2 de setembro.

Jean Perdu olhava para a antepara enquanto respirava o ar fresco e calmo da manhã, imóvel diante do barco pouco antes das oito. Seu coração estava em algum lugar na garganta.

E, ainda assim, sentia a magia toda manhã antes de Paris acordar e se levantar cambaleando para correr atrás de todos os sonhos e de todas as necessidades. O coração, então, foi aos poucos voltando ao lugar original.

Deve ter acontecido enquanto ele ainda estava na cama, olhando para Catherine. Havia um selo oficial na escotilha do barco-livraria. Interditado, Paris, data e assim por diante, entrada proibida, infração administrativa, multa — claro.

— Oi — disse uma voz baixa ao lado dele. — Não está aberto?

Ele olhou para a mulher pequena e ligeiramente curvada com a bolsa barata: ele a reconheceu! Embora só tivessem se visto uma vez, um dia, quatro anos antes, com a filha pequena e sua avó. Pouco tempo depois, Monsieur Perdu deixou sua vida para trás.

Na época, a menina tinha, ah, quantos anos mesmo?, sim, uns 7 anos, tinha uma imensa sede de leitura e, agora, provavelmente estava se preparando para a faculdade. Sua mãe havia comprado em prestações uma enciclopédia de trinta volumes para ela; ela própria era uma não leitora e tinha medo de que a menina se tornasse esperta demais para os homens — e que eles logo se tornassem burros demais para ela como mãe... Perdu havia se sentado com a avó no banco que ainda estava ali no cais na época, e eles conversaram sobre Erich Kästner, timidez, sobre confiar em desconhecidos e confortar os netos. E sobre a enciclopédia dos pequenos sentimentos. Um encontro que mexeu muito com ele, sem que ele pudesse imaginar o que aconteceria...

— Soube que o senhor tinha voltado — comentou a mulher com alegria. Havia algo de hesitante por baixo de sua voz e de seu sorriso caloroso.

— Quis passar aqui e pagar minha dívida.

— Dívida?

— Em algum momento o senhor parou de cobrar as parcelas. Pela enciclopédia. Trinta volumes.

— Não me pareceu justo, já que é possível pesquisar na internet a qualquer momento...

— Ai, pela madrugada (*Pela madrugada! Émile teria adorado!*). Minha filha disse que confiava mais na enclíço... encico... naqueles livros que o senhor nos vendeu. Especialmente durante as quedas de energia. — Ela baixou a cabeça. — Ou porque não paguei a conta da internet.

— Sua filha leu tudo?

— Ah, sim! Todos os trinta volumes! — Ela olhou para além de Perdu, como por um túnel do tempo. — Ela sempre lia para mim quando eu estava passando roupa. Ou costurando. Mas a certa altura as pessoas já não precisavam mais de uma passadeira porque as camisas não precisam mais ser passadas ou porque as jogam fora. Mas aprendi muito, mais do que nunca antes, aprendi tudo com a minha filha, em vez de o contrário.

Ela fez um esforço para se concentrar novamente em Perdu.

— O senhor vai abrir agora? — perguntou ela com muita ansiedade na voz.

Então, Perdu arrancou o selo oficial, enfiou-o no bolso, removeu a fita adesiva de advertência, abriu a antepara e disse:

— Claro.

Ela esperou até que ele acendesse as luzes, segurando o tempo todo a alça da bolsa com firmeza.

Enfim, eles ficaram frente a frente no balcão.

— Dessa vez, também gostaria de uma coisa em parcelas. Mas vou deixar pago. Gostaria que o senhor enviasse um livro em meu nome para minha filha todos os anos, até o vigésimo oitavo aniversário dela. Isso dá, eu já contei... dezessete livros. Então, uma entrega em dezessete parcelas. Tenho quase duzentos euros, será que dá? — Ela tirou notas pequenas amassadas e moedas e as empurrou no balcão na direção de Perdu. — O que o senhor acha, será que vai dar? — perguntou ela de novo e olhou nos olhos dele.

— A senhora não quer entregar os livros para ela pessoalmente?

— Queria sim. Mas não vai dar... — Mais uma vez o olhar dela ficou à deriva em outro túnel do tempo.

Ai, não, pensou Perdu. *Ai, por favor, não. Não. Não.*

— Quando? — perguntou ele em voz baixa.

— Logo. Em quatro ou cinco meses, ninguém sabe exatamente. E aprendi muito com a minha filha. E quero que ela aprenda algo comigo também... Então, mesmo que eu não esteja mais aqui. Por isso pensei no senhor, que provavelmente sabe melhor o que uma criança precisa conhecer por meio dos livros, e também o que a pessoa precisa saber quando não for mais criança, mas ainda não for adulta. — Ela vasculhou a bolsa barata. — Já escrevi cartas para Marie. Quer dizer, bilhetes. O senhor poderia colocá-los dentro dos livros. Escrevi neles o que eu estava fazendo naquela idade e o que gostaria de ter sabido. Quero que minha filha aprenda tudo o que eu não sabia. Por exemplo, que era preciso ter sonhos, não ter medo deles. Ou como reconhecer amigos verdadeiros. E que ela não deve se casar cedo demais. E que é bom ser boa para os outros, mas também é preciso saber quando parar. O senhor sabe do que estou falando? Para que Marie seja uma boa pessoa e ainda assim seja feliz. E... O senhor vai chorar ou também é alérgico a pólen?

— Talvez — disse ele com voz rouca. — Talvez eu tenha alergia a pólen.

— Eu gostaria de chorar.

Perdu, sem dizer nada, deixou entre eles um lenço de pano passado que estava no bolso traseiro da calça.

— Meu nome é Jean — disse ele.

— Eu sou Ellie.

— Ellie, vou escolher os dezessete melhores livros para você e Marie. E garantir que ela receba um a cada aniversário. Com seus bilhetes.

— E... o dinheiro dá?

— Claro que dá.

— E o senhor vai viver o suficiente?

— Vou viver o suficiente.

— E o barco-livraria vai estar sempre aqui para Marie?

— Vai, sim.

— Ótimo — comentou ela. — Isso é bom. — Em seguida, Ellie começou a chorar, silenciosa e amargamente, no lenço dele.

Chuva de fim de verão.

Chuva de fim de verão que batia na antepara fechada, gotas pesadas e macias, redondas e quentes como lágrimas. Perdu fechou as escotilhas, fez um chá quente para tomar com Ellie. Haviam se sentado no chão, perto da grande janela redonda que dava para o Sena. Dali era possível ver a água, o céu e a ponte dourada, completamente coberta de chuva, uma pintura de Monet.

Ela falou de si mesma e de Marie, e ele anotava como Ellie imaginava seguir caminhando com a filha pelos anos a que nunca chegaria.

— É muito cedo para ler sobre o amor aos 14 anos? — perguntou Ellie.

— As crianças deviam sempre ser expostas a livros um pouco mais avançados do que a própria idade. Ou mais avançados do que se supõe como adulto. As crianças sabem muito mais do que nos revelam — respondeu Perdu. — Elas costumam ser ainda mais éticas que os adultos, muito diretas sobre aquilo de que não gostam e curtem muito mais trocadilhos que os leitores adultos. Elas sempre querem saber como tudo acaba... As crianças gostam de conhecer o caminho até lá.

— O senhor tem filhos?

Ele riu.

— Não, não tenho filhos. Mas atendo jardins de infância e escolas há vinte e cinco anos.

E Max. E Victoria. E Theo, Pauline e, em breve, de certa forma, também Marie. Eles não são meus, mas sou completamente deles.

— Eu gostava de ler na escola. Mas o pior era mostrar o que o autor queria dizer. Eu nunca conseguia.

— Ellie, ninguém sabe o que um autor quis dizer com cada frase, exceto o próprio autor, e às vezes nem ele. Um livro apenas nos diz algo de nós mesmos, ou do mundo, mas não basta para reconhecer de forma definitiva o autor por trás dele. Talvez ele tivesse algo bem específico na cabeça, mas e a forma como o sentido é transmitido? É insondável. Cada um de nós imagina um tipo de cavalo, ou um bule de chá, ou...

— ... ou uma boa boca para beijar.

— Exatamente.

Ela abriu um sorrisinho.

— O que fazemos com as profissões? — perguntou ela. — Existem livros para ajudar Marie a saber melhor o que ela vai querer ser?

— Existem livros que dizem a ela que uma decisão tomada pode ser corrigida. E ninguém fica desacreditado se depois de alguns anos perceber que: não, não era para mim. Ou como alguém reconhece que se perdeu. E também aqueles que incentivam a pessoa a apoiar o próprio talento.

— Apoiar um talento... Isso é bonito. Um desses, por favor, talvez antes de Marie terminar a escola. — Ellie refletiu, segurando a xícara de chá quente contra o rosto de olhos fechados. — Me faltam milagres — disse ela baixinho. — Ou eu não consegui enxergá-los, quem sabe? — Ela abriu os olhos. — O que fazemos com a crença em milagres da minha Marie? Ela não pode ficar cega pelos milagres.

— Mascha Kaléko — respondeu Perdu. — Espere, vou pegar...

Dois minutos depois, sentado de pernas cruzadas, ele leu para a mulher trechos dos livros de poesia de Kaléko.

Um, outro e mais um, e Ellie ouviu, primeiro recostada a uma estante, depois ela se espreguiçou, ouvindo, com o rosto molhado, sorrindo.

Ela se deixou ficar, naquelas horas chuvosas do fim do verão, e eles conversaram baixinho sobre os anos, sobre ser jovem, sobre não ser mais jovem, sobre amor, amizade, sobre flores e canto e sobre o "sentido da possibilidade", que empresta a seriedade daquilo que é a tudo o que poderia ser.

— Você também tem de ensinar Marie a não sofrer tanto com o luto — disse Ellie por fim. A forma de tratamento entre os dois já tinha se tornado totalmente familiar.

— Que tal eu ensiná-la a sofrer o luto e, ao mesmo tempo, ser capaz de viver e rir? E se permitir fazer isso?

— Tudo bem, mas, sabe, eu mal consigo imaginar quanto ela vai ficar triste e quanto isso vai deixar o coraçãozinho dela louco e... que eu vou arruinar a vida dela.

Os dois olharam para as xícaras de chá vazias, como se alguma sabedoria de grande interesse geral ainda estivesse ali reunida.

— Um cachorro — disse Perdu —, um cachorro, um gato, um céu estrelado, uma luz do sol da tarde... Tudo isso vai ajudar mais do que qualquer livro. A beleza viva, criaturas complicadas, um pouco de eternidade. Música, comida. Calor. Amizades com pessoas resilientes. E, talvez, ter um carro para ir à praia sempre que quiser.

Ellie secou os olhos.

— Sempre me canso muito rápido — disse ela. — Mas acho boa a ideia do cachorro. Talvez um cachorro musical? E minha Marie precisa tirar carteira de motorista. Então, ela vai poder ir à praia com o cachorro. E correr. Correr muito.

Ao fim, Perdu já sabia quais livros enviaria a Marie nos dezessete anos seguintes.

Quando saiu, Ellie ainda disse:

— Não sou sentimental nem nada. Mas hoje foi o primeiro dia bonito da minha vida, e o mais triste, e estou com muito medo, mas... não parece mais tão em vão. Fiz algo de certo.

Ele a observou, a pequena figura curvada, segurando a bolsa no ombro. Ao atravessar a ponte, Ellie acenou de novo, e Monsieur Perdu retribuiu.

Então, ele fechou a antepara e mergulhou o rosto nas mãos.

Monsieur Perdu se deu tempo para refletir, se deu tempo para sopesar todas as possibilidades. Até as covardes.

Desistir sempre foi uma opção, mas nunca considerada. Ele já havia desistido uma vez, e não tinha sido uma boa ideia. E ele esperou tempo demais para que o universo colocasse as coisas em uma ordem diferente para ele. Pensou em Dario, na conversa deles sobre Hannah Arendt. Ele queria agir.

Perdu até pensou brevemente no momento em que Pauline tinha chegado com seu celular na mão — "Vixe, é inacreditável, ele está citando você!" — e lhe mostrado um trecho de um dos discursos do presidente francês, que disse textualmente: "As *bandes dessinées*, os quadrinhos, são o reconhecimento das artes menores; elas têm tanto lugar na democracia francesa quanto as grandes artes. As *bandes dessinées* são o espelho da mudança, mas também o reflexo do que resta. A França é um dos poucos países da Europa em que a diversidade forma a unidade. E devemos nos orgulhar disso!"

Lembrou-se de que Pauline havia lhe pedido que escrevesse uma carta a Monsieur le Président e lhe pedisse ajuda com o barco-livraria.

— Claro que não.

— Por que não?

— Porque não descobriremos a verdadeira história. Como realmente deve terminar.

— Você sempre tem de comparar tudo a livros?

— São os únicos que não proíbem o conhecimento... e a aventura.

Ele pensou na caminhada esclarecedora com Émile, da qual Pauline não tinha ideia. E o telefonema com o novo jogador de petanca do time do pai, "que é alguma coisa de algum ministério". E do boato que estava sendo espalhado no porto, passando de boca em boca, de orelha em orelha.

E, assim que entendeu a história por trás daquilo tudo, pôde continuar a escrever. Do jeito dele.

Pensou em Marie. Que o barco-livraria sempre estaria ali para ela. Ele havia prometido isso a Ellie.

Então Monsieur Perdu secou os olhos, foi até a seção de poesia e procurou um livro específico.

Por fim, Jean Perdu se dirigiu à capitania do porto e procurou o *brigadier* Gilbert Le Roy.

O tempo abriu. Seria um dia ensolarado.

17 LIVROS DOS 12 AOS 28

Aos 12: para onde se vai quando se morre; ou seja, para aqui ao lado e para nossos sonhos
Aos 13: a vida secreta dos animais
Aos 14: o amor! O amor!
Aos 15: apoie seu talento
Aos 16: ler é ter conversas brilhantes e profundas consigo mesmo, sem que ninguém intervenha
Aos 17: pensar ou sentir — entre a filosofia e a intuição

Aos 18: as mais belas vias secundárias das rodovias para o mar, florestas, lagos e montanhas
Aos 19: os primeiros passos são difíceis, mas a coragem de repetir é o que conta
Aos 20: há tempo suficiente para repetir completamente todos os erros
Aos 21: e, só para ter certeza absoluta, você os comete de novo
Aos 22: viajando sozinha — quem você quer ser
Aos 23: salvar o mundo em que ordem?
Aos 24: não se sobrecarregue com responsabilidades, comece com um gato
Aos 25: quem fez as regras da sua vida: você ou...
Aos 26: ainda dá tempo de lidar com as coisas de um jeito diferente
Aos 27: a vida em si é uma bagunça, não se preocupe em procurar sentido, às vezes o único sentido hoje é levantar e regar as flores
Aos 28: você é suficiente. Está tudo aí. Não se diminua para ser amada. Toda a vida se estende infinitamente diante de você. Com alguém com quem você possa suspirar e ficar em silêncio; com quem você possa olhar as estrelas, deitada na grama; com quem você poderá correr, correr, correr.

Para Marie.

31

Bebeu-se bastante (vinho da propriedade de Victoria), houve muita conversa (não tanto sobre livros, mas sobre como foi o verão, como seria o outono, o que pensávamos do novo candidato presidencial, "Ele lê muito!", "Com certeza, mas de que adianta?", quem estava com quem e com quem não mais se estava, apenas o típico "*gratin français*", como a indústria do livro se autodenominava), dançou-se muito e aqui e ali chorou-se também. Um ou dois clientes regulares choraram de alívio porque seu farmacêutico literário estava de volta à cidade, e o tempo horrível em que foi preciso confiar em resenhas de jornais egocêntricas, conselhos entusiásticos de conhecidos ou compras desesperadas em uma caixa registradora obscura havia acabado. Eles se submeteriam às suas recomendações com fidelidade absoluta e respirariam e dormiriam melhor, e tudo ficaria colorido de novo.

Victoria chorou de tanto rir quando Pauline lhe contou sobre as reuniões regulares dos futuros pais, e, em seguida, parou de rir quando ouviu sobre a piscina infantil, e apontou melancolicamente para a barriga, que já havia se transformado em um apoio de copo extra — o que, obviamente, não era verdade.

Merline se sentiu extremamente confortável naquela matilha enorme e sempre ficava de olho em Theo e no homem que se parecia com Theo, mas grande. Que passou o tempo todo segurando uma taça de vinho, um "Manon" tinto.

Ninguém havia realmente notado o camarada ainda, e nesse meio-tempo ele foi confundido com um escritor, um garçom e um cabide para chapéus.

Em meio a isso, Merline piscou para Pauline: como as coisas estavam indo com seu manto de tristeza? Ah, olha, ele já estava um pouco mais distante, talvez ela já o tenha esquecido...

Émile estava no meio de uma conversa animada com a avó substituta Dommi sobre a sabedoria dos animais e as belas e antiquadas expressões como estar jururu, com a pulga atrás da orelha e estar tinindo. Concordaram que "suspensório" era uma das palavras mais engraçadas do mundo. Max discutia em profundidade a extensão e a brevidade das frases com um colega de livro infantil e, ah, veja só, lá estava Monsieur Bovary! Hoje quase casual, com um terno simples, não um de duplo abotoamento! Balançava discretamente os quadris enquanto os bandoneonistas tocavam o tango "Poema", observado com muita atenção por Madame Gulliver do alto de seus tamanquinhos verdes e vermelhos e com saltos altos e penas para prestigiar a ocasião especial.

E, quando notou o *cabeceo* dela — aquele "convite no olhar" —, Monsieur Bovary inclinou ligeiramente a cabeça.

— Permite tirá-la para uma dança? — E Madame Gulliver permitiu com muito prazer. Dos longos e artísticos arcos à, em seguida, parte rítmica da *valse*, Monsieur Bovary conduziu Claudine Gulliver sob o céu parisiense com uma graça que o metamorfoseou. Para se entender o tango, é preciso prestar atenção no sorriso das mulheres e no diálogo dos quatro pés que dançam...

Perdu ainda amava o tango argentino. Não havia encontro tão cheio de devoção e empatia íntima. Nem conversa, tampouco um ato de amor.

Ele deixou vagar discretamente o olhar, perguntando-se: as pessoas dos livros também eram pessoas do tango? Afinal, o abraço dançante era como a leitura simultânea de um livro secreto... mas ninguém percebeu seu olhar, e ele, em silêncio, o voltou para onde tinha deixado Manon. Talvez o tango também tenha tido seu tempo, e agora o tempo era outro.

Fechar portas para abrir novas.

Perdu e Catherine estavam emitindo com diligência os passaportes literários, e uma multidão de diabinhos eufóricos corria até os pais para lhes mostrar orgulhosamente o primeiro documento com que pretendiam visitar uma terra literária diferente ao menos uma vez por semana. Os pais contavam suas economias, preocupados, e conversavam sobre os livros com os quais eles, por sua vez, tinham viajado, e, olha lá... não é o... o que escreveu... será que a gente poderia... ah, vem, vamos lá, sim — e logo um dos autores ou autoras se via rodeado de pessoas que confessavam coisas para ela ou ele de uma forma completamente desordenada, como tinham lido isso ou aquilo, e onde e o que sentiram ao ler, e se alguma vez tinham...

Pairava um burburinho e um bulício no ar, e o céu foi mudando de claro para rosado, depois azul suave e enfim para a escuridão da noite.

— Fabuloso! Incrível! Impecável! — Eric Lanson, o psicoterapeuta que tratava principalmente dos funcionários do Palais de l'Élysée ou da Assembleia Nacional e que costumava ler os últimos livros de fantasia toda sexta-feira no barco-livraria de Perdu, decidiu que não conseguia mais se controlar de alegria. O barco estava de volta, e ele enfim tinha de novo um lugar onde se retirar, aliás:

— Não me leve a mal, mas eu sofri como uma pessoa abandonada. Não tinha percebido que construía minha semana inteira em torno desse meu encontro com o senhor. O senhor era como meu coterapeuta e supervisor ao mesmo tempo! Lembra quando enviei ao senhor alguns de meus pacientes com receitas...

Perdu se lembrava muito bem: Lanson havia descrito as mazelas em um código especial, baseado em sua análise de personagens. — "Kafkiano com um toque de Pynchon", "Sherlock, completamente irracional" ou "Uma magnífica síndrome de Harry Potter embaixo da escada". E aconselhou os pacientes dele a só entrarem na livraria com o celular *descarregado* "para finalmente desaparecerem desse palco, ao menos por um tempo". O que significava que Perdu tinha de lidar com pessoas parcialmente conscientes de sua culpa, parcialmente libertas, que mal conseguiam lidar pela primeira vez com tanta liberdade ao ficarem indisponíveis.

— Parecia traição quando eu estava em outras livrarias... Horrível, horrível.

— Eu não sabia disso — admitiu Perdu. Para ser mais preciso, ele nem conseguia imaginar que alguém pudesse sequer sentir falta dele.

— E exatamente por isso acontecem confusões entre as pessoas. Porque ninguém sabe para quem ele representa um mundo inteiro. Quem sabe, talvez porque ninguém consegue realmente se ver... É nisso que se baseia todo o modelo de negócios da minha categoria. — Lanson estendeu o copo para o de Perdu. — O senhor é um eixo importante desses tempos. Se ainda não internalizou isso, vou fazer um preço especial para o senhor e introjetar isso na sua cabeça.

— *Pardon...* — disse uma voz ao lado deles.

Era o homem que parecia uma versão adulta de Theo.

— Vou deixar vocês à vontade — disse Lanson e continuou. — Aquela ali atrás é mesmo Ella Lahbibi...? — E de repente Ella tinha alguém na sua frente que precisava urgentemente lhe contar experiências íntimas de leitura a partir de uma perspectiva terapêutica. Perdu ouviu Ella rindo alto e se virou para o estranho.

— Sou Patrice. Patrice Corler. Eu sou... — Silêncio. Como explicar quando, mais de dez anos antes, uma amiga querida e sua esposa...

— Você é o pai de Theo. Que bom que está aqui — disse Perdu, e, como Patrice olhou para ele com tanta tristeza, ele o abraçou, e, em seguida, toda a tensão abandonou o corpo do grandalhão.

— Obrigado por me avisar.

— Quer conversar um pouco?

Ele fez que sim com a cabeça e curvou o corpo comprido para passar pela antepara.

— Venha — disse Perdu. — Quero lhe mostrar uma coisa.

E mostrou ao pai de Theo os selos que o menino havia desenhado, os passaportes, lhe mostrou o passadiço em que Theo havia navegado com ele e contou de um jeito leve sobre o caminho de Theo, sobre Merline, que havia acabado de se materializar ao lado deles, Perdu contou tudo. Sabia que o homem à sua frente lutava consigo mesmo, estava entre a responsabilidade e o constrangimento, entre a compaixão e um medo imenso. Mas estava ali. A decisão já havia sido tomada, embora Patrice Corler ainda não soubesse disso.

O pai de Theo acariciou o leme.

— Como é isso? — perguntou ele de repente. — Como é abrir mão de tudo o que conheceu antes, de tudo o que você fazia antes? Me perdoe, sem querer acabei ouvindo muitas conversas essa noite. O senhor de repente passou alguns anos fora e agora está de volta. E é outra pessoa. Ou é o mesmo?

— O mesmo, mas diferente.

— Foi... a decisão certa?

— Foi a necessária. Do contrário, eu definharia. Não acho que esse tenha sido o seu caso, não é?

— Sabe, naquela época eu concordei em não ver Theo e não perturbar a vida de Mariann e Sophie.

— E depois?

— Depois comecei a sentir falta do meu filho. E fiquei com vergonha, porque ele não é meu. Ninguém é de ninguém; ainda assim, eu sempre fui de Theo. E acho que Madame Bonvin também é dele. Mas ele não é nosso. O senhor entende o que estou dizendo?

— E... você já disse um oi para ele?

— Queria pedir que o senhor esteja presente. O senhor e Madame Bonvin. Seria possível?

— E Merline.

É, isso mesmo, pensou Merline, *que bom que você disse isso, mas eu estaria lá de qualquer jeito.*

Quando Perdu sussurrou para Theo quem o esperava no passadiço, uma vidinha inteira passou naquele rostinho.

Theo tomou a mão de Dominique. Em seguida, agarrou o dedo de Perdu.

Assim foram na direção do pai dele, e o pequeno Theo e o grande Theo ficaram um de frente para o outro e se entreolharam com espanto, curiosidade e ansiedade.

Os dedinhos de Theo escorregaram da mão de Perdu, e ele deu um passo cuidadoso na direção do pai, enquanto Patrice se ajoelhava, e então seus rostos ficaram muito próximos um do outro. Os dois Theos estavam em silêncio, mas, ainda assim, falavam.

Merline ergueu o focinho macio e deu um empurrãozinho gentil nas costas de Theo. Então, eles caíram nos braços um do outro e se abraçaram com muita, muita força. A mão de Dommi escorregou para a mão vazia de Perdu, e Merline se sentou com toda a educação e olhou para tudo que seria melhor agora, ou talvez apenas diferente, e havia tanta coisa diante deles, uma matilha inteira de possibilidades.

Perdu sentiu a mão quente de alguém pousar em seu ombro.

— Visita para você — sussurrou Catherine. — Falou que se chama Le Roy e que gostou de Rilke. E que ele quer ser um observador. Sabe o que ele quer dizer com isso?

RILKE E SUA LEITURA

Para conseguir ler Rilke, primeiro é preciso aprender uma coisa que é necessária para todas as formas de poesia, mas principalmente para a de Rilke: ler beeeem devagar! Poema não é fast-food, mas uma refeição de quatro estrelas. Não se deve enfiá-la goela abaixo como se faz segurando um cheeseburger com dedos gordurosos. E reserve um tempo que seja apenas seu. Talvez à noite, para distrair a mente da vida cotidiana. Eu adorava ler Rilke nas primeiras horas da manhã. Quando tudo ainda está quieto lá fora e o dia ainda não começou direito. Isso lhe dava um tom básico totalmente diferente. Portanto, não tenha pressa, leia devagar e se delicie com cada palavra, saboreie cada verso e deixe que ele revele todo o seu poder nas papilas gustativas do seu espírito. Isso se aplica a toda forma de poesia, especialmente à de Rilke.

Lembre-se de que um poema não é simplesmente escrito. No poema, a essência do que se descreve está concentrada. O poeta sopesa centenas de vezes cada palavra, cada verso é lapidado. Escrever um poema pode levar semanas ou meses. Rilke passou dez anos escrevendo *Elegias de Duíno*, sua principal obra.

Se você não está acostumado à poesia, talvez seja melhor começar com as narrativas dele. Nelas a linguagem é igualmente densa, mas um pouco mais leve. *Os cadernos de Malte Laurids Brigge*, por exemplo. Ou *Histórias do bom Deus*. Não é preciso se devotar a nenhuma religião para lê-los. Gostei particularmente do conto "O matador de dragões". Porque termina de forma diferente de todas as outras histórias desse tipo extinto de ser humano.

Se tiver interesse nas esculturas de Rodin e desejar visitar o Museu Rodin em Paris, com certeza deve ler com antecedência o que Rilke escreveu sobre essas obras de arte. Ele não as explica. Nunca faz isso. Mas abre nossos olhos para o que de outra forma passaria despercebido. E isso nos leva ao que torna Rilke especial:

Rilke não era simplesmente um poeta, ou mesmo um forjador de versos. Ele era um observador! No poema "Volta", ele se descreve em seu ser como poeta. Ele se autodenomina o observador. E declara que observar é uma arte, sem a qual sua poesia seria impensável. Ele escreveu: "Torres ele observava de tal forma que as assustava"; ou: "Os animais adentravam confiantes seu olhar aberto." O olhar aparece repetidamente em seus poemas. Nas *Elegias de Duíno* ele eleva o olhar ao extremo metafísico: "... olhar algo tão completamente que, como contrapeso do meu olhar, por fim, um anjo deverá se aproximar..."

Ler Rilke significa aprender a olhar. Aprender que em cada momento, em cada coisa, há algo precioso escondido que infelizmente nunca poderemos compreender em sua plenitude. E sua melancolia ressoa nesta incapacidade da observação absoluta: "Olhando por quanto tempo? Por quanto tempo já, em privação profunda, implorando no fundo do olhar?"

No entanto, você não precisa implorar. Porque, com o que esse poeta pode te ensinar, você ganhará uma nova perspectiva de mundo.

Mas preciso alertar sobre uma coisa: depois de aprender a olhar com Rilke, nunca mais poderá retornar ao mundo atual de sua miopia. Você vai se tornar um observador, uma observadora. E isso é irrevogável.

Jean Bagnol, o velho, para Jean Perdu em um dia de outubro.

Foram para as sombras, onde o cais encontrava a água.

— *Brigadier.*

— Monsieur Perdu.

— Então Rilke agradou o senhor.

— Sim. — Ele inspirou profundamente. — Para ser mais preciso, vou até copiar algumas das frases para mim. Frases que me obrigarão a andar de cabeça erguida. E realmente olhar para o mundo tal como ele se apresenta. Não como eu acho que ele é. — Inspirou outra vez. — Obrigado. Não foi fácil. Para nenhum de nós. O senhor me mostrou uma saída.

— E o senhor a aceitou. Eu que agradeço.

O *brigadier* estendeu a mão para Perdu. Quando Jean a pegou, Gilbert Le Roy quase a esmagou para não chorar, feito um colegial envergonhado. E Perdu entendeu. Tanto que correspondeu ao aperto de mão com força para não deixar escapar suas lágrimas.

— Mas o senhor vai ter de ler *O Senhor dos Anéis* inteiro para Madame Lahbibi se quiser que ela ao menos considere lhe dirigir a palavra.

O *brigadier* fez que sim com um aceno de cabeça. E abriu um sorriso cuidadoso.

Eles olharam um para o outro. Um instante demorado de força e beleza em um mundo que grita o tempo todo. Um pouco do sentido de possibilidade em nossas mãos.

Então, os dois olharam para as cabeças distantes de Émile e Pauline, que permaneciam imóveis um ao lado do outro no banco, com um sorrisinho leve no rosto, e nenhum dos dois ainda sabia que o barco-livraria tinha acabado de reencontrar seu lar ali — e ali permaneceria.

Talvez Perdu um dia contasse como isso aconteceu. Talvez também não. Algumas feridas e, mais ainda, alguns milagres tinham o direito de permanecer em sigilo.

32

Depois da festa, à luz azul-acinzentada da manhã. Depois do tilintar de garrafas vazias no contêiner, do enrolar do tapete vermelho, da entrega de revistas e caixas de livros. Depois do momento em que o extraordinário se instalou graciosamente e espalhou seus fogos de artifício de esperança, ele chegou fazendo alarde: o cotidiano ciumento que reunia em si todos os dias. Mesmo que houvesse uma catástrofe ou uma felicidade imensa, a correnteza da vida volta ao seu leito conhecido.

Embora tudo estivesse diferente: uma mudança interna havia acontecido e, de repente, o mobiliário costumeiro, tão habitual, estava em um lugar diferente. Fotos das lembranças tinham sido retiradas.

E peças de roupas também haviam sido retiradas; um manto peludo de tristeza, por exemplo

Será que isso aconteceu quando Pauline e Émile estavam sentados em silêncio, lado a lado, e ele não queria ir para casa e ela também não? E os dois esperavam que, em meio ao silêncio gostoso da noite estrelada de Paris, não escapasse dele uma palavra já gasta, ruminando fastidiosamente na pastagem das palavras aposentadas? Mas as palavras mais bonitas que Émile queria dizer a Pauline ele acabou não dizendo. E ela conseguia ouvir todas elas quando fechava os olhos. E pequenas flores brotavam em torno de seu coração, estrelinhas minúsculas e muito brilhantes que haviam chegado para visitá-la.

Assim, o silêncio compartilhado era um fluir e refluir, um caminho para o relaxamento que se desenrolava bem devagar. Eles estavam ali, sentados juntos; às vezes, um deles notava uma cena — Merline balançando ao ritmo da música, ou os dois gatos brincando, ou como uma onda branca e parecida com algo vivo se levantava contra um barco de excursão noturna no Sena — e se olhavam, sabendo que o outro também havia notado essas faíscas de maravilhas. E que elas emocionavam o outro da mesma forma.

A única coisa que não sabiam um do outro ao mesmo tempo era um sentimento idêntico: o da vida, que agora parecia leve!

Enquanto Perdu varria o cais na manhã seguinte à inauguração, os pensamentos também varriam os cantos desarrumados da sua cabeça.

Os acontecimentos mais importantes da vida são resultado de pequenas coisas não planejadas, pensou Perdu. O que teria acontecido se... Se Max não tivesse falado aquela coisa do engate de reboque, ele não teria vindo (e talvez só tivesse percebido bem depois que estava com tanto medo de assumir tanta responsabilidade de um jeito tão rápido), não teria criado uma página no Facebook sem a permissão de Perdu (e Perdu ainda seria um idiota digital retrógrado), cuja localização encorajou Ella Lahbibi e Pauline a pedalar mais rápido (embora Pauline odiasse andar de bicicleta e, mesmo assim, ela tivesse pedalado diretamente para uma nova vida), e Theo não teria se aproximado da arca, e a mensagem não teria chegado ao celular de Pauline no barco (melhor ali do que em qualquer outro lugar, como no sétimo andar de um arranha-céu), tudo isso, Merline, o problema torá-sei-la-o-quê, Pauline e ele no porão da biblioteca, Le Roy, Ellie, tudo para transformar o Jean Perdu que pertencia a Manon em um Perdu que pertencia a si mesmo. E, no frigir dos ovos, tudo o que aconteceu foi imprevisível, mas o resultado foi: sua vida.

Uma confusão surpreendente.

Infelizmente esse tipo de coisa não acontecia com frequência suficiente; só se queria levar a vida de maneira sensata e organizada, tomar decisões inteligentes baseadas em conhecimentos e cálculos de probabilidades, supervisionados pelo cartório de registro de terrenos em sua cabeça. E isso se mostrou tão estúpido porque se ignorou o fator alma, essa bolha de sabão sensível (e o fato de que sempre sabemos muito pouco do que supomos que realmente sabemos). E, quando aquela bolhinha cansou de ser ignorada, virou uma bola de boliche dura, dispensou todos os funcionários e departamentos da segurança por conta da onda de calor e alargou com força todas as fendas na fachada através das quais a saudade, a confiança, o amor, a loucura, a fome de vida, o desafio, o desapego e o grande lançar de dados do acaso juntamente com os passos apressados de Kairós passando de um lado para o outro cheio de energia — e, bum, logo se está tropeçando e caindo de cabeça em todas as possibilidades.

O que Lanson tinha dito? Que não sabemos para quem representamos o mundo, é por isso que surgiam essas confusões.

E não sabemos quem somos e, além disso, quem podemos ser. E que estamos entrelaçados em uma dualidade que não conseguimos ver. E, ainda assim, tocamos outras vidas, não importa o que façamos, mesmo que não façamos nada e permaneçamos em silêncio, isso muda o som do mundo.

E pensamos muito pouco na morte, do contrário viveríamos de outra forma, pensou Perdu.

Ele largou a vassoura, pegou o telefone e ligou. O estalo, depois outro toque, lá em cima, em algum lugar, havia um satélite corajoso, buscando a próxima melhor conexão e deixando milhares e milhares de pessoas à espreita, prendendo a respiração... Atenda, atenda!

— Aconteceu alguma coisa? — gritou Samy em vez de um "*Bonjour*".

— Sim. Não. Ainda não...

— Minha nossa... Estamos indo.

— Espera aí!

— Claro que espero, pensou que eu ia tacar o celular longe, jogar Salvo no ombro e subir em uma catapulta? — Samy riu com voz rouca, trombeteando como uma garça. — Então, agora me conte tudo.

— Está com tempo?

— Claro, não esquenta, posso limpar a loja mais tarde ou nem limpar. Então, desembucha.

— Preciso viver pelo menos mais dezessete anos para enviar a uma menina um livro todo ano a pedido da mãe, que logo vai estar morta, para que a pequena possa crescer sem ela.

— *Bon* — disse Samy. — Você vai conseguir se sempre olhar para os dois lados antes de atravessar a rua.

Perdu bufou. Como é que Samy sempre conseguia fazer com que o peso de seus pensamentos simplesmente diminuísse?

— O que mais, Jeanno?

— A vida é uma bagunça. É um milagre a gente não ficar louco, com toda a felicidade, com todo o medo, com tudo aquilo que está o tempo todo acabando ou querendo acabar ou com o que lutamos para começar... E estou mais apegado a isso do que nunca. Será que vou ter tempo para conseguir fazer tudo isso?

— Não.

— Não?

— Claro que não. Pode-se ficar tão acostumado a acordar todos os dias que se esquece que, com o tempo, não conseguirá mais fazer tudo. Procure aquilo que você realmente gostaria de fazer, então o restante não vai mais se destacar tanto assim. O que mais, Jeanno?

— Todos estão sendo tão bonzinhos comigo. É normal?

— Nascemos para amar, e isso é o que torna tudo tão lindo e tão assustador. Então, o que você quer fazer agora?

— Quero me casar.

— Aleluia! Espero que seja com Catherine.

— Ora, por favor... Com quem mais?

— Tá bem, tá bem, só queria verificar. — Um chiado, então: — Salvooooo! Vamos ter de cozinhar no casamento do Jeanno!

E de novo em um tom de voz quase normal:

— Seus patifes! Sorrateiros! Sacaninhas! Por que estão fazendo isso enquanto estamos tão longe?

— Catherine ainda não sabe de nada.

— Oh! Ah! Ah, bom. O quê?

Silêncio. Então veio um pequeno ruído no ar, o satélite solitário também aguardava ansiosamente: havia mais alguma coisa...?

— Ótimo. Como irmã adotiva mais velha, há muito tempo que me pergunto se você está retomando antigos maus hábitos ou se está adquirindo novos.

— Maus hábit...?

— Xiu! E se depois do amor que foi embora e do qual não conseguiu desapegar você finalmente está com as mãos livres para tentar de novo. Com tudo o que tem direito. Sabe, Jeanno, o amor não é culpado pelo tempo ou por nossa estupidez de jovens e velhos. Ou pelo medo ou pela morte. Você pode de fato dar uma nova chance a ele. Ele não fez nada de errado. Eu me perguntava se você queria continuar sendo apenas um espectador. Ou se não preferiria participar dessa vez. Participar de verdade. Não construindo uma gaiola para ficar admirando um passarinho cantando, mas sim plantar uma árvore para ele. Porque devemos isso aos nossos mortos: viver da forma mais valente e confusa possível, da forma mais corajosa e consciente da finitude.

Nesse momento, tanto o pequeno satélite de comunicações quanto Samy aguardaram para ver se Perdu faria algum comentário.

— Então — pigarreou Perdu. — Se Catherine concordar... você seria minha madrinha?

— É como perguntar se o papa não tem duas bolas inúteis! É óbvio que sim!

Então isso está resolvido.

Agora ele precisava fazer outra ligação para requisitar outro milagre.

— O Museu Rodin? Ah, sim. Claro. Das oito e meia à meia-noite na próxima sexta-feira é suficiente para o senhor? Podemos iluminar as salas para a ocasião, o vigia noturno seguirá seu caminho e deixará os senhores completamente a sós. E já pensou no jardim, que tal uma mesa para dois? Elegante, mas não patético? Ou, espere, que tal um piquenique oriental no parque, um pouco escondido, com certeza verá o céu estrelado, duas mantas, já quase faz frio demais nessas noites, principalmente para as mulheres... É só seguir as tochas...

Claro.

Perdu nem queria imaginar de quais outras maravilhas da cidade Monsieur Bovary tinha as chaves.

— Enquanto isso, o senhor consideraria um Rendez-vous Littéraire, Monsieur Bovary? Na mesma noite de sexta-feira da próxima semana? A ocasião seria *A elegância do ouriço*. Um pequeno círculo, talvez uma dúzia de pessoas com ideias semelhantes para quem esse trabalho significa alguma coisa.

— Encantador — disse Monsieur Bovary. — Claro que estarei lá... Adoro esse livro. Me ajudou a chorar quando eu estava quase tão petrificado quanto os *Portões do Inferno*, de Rodin. Desde então, vivo sozinho. Me diga uma coisa: por acaso Madame Gulliver não vai comparecer a esse *rendez-vous* literário, vai?

— Se o senhor me permitir unir o acaso e a honra num mesmo lugar...

— Deixo minhas esperanças inteiramente em suas mãos.

Os dois desligaram o telefone, os corações de repente palpitando, quase saindo pela boca.

Ele passou o sábado em uma expectativa impaciente. Antes de se encontrar com Catherine na *brasserie* bretã no fim da rue Montagnard, conseguiu passar para visitar Claudine Gulliver com um exemplar de *A elegância do ouriço*. Os hábitos de leitura de Madame Gulliver eram, para usar uma expressão diplomática, básicos. Embora sua vida consistisse principalmente em aventuras fugazes que enfrentava com total jovialidade e rapidamente abandonava antes que houvesse um verdadeiro começo e um verdadeiro fim, ela sonhava, ao dormir sozinha à noite, preferencialmente com histórias de amor. Se não houvesse amor no livro e não terminasse bem, ela o rejeitava por completo.

O que buscava e só encontrava em romances irremediavelmente antiquados quase não mais existia nesta época atual: o cavalheiro com a paixão de um amante eterno, modos requintados, corroborados por um grandioso coração filantrópico e uma seriedade jovial; um homem com uma fantasia — e o ímpeto de torná-la realidade. Ah, sim, e ele deveria saber onde ficava o que em uma mulher.

— Quando o senhor ainda morava no sul, conversávamos com muito mais frequência — bronqueou Claudine Gulliver ao convidar Monsieur Perdu para entrar. — Além disso, sinto falta de ler sua correspondência — acrescentou, pensativa, entregando-lhe uma garrafa de Crémant alsaciano para abrir. — Sempre foi um pouco como se eu pudesse vivenciá-la em segunda mão. Como está Monsieur Saramago?

— Ele me enviou o manuscrito, mas não posso lê-lo até completar algumas... tarefas.

— Que emocionante! O senhor está cumprindo tudo direitinho?

POP! De repente, a rolha estourou da garrafa.

Claro, a expressão no rosto dele divertiu Claudine Gulliver imensamente. Ela lhe entregou duas tacinhas.

— A senhora dizia... vivenciar? — perguntou ele enquanto servia.

— Ora, o senhor e seus ouvidos incorruptíveis. — Brindaram, deram um golinho. — No meu trabalho na casa de leilões, tenho me ocupado de registrar inícios e fins há trinta anos. Os quadros mudam de dono, os pratos, as cartas, as casas... O que é o fim para alguns é o começo para outros. Mas o que acontecia no entrementes? Como é ter um prato durante metade ou toda a vida, e o prato fica enquanto as pessoas vêm e vão... e vice-versa. O prato vai. A pessoa fica. — Um grande gole de Crémant. — Esse livro é para mim? É uma história de amor?

— Definitivamente, sim.

— E de quem trata?

Perdu quase disse: "Da senhora."

— Leia. E venha também para o primeiro Rendez-vous Littéraire na sexta-feira, no qual falaremos sobre o livro em um pequeno círculo e...

— Por que eu deveria participar? O senhor sabe muito bem que leio e não me pronuncio sobre o que leio. Não suporto conversas pomposas sobre uma coisa que diz respeito exclusivamente a mim.

— A senhora quer descobrir o que existe no entrementes, não quer? O prato que vai, fica a pessoa que nele comeu?

Ela não desviou o olhar. Olhos castanho-claros que imploravam a ele em silêncio que não falasse nenhum disparate. Porque era sério, muito sério, porque nunca tinha havido um entrementes para ela e tudo bem fazer piadas sobre o assunto, mas não quando dizia respeito a ela.

— Perguntaram pela presença da senhora. Talvez a senhora se lembre... do dançarino no cais.

A boca da mulher virou um "O" inclinado.

— Sabe, Monsieur Perdu, que tenho um relacionamento complicado com... digamos, compromissos fora do âmbito literário.

— Também por isso eu trouxe este livro para a senhora.

Para Claudine Gulliver, a escrita de um homem era a única evidência relevante de seu caráter. Então, Monsieur Perdu lhe entregou o cartão manuscrito que Monsieur Bovary havia lhe dado algumas semanas antes.

Claudine Gulliver olhou por um bom tempo para as poucas palavras e, em seguida, disse, abalada:

— Estarei lá.

33

Sexta-feira. O primeiro Rendez-vous Littéraire devia acontecer naquela noite, e Pauline e Monsieur Perdu estavam sentados diante da lista dos clientes habituais que tinham convidado.

— Ou aqui — havia acabado de dizer ela —, Madame Dupont não combinaria com Monsieur Feuchert? Os dois leem Shakespeare, podem reclamar bastante de erros de tradução e... o que significa essa sigla aqui?

— Os dois veem o passado como pequenas nuvens brancas nos cantos.

— É verdade?

— Espere só tudo o que você vai ver quando tiver vivido um pouco mais.

Pauline empilhou as fichas.

— Não é assim que vai funcionar — comentou Perdu. — Afeto não é um jogo da memória.

Ela começou a separar as fichas de novo, envergonhada.

— Convidei Émile — informou Perdu.

— E daí? — perguntou Pauline.

Pare de mexer com as fichinhas, deixe aí, reclamou Madame Dupont.

— Ele ainda não sabe se vem.

Ela deu de ombros, e os ombros ficaram caídos feito uma mochila molhada.

O tonto dos livros está deixando você doida, menina, sussurrou Madame Dupont. Émile no momento deve estar passando uma camisa atrás da outra e não sabe qual usar porque não acha que está magro o suficiente para nenhuma das três. Como se isso importasse!

Max ergueu a última das seis mesinhas Chippendale sobre a prancha e passou com ela pela antepara.

— Aonde vai essa?

— Livros de receitas — respondeu Perdu.

Eles arrumaram ali, arrastaram acolá e, no fim, criaram seis áreas íntimas para doze pessoas no barco. Abaixo do convés e no convés, onde o jasmineiro florescia e lanternas coloridas balançavam suavemente ao vento da noite. Um barzinho foi instalado no caixa, e o afinador de piano havia feito o possível para afinar o Petrof depois de tantos anos com água por todos os lados.

Deixaram tudo à meia-luz, espalharam castiçais antigos pesados pelas mesas; tinham conseguido pegar as cadeiras emprestadas de um antigo hotel próximo, cuja biblioteca dos hóspedes Perdu reabastecia regularmente. Os gatos, Kafka e Lindgren, faziam a sondagem: sim, sim, está ficando bem agradável.

Naquela noite, eles queriam fazer uma tentativa ousada de reunir pessoas que amavam o mesmo livro: *A elegância do ouriço*, de Muriel Barbery. Perdu entregou um exemplar a Émile, que lhe telefonou três dias depois, rouco de tanto chorar, para perguntar sobre todas as obras de arte e filósofos que apareciam no livro.

— Seria melhor se perguntasse a Pauline, ela conhece muito bem o assunto, nunca entendi Husserl.

— Ai, ai, ai — murmurou o homem do outro lado da linha.

Então, tudo começou. Monsieur Bovary foi o primeiro a chegar, de smoking e com uma magnólia, sabe-se lá onde a havia encontrado.

— Queria aproveitar a oportunidade — disse ele solenemente a Monsieur Perdu — para expressar mais uma vez nosso agradecimento.

Nosso, ouviram, ouviram?

— Monsieur le Président agora tem bastante tempo para ler, e me parece que isso lhe tem feito muito bem.

O que era uma maneira interessante de dizer que em breve haveria outro presidente.

— Meu nome é Jacques — revelou Monsieur Bovary, tornando-se um pouco mais real.

— O meu é Jean.

Com cautela, trocaram quatro beijos na bochecha.

— Então, na mesma noite nós dois tentaremos tocar dois corações — disse Jacques com tranquilidade enquanto entregava uma chave a Perdu.

— Serei eternamente grato a você.

— E eu a você, não tenho nem palavras.

— Seu coração também está a todo vapor?

— Completamente, é um trem-bala em cada célula.

— *Bon courage* — desejaram os homens um ao outro ao mesmo tempo.

Jacques andou pelo navio, subiu ao convés, voltou a descer, pegou uma mesa, pediu um vaso, recebeu-o — e estava simplesmente fabuloso.

Estaria... realmente nervoso?

Quando Madame Gulliver desfilava pelo cais de salto alto — cor de magnólia, meio rosado, meio branco — e um vestido de gola cor--de-rosa com cinto branco, ele andou com passos elegantes em sua direção. Meia reverência, beijo na mão, entrega da magnólia, cuja cor combinava com os sapatos, acompanhamento até entrar a bordo.

— Ai, *vixe*, acho que vou morrer de emoção — sussurrou Pauline e apertou o braço de Perdu até o deixar roxo. — Ele nunca vai olhar para ela com indiferença, não é?

— Nunca.

— E nunca vai ofendê-la, certo?

— Nem mesmo por acidente.

Pauline se virou, soluços curtos, fortes e silenciosos sacudiam seus ombros.

Era o que acontecia quando se testemunhava o amor acontecendo, de forma tão delicada e brilhante, entre duas pessoas que já estavam sem ele havia muito tempo. E por se saber que eles se tratariam bem.

Os outros nove convidados chegaram, vindos de uma grande variedade de vidas: havia o jovem *gendarme* Émile, havia a professora de literatura, o confeiteiro, a pintora de fachadas, uma *concierge*, uma milionária discreta (Madame Dupont!), um fotógrafo de casamentos, um psicoterapeuta (Lanson!) e um advogado de direitos humanos (Monsieur Feuchert).

— Não está faltando alguém? — perguntou Pauline em pânico ao ver que, enquanto entregava as taças de Crémant da Borgonha, havia sobrado uma última taça no balcão.

— Bem — disse Perdu. — Não. — E a entregou a Pauline. — Achou que ficaria só aqui assistindo? Sei que você leu esse livro três vezes.

— Seu *boomer* diabólico — sussurrou Pauline, parecendo terrivelmente nervosa.

Depois de um breve discurso e de um brinde com taças erguidas, instruções não foram mais necessárias. Eles falaram com a pessoa mais próxima, se sentaram, se reuniram e, pouco depois, o barco era um grande burburinho, e talvez as pessoas até estivessem falando sobre o livro mesmo, sua lição silenciosa sobre confiança e as facetas do profundo amor humano entre amigos.

Perdu observou a cena, encontrou de novo o olhar de Monsieur Bovary, e ele assentiu com um aceno de cabeça. Jean decidiu que sua presença não era mais necessária ali. O que era perfeito, pois ele também tinha um encontro. Com um segundo começo.

E cada célula de seu coração era um trem em alta velocidade.

Às vezes, as arestas extremas de dois mundos possíveis colidem. Onde eles se tocam, uma tensão elétrica é criada na atmosfera, como o chiado dos trilhos enquanto um trem expresso acelera em direção a uma tranquila estação interiorana.

Será que Catherine também sentia isso enquanto passeavam de mãos dadas pelo bairro de Faubourg Saint-Germain?

Perdu andava pela beira da rua, prestando muita atenção ao trânsito, avaliando o céu de setembro. Para ele, era como se a vida estivesse pendurada por um fio, e a qualquer instante algo, ou alguém, pudesse atingir os dois, Catherine e ele — o despencar de um piano de cauda que estava sendo erguido por um guindaste, um cochilo de um paramédico cansado ao volante da ambulância —, e tornar o amanhã inalcançável.

— Você parece um pouco tenso, coração — comentou ela com ternura. — Está tudo bem?

Tudo bem, desde que a terra não se abra bem debaixo de nós.

Jean convidou Catherine para jantar, insinuando vagamente que havia um novo restaurante libanês ali. A chave da entrada lateral do Museu Rodin, na mansão estilo rococó Biron, era como brasa em sua mão, e Jean Perdu a enfiou no bolso da calça. No outro bolso, uma caixinha também ardendo em expectativa. Estavam quase chegando.

— Será verdade — perguntou Catherine — que faz parte da cultura libanesa sempre pôr um lugar extra à mesa para o caso de chegar um convidado?

— Não sei se isso acontece em todo lugar. Mas lembro que Gibran Khalil escreveu em *O profeta* que a pessoa deve tratar sua razão e seus desejos como dois convidados queridos em seu íntimo, sem privilegiar nem um nem outro; caso contrário, os dois perdem a confiança.

— Receio que a maioria das pessoas simplesmente prepare um lugar para os dois... hein? — disse ela quando Perdu parou de repente, bem diante de uma porta de metal discreta cor de areia instalada em uma parede.

Ele tirou do bolso o punho com a chave dentro dele.

— Não vamos a um restaurante libanês, não é? — perguntou ela.

— De certa forma, sim — respondeu ele, precisando de toda a sua concentração para usar a chave do jeito certo, clique, clique, a porta se abriu. — Venha — convidou e tomou a mão dela de novo.

Enquanto trancava cuidadosamente a porta, Catherine ficou ali, parada, prendendo a respiração: estavam dentro dos muros que cercavam o palácio Biron pelo lado da rue de Varenne.

— Jean Albert Perdu, o que exatamente pretende fazer comigo? — sussurrou Catherine. — E estou suficientemente bem-vestida para a ocasião?

— Você está sempre bem-vestida.

Envergonhada, ela olhou para seu vestido colorido de verão.

— Estou me sentindo uma tonta — murmurou ela —, estamos mesmo indo ao Museu Rodin? A essa hora?

— A essa hora exata. E temos até meia-noite para ficar aqui.

Atravessaram a faixa de cascalho até o portal, que estava aberto.

— Mas... onde estão as outras pessoas?

— Estamos sozinhos. Exceto pelo vigia noturno, mas ele não vai nos incomodar.

Catherine o encarou com seus olhos cinza-pérola.

— Quero dizer muito agora e não consigo pensar em nada para dizer.

O que quer que Monsieur Bovary houvesse coreografado nos bastidores, começou assim que entraram.

A luz se apagou por todos os lados com um "clique!" — e, pouco depois, se acenderam outras lâmpadas, diferentes, e holofotes discretos. Eles banharam com uma luz um pouco mais suave as salas onde as esculturas estavam; era como se estivessem entrando em um baile onde o tempo tivesse parado. E as pessoas tivessem ficado paralisadas — no beijo, no desejo, na queda.

Catherine primeiro cobriu o rosto com as mãos e, em seguida, avançou com coragem e lágrimas no rosto.

Sorveu com mil olhos, sem nenhuma palavra, e apenas após vários minutos é que lhe ocorreu que não estava sozinha.

— Vem cá — disse ela —, vou te apresentar a todas elas.

E foi isso que ela fez, Catherine contou a Perdu sobre as gravuras, as pinturas, as esculturas de bronze, os moldes, o mármore, os desenhos de Rodin, "Uma vez trabalhei em uma empresa de estuque, como ele" e "Olha, *Dernière vision*, ele sempre sabia exatamente quando devia parar, não sobrava um cisco, era tão definitivo!".

Perdu evitou comentar que era exatamente isso que tinha enlouquecido o jovem Rilke, a impressão de definição e determinação que Rodin havia causado nele, que na época tinha vinte e poucos anos e ainda não era "o" Rilke. Como Rilke aprendera ali, com o gigante muito mais velho, sobre o ato de observar, e como admirava Rodin na época — e como se ressentia do fato de que Rodin, depois do trabalho, era Auguste, uma pessoa como outra qualquer da época. Bebedor, infiel, míope, mandão, temperamental. Exatamente o oposto do grande espírito genial etéreo impecável.

Rilke naquela época provavelmente ainda não estava pronto para preparar lugares à mesa tanto para a razão quanto para os desejos dentro dele...

Catherine perambulava pelos corredores com profundo prazer e entusiasmo, o assoalho cantando e rangendo sob seus pés.

— *A Idade do Bronze* — disse ela de repente. — Eu tinha 11 ou 12 anos quando vi uma réplica, muito menor, mas tão... perfeita. Os músculos das costas, a tensão, o olhar: entendi, sem saber como chamar, que era uma grande arte. Retratar a condição humana na eternidade. Apreender algo que se perde irremediavelmente... e era isso que eu queria também, um dia. Apreender o que se perde de nós todos.

Ela se virou e passou os braços em volta de Perdu.

— Já nem me lembrava mais disso — comentou ela e chorou, mas eram lágrimas calorosas, de contentamento.

— E a fome? — sussurrou ele, a boca encostava na têmpora de Catherine.

— Infinita — respondeu ela. — Estou com uma fome infinita. De você, de nós, disso aqui, de arte, de criar, de capturar a eternidade, de vida...

Perdu visualizou a caixinha que estava no outro bolso da calça e pensou consigo mesmo: é agora! Mas, então, Catherine continuou falando:

— ... e eu não me importaria de comer um *shawarma* agora...

Como, afinal, encontrar o momento certo para fazer o pedido de todos os pedidos? Bem aqui, ao lado da *Idade do Bronze*? Mas agora Catherine tinha trazido à tona o *shawarma* e, de alguma forma, Perdu não conseguiu continuar.

Como prometido, o parque estava iluminado por um caminho de tochas. Catherine involuntariamente passou a mão pelos braços nus. Seguiram o caminho de luzes que se estendia pela escuridão até um local diante de uma castanheira e de arbustos floridos. Ali, um piquenique oriental havia sido preparado para dois. Almofadas, cobertores, uma mesa baixa, velas grossas e sólidas em lanternas altas e iguarias libanesas em recipientes aquecidos de aço inoxidável. Não se via o bom espírito que havia lhes preparado tudo isso.

— Estou ficando um pouco assustada — comentou Catherine.

— É seu estômago vazio — afirmou Perdu, com a ansiedade aumentando cada vez mais. Nervosismo, pânico, deleite, ancorados em esperança, em cuidado e amor. Será que agora, antes do jantar, era o momento... Não. E se ela respondesse "Não, melhor não", ele então não teria nada no estômago, o que não seria bom.

Jacques — Monsieur Bovary — tinha razão em ter tido esperança: quando se sentaram, e Catherine se enrolou em um cobertor, e os dois se apoiaram de costas nas almofadas, puderam ver o céu estrelado... Ficaram ali em silêncio, e Perdu ouvia seus próprios batimentos cardíacos. Então soube de uma vez o que queria dizer e como. Ele respirou fundo e...

— Que fome — disse Catherine a ele.

E, assim, eles comeram, estava delicioso e requintado, e Catherine cintilava à luz das chamas, com o cobertor sobre os ombros. Tudo nela brilhava: os olhos, a pele, os cabelos. O sorriso.

Ela sorriu para ele e, em seguida, mexeu o prato de *babaganush* com um garfo. Lambeu com prazer.

— Uau — suspirou ela. — Esplêndido. Simplesmente esplêndido. E agora — disse, olhando diretamente para ele — pode me perguntar o que quiser.

— Você aceita se casar comigo? — perguntou Perdu, perplexo.

— Claro — disse Catherine.

Opa, pensou Perdu. *Cadê?*

Ela procurou nas tigelas, pegando aqui e ali, e algo... estava faltando. Ai, minha nossa! A caixinha!

Ele a desenterrou com esforço do bolso, quase a escancarou de uma vez, estendeu-a para ela, e Catherine começou a dar risadinhas baixas. "Hihihi", que foram ficando cada vez mais altas, e Jean teve de rir também, e os dois ficaram ali, sentados, no jardim de Rodin, e tiveram um ataque de riso terrível, durante o qual o anel com a pedra verde caiu dentro do tabule. Quando Jean tentou encaixá-lo no dedo de Catherine — "Espere aí, nesse ele não entra", "Entra sim!", "Espera, coloca no outro dedo..." —, ela fez a outra pergunta que também era séria, muito séria.

— Quando?

Droga! Ele nem tinha pensado nisso!

— Então... que tal... na próxima sexta? — sugeriu ele.

Eles começaram a rir de novo.

— Ai, meu Deus, eu tive uma amiga, o namorado dela a pediu em casamento aos 19 anos, mas ela se esqueceu de perguntar quando, e trinta e cinco anos já se passaram. Consegue imaginar uma coisa dessas?

E ela se inclinou e o beijou.

— Você está noivo agora, e eu não me importo quando, mas, se possível, antes de eu precisar de um andador.

E ele disse:

— Quando você quiser, o mais rápido possível.

E sua noiva, muito esperta, disse que uma segunda-feira não seria ruim, cairia no dia de folga de Samy e Salvo, e assim ficou decidido: em uma segunda-feira em breve eles se tornariam marido e mulher.

34

Às vezes temos a rara sorte de reconhecer uma parte desconhecida de nós mesmos: num livro, num poema. Raramente em um espelho. E com muita frequência em outra pessoa. Uma área inteira desconhecida. Uma paisagem sentimental. Um descampado melancólico. Uma montanha de medo que nunca existiu antes e que nunca mais voltará, uma capacidade de alegria, um pensamento rápido, um desejo tão puro e verdadeiro, vívido e grandioso. A gente vê essas paisagens de outras pessoas e as nossas surgirem de um mar, e é como se a gente tivesse vivido com o rosto voltado para uma parede. As novas e velhas ilhas permanecem se assim permanecer a pessoa que as fez emergir. E submergem quando a pessoa vai embora.

O naufrágio. Sempre dói. Ver uma parte de si afundando.

Mas, em algum lugar lá bem submerso, ela ainda está lá, debaixo da água, da camada de gelo, dos anos. E também outras ilhas, continentes inteiros, e, quando captamos o olhar de uma pessoa que está fixo em nós, ou quando abrimos um livro que nos reconhece, intuímos seus contornos.

E, quando amamos, de repente ele aparece.

Nosso mundo inteiro.

Na manhã do casamento, em geral os casais têm atividades diferentes. Ele se veste, penteia os cabelos e está pronto. Ela, no caso Catherine, fez o mesmo: se vestiu, penteou o cabelo, achou o cabelo impossível de se ajeitar, bateu com o cotovelo, "Não tem problema, pelo menos você vai ter alguma coisa roxa", trombeteou Samy, depois decidiu que com aqueles sapatos não iria andar para lá e para cá o dia todo, procurou outros...

Quando Victoria e Pauline enfiaram a cabeça dentro do cômodo onde Catherine estava, ela gritou:

— Mais dez minutos!

Monsieur Perdu estava vestido, de cabelos penteados, cruzando alternadamente a perna esquerda sobre a direita, se levantou, voltou a se sentar, verificou os dentes no espelhinho acima da pia — e esperava que mais tarde seus dedos não tremessem quando ele fosse colocar a aliança na amada.

Queria desesperadamente ler alguma coisa, mas o quarto ao lado do elevador, uma antiga camarazinha de empregados que a noiva havia destinado a ele — muito antiquado, para passarem a noite anterior ao casamento separados, mas também muito solene e bonito — não oferecia nada. Nem mesmo um guia de TV. Apenas sua mala, no fundo da qual estava o manuscrito de Saramago, que pretendia ler depois do casamento. Como um presente para si mesmo, por assim dizer.

Então seria agora mesmo.

Monsieur Perdu jogou o pacote em cima da cama estreita, cortou o cordão e tirou o conteúdo do pacote de papel. Com a tesoura de unha, separou cuidadosamente a camada de papel de embrulho.

Um segundo embrulho apareceu embaixo; está bem... parece que alguém queria proteger muito bem o manuscrito.

Ele abriu a segunda camada de papel também.

— Claro — murmurou ele quando uma terceira camada de papel apareceu, lisa e fina, parecida com a do tipo usado para embrulhar louças.

E o pacote agora parecia bem menor do que um manuscrito em papel A4 deveria ser. Seriam cadernos escolares manuscritos?

Ele puxou com cuidado e rasgou o embrulho suavemente.

Ah, era isso mesmo. Um caderno um pouco maior que o papel A5, bom, lá estava!

A caligrafia ousada de José Saramago estava estampada na capa, *Ensaio sobre o devaneio*, 2008/2009.

Perdu respirou fundo ao abri-lo.

Agora. Agora tinha chegado a hora, e ele seria a primeira pessoa a ler o último livro do grande contador de histórias.

Ele se levantou, algo assim devia ser feito de um jeito solene.

Ou melhor, ele devia se ajoelhar, sim, era melhor. Então, ele se ajoelhou com dificuldade diante da cama estreita e pousou a mão sobre o caderno, como se estivesse jurando lealdade e honra.

Quando sentiu os dedos ficarem levemente úmidos, abriu o livro.

Ãhn...?

A primeira página estava em branco.

Tudo bem, era um pouco surpreendente, mas, sem dúvida, apenas um capricho.

Ele não conseguiu passar de imediato para a próxima página, pois estava tremendo muito por dentro. Afinal, conseguiu.

A segunda página estava...

Exatamente. Ela estava em branco.

— Será possível...? — murmurou Perdu.

E continuou folheando, até a próxima página em branco, mas não podia ser... Ele continuou folheando as páginas, veio uma batida à porta, e ele gritou:

— Agora não!

— Como assim "agora não"? — perguntou Salvo, intrigado, e Perdu começou a virar as páginas cada vez mais rápido.

Todas as páginas estavam em branco, exceto... a última.

"Hahaha", estava escrito em letras grandes, e: "A vida não é apenas lida. Ela prefere ser vivida com o mesmo cuidado." E uma assinatura incrivelmente ilegível.

— Seu maluco pirado — murmurou Perdu.

Ele teve de rir, não parou, chorou de rir, como amou aquela pegadinha e, além do mais, como poderia ser diferente?

Como poderia ser diferente?

Ele havia se ajoelhado diante de um caderno vazio e precisou compreender a lição que havia recebido: nunca se tratou de viver e lutar em nome de outro ser humano, se tratava da própria vida que a pessoa devia viver.

E foi exatamente o que Perdu fez ao se levantar, esticar o corpo, ajeitar o terno e olhar para o HAHAHA.

Salvo bateu à porta de novo.

— E aí, Perdito? — perguntou ele. — Vamos nos casar agora ou o quê?

— Vamos nos casar muito agora.

E ele abriu a porta, eles se abraçaram, Perdu, sorridente, contagiou Salvo Cuneo com seu riso, que não sabia por que Jean ria tanto, mas não conseguiu evitar e também caiu na gargalhada. E foi assim que Catherine encontrou o noivo no corredor do hotel Château de Mazan, e Perdu a abraçou também, disse "Eu te amo, eu te amo muito", e Catherine achou maravilhoso estar com aquele homem alegre e divertido em uma segunda-feira naquele outubro ainda quente para entrar no minúsculo cartório de Mazan e se prometerem um ao outro para o resto da vida.

Era um pedido incomum, mas, como era segunda-feira, dia em que poucos casamentos (ou antes, nenhum) costumavam ser celebrados no antigo palacete e teatro do Marquês de Sade, a brigada da cozinha liberou o santuário interno do Château de Mazan para Salvatore Cuneo. Bom, talvez tenha ajudado o fato de ele ter conquistado a primeira estrela em San Sebastián; valia o mesmo que três estrelas no restante do mundo, e, por isso, o *sous chef* quis ajudá-lo e talvez aprender três ou quatro truques com aquela bolota saltitante de bigode. E era apenas um círculo pequeno, mas muito feliz: Max e Victoria, Pauline e Émile, Dario e a avó substituta Dominique, Theo e o pai de Theo (e Merline, claro!), os pais de Perdu, Samy, Salvo, e Luc e Mila, pai e madrasta de Victoria, e Ninette, a irmã mais nova de Catherine, junto com a namorada, Tatjana.

Ella Lahbibi também compareceu com seu "mais um" ("Eu adoraria levar uma pessoa comigo, mas ai de você se fizer cara de surpresa!"), que, no fim das contas, era o terapeuta Eric Lanson. Além disso, Madame Gulliver e Monsieur Bovary chegariam mais à noite ("Jacques precisa ensinar duas ou três regras a alguém no Palais de l'Élysée... Um jovem com certas ambições..."). E que alegria: Jean

Bagnol havia aceitado — Bagnol, na verdade, era ele e ela, um casal de autores. Ele sempre de chapéu, ela mais loira a cada ano, e juntos escreviam romances sobre gatos, romances policiais e livros infantis. Jean recebeu um presente particularmente encantador de Jean Bagnol, o Velho (de chapéu): uma reflexão de Rilke sobre o olhar. Eles não quiseram presentes, não tinham feito listas, mas deixaram claro que ficariam felizes com qualquer coisa desenhada, pintada, escrita, versada, cozinhada, cantada; deveriam ser coisas que colocariam na mala de lembranças, que nunca esqueceriam. Afinal, quem precisa, por exemplo, de uma tigela para molho?

Cuneo decidiu abrir bem a cozinha para que qualquer pessoa interessada pudesse atrapalhar e já experimentar ao mesmo tempo, porque era assim que casamentos deveriam ser celebrados: pelo menos tão pouco planejados, confusos e cheios de significado quanto a vida posterior a eles.

— *Allora*, senhoras e senhores! Começamos pela origem do mundo: o mar! — O mar: vieira, atum, ostra, caranguejo, salada de algas, sopa de caramelo salgado e azedinha, fatias de pão crocantes que ele apelidou de "bolinhos de areia".

Os pratos eram passados diretamente da cozinha para o salão, e não havia cardápio fixo, mas, sim, um prato após outro passando com iguarias das origens do mundo da cozinha, começando por mar, passando por terra, indo para montanhas e, em seguida, para o céu, que chegou com merengues, *sorbets* e doces com cabelos de anjo. Como Cuneo conseguia fazer com que as pessoas se sentissem felizes ao comer e saborear, que se sentassem uma ao lado da outra, emocionadas, que quisessem dizer: "Nossa, não é de comer rezando?"

Todas e todos estavam pegando a comida, comendo, indo se sentar ora no terraço coberto de buganvílias, ora no magnífico salão com seus móveis estilo rococó, e trocando de lugar, e ou Monsieur Bovary, ou Jean Bagnol, o Velho, ou Luc gritavam para o grupo o tempo todo: "Champanhe para brindar aos noivos!"; e aí se ouvia um "Pop!", e então era necessário beber de novo Laurent-Perrier, ah, como estava sendo difícil.

Duplas e trios vagavam pelo jardim inferior do palácio, Tatjana e a irmã de Catherine, Ninette, junto de Mila e Pauline, mergulharam os pés na piscina, Merline fez amizade com um gatinho preto. Jean Bagnol — o de chapéu e a loira — viram aquilo, se entreolharam e tiveram uma ideia. Samy filmou e tirou fotos, e Max conduziu a pequena banda, que já havia tocado em Paris, até o terraço para o cair da tarde. Disseram um grande olá, mesas e cadeiras foram afastadas, os pratos ainda circulavam, o vinho, a alegria, as lágrimas, o amor, os olhares.

— Acho que alguma coisa está me chutando — comentou Victoria entre o céu e a terra, e Max sacou um rolo vazio de papel higiênico e encostou na barriga da mulher.

— Silêncio! Todos vocês! — gritou ele, e, de repente, todos ficaram muito, muito, muito silenciosos.

— E aí? — sussurrou Catherine. — O que você está ouvindo?

— Me pediram para perguntar quando vão começar a dançar aqui — disse Max, sério.

Esse foi o comando para a menor orquestra de tango do mundo atacar. Uma valsa terna e travessa para o casal, uma valsa-tango, "Vibraciones del alma", fácil de dançar, calma, e, ao tomar Catherine nos braços, Perdu se lembrou, agradecido, das discretas sessões de atualização que tinha feito com Monsieur Bovary. E, depois de um minuto, cada um, todos, com todos, não importava o que estivesse acontecendo, dançaram uma valsa, um tango, um dois-para-lá-dois-para-cá carinhoso, sem sair muito do lugar.

Pauline e Émile mantiveram os olhos fechados o tempo todo; para todos que estavam de olhos abertos, o encaixe daqueles dois corpos e almas ficou muito óbvio. Dario tomou Dominique nos braços com entusiasmo crescente; eles riram um do outro, quase sarapintados. Max e Victoria dançaram, ela escorada nas costas dele, as mãos dele sobre a barriga da mulher, e Tatjana e Ninette dançaram soltas, Theo segurou com entusiasmo Jean Bagnol, o Novo (a loira), pelas mãos, Jean Bagnol, o Velho (de chapéu), dançou com Mila e Luc, Ella com Lanson, Lanson com Tatjana, Ninette com Theo, Patrice com Merline, e assim por diante. Em nenhum lugar sob o sol uma valsa-tango tinha sido dançada daquele jeito, em lugar nenhum. Depois dela, metade da turma estava esgotada e a outra metade morrendo de sede.

Depois seguiu-se, claro, uma alegre milonga: as pessoas abriram espaço, empolgadas, para Monsieur Bovary e Madame Gulliver, e dessa vez Pauline, emocionada, apertou o braço de Émile até deixá--lo roxo, e, claro, Salvo chamou Perdu, não sem antes tirar o avental de cozinha e entregá-lo ao atônito *sous chef*.

— A partir de agora, a cozinha é por sua conta, *amico*! — Então se virou para Monsieur Perdu. — Mas o que é isso, Perdito? — Ele sorriu quando Jean por um instante não soube exatamente onde colocar o braço direito, então Salvatore conduziu Perdu para uma milonga maravilhosamente ágil, *La puñalada*, provocando-o com seus *ganchos*, os pés e as pernas voando e prendendo, para diversão de todos os presentes.

E assim eles dançaram, comeram e observaram.

O olhar era o mais importante: fotografar com os olhos a beleza desse momento que nunca se repetirá, com a alma, absorver tudo, até a si mesmo.

Quem se era. Tudo que se sentia.

Que milagre surpreendente era a vida.

À meia-noite, enquanto Perdu vagava sozinho com uma taça de vinho no jardim inferior do hotel Château de Mazan, veio o abalo. Começou como um tremor no estômago e aumentou, até que ele o sentiu nos lábios, nos dedos. A sensação de ter criado algo que ele poderia perder. O barco. Todas as possibilidades. Catherine.

Mas tudo ainda estava ali. Tudo estava inteiro.

Esse alívio foi acompanhado por um sentimento profundo: de que ele realmente sabia o que significava a vida. De que tudo fluía em si, sem começo, sem fim. E de que não havia nada que ele estivesse fazendo de errado — contanto que pudesse continuar voltando para aquele lugar dentro de si mesmo.

Estou no meu lugar.

Era uma corrente quente, tranquila, que se espalhou nas costas dele. Não se ouvia mais nada, não havia mais música, não havia mais o barulho da cidade, das montanhas, era como se Perdu voasse por todos os mundos que poderiam ter existido, todos os Jean Perdu que ele também poderia ter sido.

Todos os anos, e caminhos, e sonhos, e lágrimas, e beijos, e palavras, e amizades, e despedidas, e recomeços — todas as pequenas coisas, muitos milhares de livros e olhares. As decisões, as boas, as terríveis, as não tomadas. O que foi desperdiçado, o que foi postergado, o que foi feito, o que foi dado. Tudo isso. Por fim: sua vida.

O espanto dentro dele, em poder enxergar a si mesmo da forma mais clara possível por um instante. Ele mesmo, entrelaçado em outras vidas e em suas decisões e não decisões.

Reconhecer em tudo isso nem algo certo nem algo errado, mas, sim, a pura humanidade em sua infinita impossibilidade de planejamento. Naquela em que tudo o que importava era olhar para a outra pessoa e dar alguns passos juntos.

Simplesmente viver.

Você não precisa entender a vida,

assim ela será como uma festa.

Rilke, Rilke... E, como todo momento de reconhecimento que deixamos passar sem palavras, esse também se desvaneceu, transfigurou-se no tempo, que se lembra: "Ah, sim, tenho de seguir em frente... mas aonde mesmo eu queria ir?"

Ouvia-se de novo Mazan, o Luberon, a música dançante, o riso dos convidados que não estavam cansados.

Os arrepios nos antebraços nus, a leve embriaguez do vinho no verão luminoso.

Monsieur Perdu brindou às estrelas, onde pensava que estariam José Saramago, Manon, as mães de Theo e Ellie. E também todos os anos que tinham ficado para trás. Brilhavam ternamente de lá de cima, pequeninas flores noturnas.

Epílogo

Na noite de 14 de fevereiro, nasceu, com a ajuda de muitos palavrões e o esmagamento de pelo menos três dedos de um marido que mal se aguentava e que sabiamente tinha pedido um táxi para a clínica em Apt, Aurélie Rose Florentine Bassett-Jordan. Pouco depois, Rose recebeu o apelido de Topolina de um Salvo Cuneo embasbacado, que enviou à ratinha uma porção de provisões de San Sebastián, para o caso de esses franceses não terem nada para comer em casa.

Na noite anterior, o casal completamente atônito, Maximilian Jordan e Victoria Basset, havia terminado de corrigir as provas que a editora freelancer de livros infantis Ella Lahbibi, farejadora de potenciais manuscritos de best-sellers, tinha lhes enviado: *Socorro, vamos ser pais* seria lançado antes do primeiro aniversário de Rose, também conhecida como Topolina. E que muito provavelmente servirá como um clássico da série para pessoas sem noção por pelo menos dez gerações de futuros pais, ajudando-os a se sentir menos mal. As ilustrações vieram de um certo Theophilus Abraham Laurent, e sua professora de desenho a distância, Catherine Ex-Le-P., sobrenome de casada Perdu, que, no entanto, continuou a trabalhar com o nome de solteira e artista, redescoberto e há muito não utilizado, Catherine Claudel.

No momento, ela viaja entre dois ateliês, um no sul, entre Sault e Mazan, e outro no 13º *arrondissement* de Paris, no antigo armazém frigorífico Les Frigos. Catherine Claudel estava trabalhando em uma série de esculturas que chamou de Eternidade — *Éternité*. Momentos humanos que ela arrebatou do tempo e imortalizou; a série incluía suas "cabeças de leitura", com expressões faciais que leitores de todas as idades e origens fazem quando uma ilha estranha surge dentro deles, tendo, assim, um vislumbre de si mesmos. Mas também outros momentos — a observação de uma foto de si mesmo quando adolescente, a espera na estação de trem, a parada e o aceno quando o táxi já virou a esquina faz muito tempo e a pessoa ainda encara o vazio.

Juntamente com Theo, Catherine se dedicava à tarefa de criar ilustrações das mais belas catástrofes, esperanças, discussões e ataques de compras antes do nascimento da criança — ela desenhava, Theo coloria, e os dois conversaram com muita seriedade sobre como deveriam criar a alegoria da piscina infantil na barriga de Victoria... Combinaram que o escorregador da piscina deveria ser a boca, o esôfago e o cordão umbilical. Sempre que a mãe comesse alguma coisa — ui, *tchibum*! —, esse alimento descia a toda a velocidade pelo escorregador e caía na piscina dentro da barriga.

Theo agora morava no sul com a avó substituta Dommi, a gigante mágica Merline e Patrice, o pai de Theo; eles se conheceram e gostaram um do outro, e foi bom para os quatro formarem uma família adotiva. E facilitou bastante para a avó substituta Dommi fazer pequenas viagens até o sítio de Dario, o produtor de queijo. Eles gostavam de passar o tempo juntos, e Dominique Bonvin encontrou nele um parceiro com quem tinha uma ligação profunda.

A avó substituta Dommi continuou a receber regularmente mensagens de WhatsApp e fotos de Pauline, da escola em Créteil, da coleção de passaportes literários, que pareciam estar na mão de uma a cada duas crianças em Paris; de Perdu, enquanto ele, cada vez mais irritado, tentava pela terceira vez seguida gravar um vídeo para um novo vlog, Consulta Literária, e falhava de forma grandiosa. Nos últimos tempos, um certo *gendarme* com um certo gato apareciam cada vez com mais frequência nas fotos. Pauline e Émile tinham pisado com tanto cuidado naquela camada fina de gelo que ainda cobria o coração de ambos de maneiras diferentes que não perceberam como ela rapidamente derreteu no calor que aumentava quanto mais se conheciam. Era esse o amor profundo da amizade? O amor mais profundamente amigável de um casal? Na melhor das hipóteses, esses limites não ficam confusos? Pelo menos Pauline passava seu tempo livre com Émile e Tong, o gato musical; eles liam livros, assistiam a adaptações de filmes, vagavam por ateliês abertos de artistas, conversavam e ficavam em silêncio, ah, isso eles ainda conseguiam fazer particularmente bem. Ficar em silêncio juntos e observar o mundo. Ver a mesma coisa no mesmo momento. Dividir o que é indivisível.

E um dia Pauline decidiria beijar Émile para descobrir se deveriam continuar juntos para sempre ou se despedir imediatamente para nunca mais se ver. Émile tinha o mesmo plano, e, como era costume para eles, sentiriam a ressonância da curiosidade desesperada e, como era de esperar, demoraria bastante tempo até que pudessem desgrudar os lábios um do outro para, em seguida, se olharem totalmente espantados, perguntando-se por que não haviam tentado isso muito antes.

Joaquim Albert Perdu e Lirabelle Bernier também se perguntariam por que não haviam tentado aquilo muito antes, quando começaram a usar o quarto de Joaquim em sua coabitação antirromântica como sala compartilhada de ginástica, dança e palavras cruzadas, após Joaquim ter se mudado para o quarto da ex-esposa. Os dois conseguiram dormir significativamente melhor (em especial quando Lirabelle conseguiu protetores de ouvido de silicone feitos sob medida), sonharam melhor e tiveram muito menos medo do fim.

— Conhecendo seu pai, ele com certeza foge à noite. Bem, ele vai ver quando eu o pegar no pulo!

— Sua mãe adora cuidar de mim, então vou dar esse prazer para ela...

Eles insistiram que Victoria, Max e Topolina... *pardon*, Rose, fossem visitá-los no verão, pois os pais de Perdu não ousavam mais viajar sozinhos.

— Mas *pétanque*, isso eu vou ensinar à nossa pequena Rose — prometeu Joaquim Albert, e parecia que conseguiria facilmente cumprir essa promessa.

"Nossa" pequena Rose era uma criança radiante que podia facilmente ficar irritadiça e mal-humorada de uma hora para outra. Era possível dizer que ela ficava extremamente impaciente com os pais desconcertados porque eles não entendiam de pronto suas palavras. O que ajudava era balançar, balançar, balançar o berço esculpido à mão por Dario até não se aguentar mais. Até que o sol nascia de novo, e Rose Topolina sorria ou dormia como se o mundo fosse um perfumado campo de borboletas.

Monsieur Perdu continuava escrevendo sua enciclopédia. E continuava. Esperava estar pronta quando Pauline decidisse se queria assumir sua Farmácia Literária; e, ao mesmo tempo, esperava que isso não acontecesse tão cedo (as duas coisas). Ele conheceu Marie, filha de Ellie, quando a vida de Ellie deu uma acelerada e, em seguida, parou de repente; e havia prometido acompanhar Marie por dezessete anos e livros. Marie sempre aparecia na Farmácia Literária às quartas e aos sábados; no sábado, ela lia para as crianças do ensino fundamental. Será que ela sentia que exatamente naquele lugar onde ela costumava se sentar, em um banquinho pequenino e baixo, Perdu e Ellie tinham passado meia manhã sentados no chão de pernas cruzadas? Quem sabe as crianças ainda têm um sentido de possibilidade, e seu faro para as conexões entre o mundo, a pessoa, o barco, o tempo e o lugar ainda esteja alerta e cheio de amor.

Enquanto isso, Gilbert Le Roy havia lido *O Senhor dos Anéis* inteiro. Sua filha, Nadége, foi aceita como uma das três assessoras jurídicas pelo companheiro de *pétanque* de Joaquim Perdu, que era "alguma coisa de algum ministério"; com isso seus estudos passaram a ser financiados, e Le Roy nunca mais foi forçado a se corromper por algum tubarão imobiliário. Ele passou de pessoa não leitora a um leitor furioso, furioso e ao mesmo tempo lento, livro após livro. Aprendeu a olhar para o mundo, para si mesmo, de uma forma completamente nova. Às vezes era terrivelmente difícil e bem diferente, e com mais frequência era emocionante, leve e... suculento. Sim, suculento, parecia que ele estava sorvendo muito mais beleza em vários dos dias, e dentro dele emergiam novas ilhas, e nelas o ar era muito mais leve e suave. Ele conseguia bater em retirada para essas ilhas quando o presente ficava barulhento demais e demasiadamente frio.

Os livros do barco gostaram muito de tudo isso; realmente tinham uma vida secreta à noite ou quando ninguém estava olhando. Tramavam planos enquanto observavam as pessoas, estavam prontos para tomar qualquer caminho.

Então suas histórias, seus sonhos, seu conhecimento de mil e tantos anos de verdade e mitologia se misturavam e, com uma magia invisível, teciam delicados fios de Nornas, feitos de imortalidade, amor e esperança.

Sempre nos deparamos com essa teia do destino quando entramos em um recinto cheio de livros. Significa que saímos de um livro como pessoas diferentes daquelas que éramos quando entramos. Saímos... novinhos em folha.

O ENSAIO SOBRE O DEVANEIO

Onde nascem os sonhos?, perguntou-me Marie ontem. "Aqui", respondi, apontando para as estantes de livros.
Aqui e em todas as livrarias, em todas as caixas de livros, em todas as estantes; nossos sonhos nascem ali.

E se existisse, perguntou a criança, uma cidade sem sonhos porque lá não tem nenhum livro, nem livrarias, nem mesmo uma estantezinha? Ou um vilarejo? Ou uma casa sem livros?

Então toda a cidade, todo o lugar, toda a casa, todas as pessoas teriam o mesmo sonho toda noite.

E elas sonhariam com o quê?

Com a liberdade.

Fonte: *Grande enciclopédia dos pequenos sentimentos: manual para livreiras, livreiros e outros farmacêuticos literários*, Posfácio dedicado a José Saramago.

Este livro foi composto na tipologia Souvenir Lt BT,
em corpo 11/16, e impresso em papel off-white
no Sistema Cameron da Divisão Gráfica
da Distribuidora Record.